致我最讨厌的你

上册

Zoody 著

青岛出版集团 | 青岛出版社

图书在版编目（CIP）数据

致我最讨厌的你/Zoody著. —青岛：青岛出版社,2024.5
ISBN 978-7-5736-0991-5

Ⅰ.①致… Ⅱ.①Z… Ⅲ.①长篇小说－中国－当代 Ⅳ.①I247.5

中国国家版本馆CIP数据核字（2023）第060719号

ZHI WO ZUI TAOYAN DE NI

书　　名	致我最讨厌的你
作　　者	Zoody
出版发行	青岛出版社（青岛市崂山区海尔路182号）
本社网址	http://www.qdpub.com
邮购电话	18613853563
责任编辑	郭红霞
特约编辑	崔　悦
校　　对	郭金乔
装帧设计	蒋　晴
照　　排	梁　霞
印　　刷	三河市良远印务有限公司
出版日期	2024年5月第1版　2024年5月第1次印刷
开　　本	32开（880mm×1230mm）
印　　张	17
字　　数	411千
书　　号	ISBN 978-7-5736-0991-5
定　　价	65.00元（全2册）

编校印装质量、盗版监督服务电话 4006532017　0532-68068050

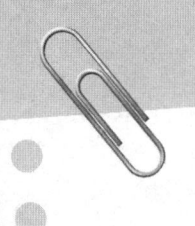

目录 [上册]

第一章 惊魂雨天	1		
第二章 无糖酸奶	26	第六章 轰隆雷雨	148
第三章 风衣纽扣	58	第七章 游轮之行	177
第四章 雨季前夕	88	第八章 玻璃糖纸	202
第五章 十字路口	125	第九章 潮湿夏季	234
		第十章 新娘捧花	259

· 1 ·

目 录

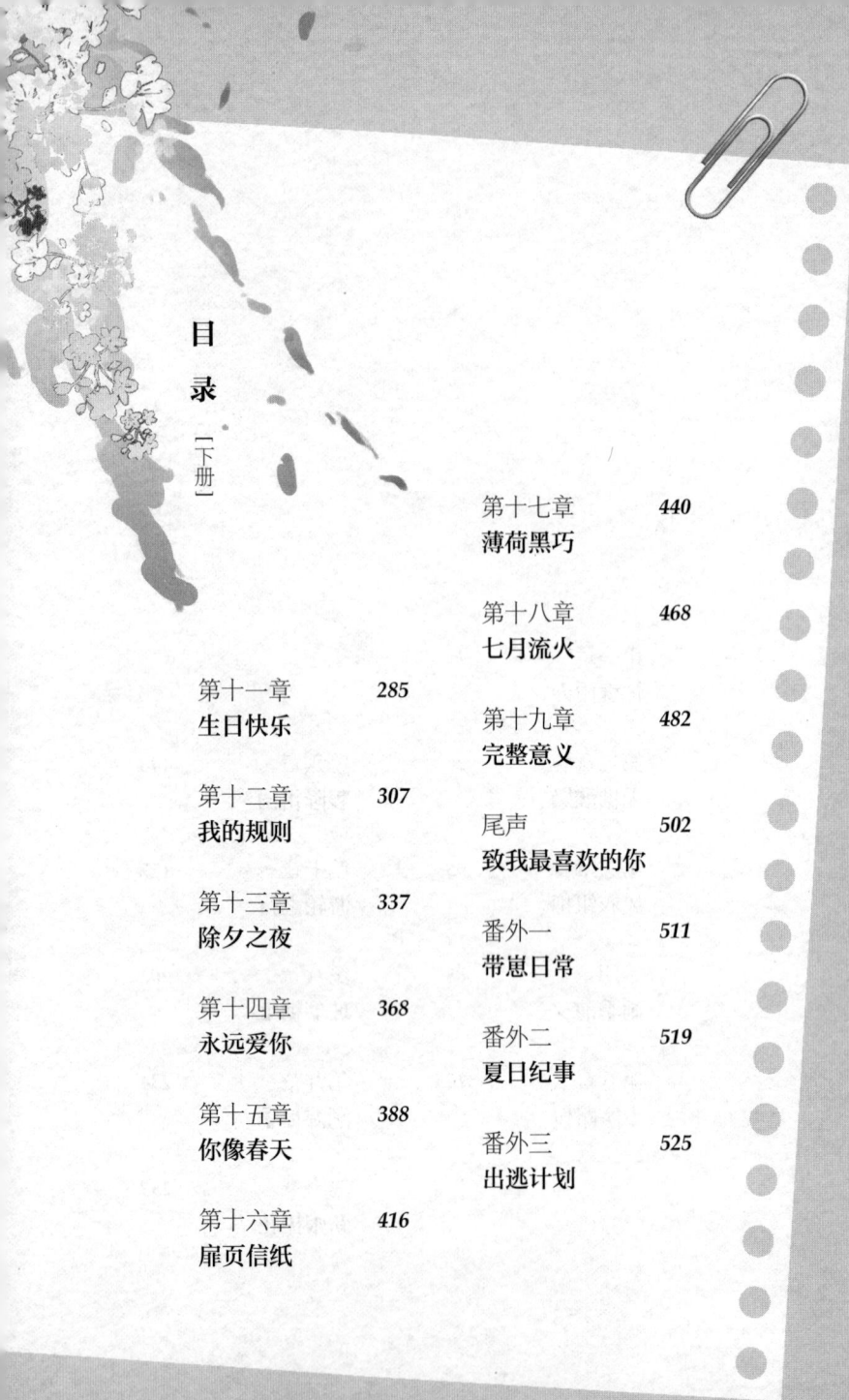

【下册】

第十一章 生日快乐	285
第十二章 我的规则	307
第十三章 除夕之夜	337
第十四章 永远爱你	368
第十五章 你像春天	388
第十六章 扉页信纸	416
第十七章 薄荷黑巧	440
第十八章 七月流火	468
第十九章 完整意义	482
尾声 致我最喜欢的你	502
番外一 带崽日常	511
番外二 夏日纪事	519
番外三 出逃计划	525

第一章
惊魂雨天

岑蔚打到第七个哈欠的时候，店员告诉她饮品制作完成了。

塑料杯里盛着浅绿色的液体，混杂着深棕色的颗粒。岑蔚咬住吸管，尝到第一口饮料后露出一个心满意足的微笑。

李悦恬捧着自己的拿铁，嘴角抽搐了两下。她问岑蔚："这个真的好喝吗？"

岑蔚把杯子递到她的面前。李悦恬摆摆手："不用了，我可不喜欢吃牙膏。"

岑蔚收回手，笑了笑没说话。

薄荷加黑巧克力的搭配就像香菜，大家对它的评价非常两极化，而岑蔚是罕见的狂热爱好者。

她喝下第一口饮料，舌尖最先捕捉到的是牛奶醇厚的口感和黑巧克力微苦带甜的味道，然后才是薄荷带来的多维刺激。凉意直冲鼻腔，薄荷提神醒脑的效果立竿见影，可比冰美式咖啡强多了。

李悦恬拿起手机扫了一眼新消息,告诉岑蔚:"老大说他已经到了,催我们赶紧上去。"

岑蔚又打包了一杯咖啡和一个三明治,拿起手提袋,说:"走吧。"

推开玻璃门,她们朝不远处的写字楼走去。李悦恬审视着手里的咖啡杯,评价道:"我第一次喝心橙的咖啡,味道竟然还不错。"

"味道还行,不过……"岑蔚停顿了两秒,压低声音说,"这个包装真的太丑了。"

橙色的杯身上印着白底的文字,写着"Wish Coffee(惟时咖啡)",下面还有一行小字——"Get your wish(实现你的愿望)"。岑蔚拿到这个项目的时候,就在心里断言这个公司的老板肯定是个暴发户。她实在不敢恭维老板的审美,怪不得公司要重新找设计团队。

李悦恬心领神会,抿着唇笑:"幸亏丑,不然我们还没活儿干呢。"

岑蔚"嘘"了一声,打住这个话题,说:"上去吧。"

心橙咖啡的总部在第十六层。现在是上午九点四十八分,早高峰刚结束,电梯间里没什么人。

岑蔚和李悦恬踏进电梯里,摁下相应的楼层数字。

电梯门开始闭合,岑蔚抬眸时瞥见有个男人走了过来,赶紧抬手摁住按钮。

"谢谢。"男人走进电梯,道完谢就背过身去。

他的个子很高,起码得有一米八五以上。本来电梯里只有她们两个女孩子,显得空空荡荡的,男人往那里一站,电梯里瞬间变得拥挤了。

他抬了一下手，又把手放下。

她们站在男人的右后方，电梯平稳地上升。李悦恬在玩手机，岑蔚在偷瞄那个男人。

他过来的时候看上去不慌不忙的，进了电梯也没有频繁地看表，不像是迟到了。他不会是老板吧？

可他没穿什么名牌的衣服，看上去也很年轻。岑蔚歪了一下脑袋。

"叮"的一声，电梯到达了第十六层。

男人迈步出去。岑蔚和李悦恬走在后面。

他在前台刷卡签到，很快身影就消失在了格子间里。

她们等了四五分钟，对接的助理才出来接人。

"景总已经在会议室里了，我们主管说十五分钟以后开会。"

"好的。"

李悦恬一边走一边打量这里的格局和装修，悄声对岑蔚说："这个公司规模不小哇，不像是刚成立的。"

岑蔚对甲方的背景不关心，只在意一件事，说："这个主管好说话就行，千万别像上家一样，我都有PTSD（创伤后应激障碍）了。"

李悦恬撇了撇嘴，一语道破真相："那你还是别抱什么希望了，世界上没有好伺候的甲方。"

岑蔚无力地叹了口气："好吧，你说得对。"

助理把她们俩送到会议室的门口，交代说周主管马上就来。

景慎言是直接从家里来的，到得早，已经在会议室里等了一会儿了。

他原本在看手机，听到动静抬头看了她们俩一眼："来了？"

"给你。"岑蔚走过去，把纸袋放到他的手边。

景慎言把手伸进纸袋里拿咖啡，发现里面还有一块热乎乎的三明治。

他问："你们谁没吃早饭哪？"

李悦恬在分发设计方案，抬起头回应道："我们都吃了呀，我和岑蔚一起吃的早饭。"

岑蔚对他说："早饭是给你带的，你还没吃吧？"

景慎言愣了一下，说："谢谢。"

岑蔚报以微笑，从包里拿出笔记本电脑，把电脑跟会议室里的投影设备连接上。

十分钟后，会议室的门被打开了，一男一女走进来。

景慎言随即从座位上站起身，露出笑脸走上去迎接："周主管。"

岑蔚抬眼看过去，从衣着打扮上认出那是刚刚在电梯里的那个男人，不禁感到有些意外。

原来他是主管，当主管就能十点上班了吗？这公司的待遇还真不错。

"景总。"

两个人握了握手。景慎言向男人介绍："这位是我们工作室的设计师岑蔚，是这个项目的主要负责人；这位是悦恬。"

"周主管好。"李悦恬笑着打招呼。

岑蔚紧随其后，说："你好。"

之前没仔细留意他的正脸，和男人对视的时候，岑蔚才有机会看清他的相貌。

他五官立体，有着高鼻梁和深眼窝，气质也卓越，就是看人的眼神有些冷冰冰的，很像杂志上的扑克脸男模。

有什么东西在脑海里闪了一下，岑蔚的睫毛颤了一下。她伸长脖子还想看得更仔细，但男人已经转过头，只留给她一张侧脸。

岑蔚蹙起眉。这不是……

男人走过去坐在会议桌的主位上,对他们说:"坐吧,准备好了就开始。"

方案的主设计师是岑蔚,汇报也由她负责。在她开始汇报之前,景慎言小声地问她:"昨天我提的那几点你都改了吧?"

"改了。"岑蔚说,在心里补充完后半句——我改方案改到凌晨三点呢。

会议室里的灯光暗了下来,岑蔚站在屏幕前,将鬓边的一缕头发捋到耳后。

她不喜欢穿那些规规矩矩的职业套装,上身穿了一件缀着小花的蓝色开衫,下身搭配着最简单的牛仔裤和平底鞋。

配合身后的PPT(演示文稿),岑蔚开始讲述自己的设计方案:"包装上现存的最大问题就是缺少记忆点,这种简单的字母Logo(标志)太常见了,也不够美观。针对这一点,我们参考星巴克的双尾美人鱼和瑞幸象征着福禄的鹿头,为心橙设计了一款全新的Logo图案。"

页面跳转,屏幕上出现了一杯冰咖啡,冰咖啡上插了一瓣橙子切片。咖啡液像海浪般晃荡着,半片橙子像初升的太阳。

这是心橙的主打产品"清橙美式"。"清橙美式"在传统美式咖啡的基础上加入了清甜的鲜橙汁,让咖啡带着一层清爽的果香。心橙把它定位为清晨的第一杯咖啡,唤醒上班族一天的元气。

岑蔚对这个美式咖啡的图案进行设计后,一个新的Logo便诞生了。

棕色的波浪线条象征着咖啡,太阳似的橙子切片呼应了品牌名,又带来了视觉上的活力感。

"我们把海浪和日出作为意象,也是希望心橙可以一路乘风破浪、旭日东升。"

话音落下,岑蔚看向会议桌对面的男人,微微扬起嘴角,提

· 5 ·

问道:"周主管觉得怎么样,我们的方案是否符合您的预期?"

被提问的人沉吟了一会儿,没说"好"也没说"不好",只是问:"就这样吗?"

这四个字看似简单却十分尖锐。岑蔚怔住,看向旁边的景慎言,向他求助。

她们对这个方案很上心,初期就开了好几次会。景慎言也一直看着她们设计方案。听完岑蔚的报告,他更觉得这事稳了,脸上的笑容还没收起,对方却抛出这四个字来。

他清了清嗓子,放缓语气问:"是我们的方案不符合你们的预期吗?"

对方直言:"不是说你们工作室总是能给客户带来惊喜吗?但我好像没有感受到。"

岑蔚的脸色随着那颗期待的心一同沉了下去,对方的意思是他们提供的创意不够新颖。

男人又说:"另外,心橙的主要客户人群是白领,和街边那些花里胡哨的饮品面向的客户还是有区别的。我之前就强调过,希望在设计里看到高级感。"

看见男人从座位上起身,岑蔚把笔记本合上抱在怀里,忙不迭地坐回景慎言的身边给他腾出位置。

她改了三天的设计方案被甲方从里到外挑了一遍刺:配色不够和谐、缺少新意、没有体现出高级感、线条太复杂……

岑蔚一边在本子上飞快地记录修改意见,一边在心里画圈圈诅咒他。

"大概就是这样,今天就到这儿吧,各位辛苦了。"男人抬腕看了一眼表,"也到饭点了,让小张带你们吃个饭再走吧。我等会儿还会会,就不作陪了。"

景慎言笑着应道:"行,我们回去好好修改一下,下周再约个时间聊聊。"

两个人握了握手,互道一声"再会"。

满心欢喜地来,被泼了一盆冷水后离开,岑蔚把电脑和笔记本一股脑儿地装进托特包里,睡眠不足带来的眩晕感又涌了上来。

她走在最后,一只脚已经跨出门了,想想还是觉得不甘心,又转身回到会议桌边。

那位周主管没走,正翻看着手里的文件,应该是在等下一场会议开始。

以为她有什么东西落下了,他也没抬头。

岑蔚小心翼翼地出声:"那个……"

男人停下翻看文件的动作,抬眸看向她。

"我们是不是认识呀?"还没等他回答,岑蔚指着他说,"周然,是你吧?山城七中。"

男人瞄了一眼别处又看回来,做出一副努力回忆的样子,问:"你是……?"

"岑蔚呀,你不记得我了吗?高一我们是一个班的。"

"哦。"周然说,目光没有在她的身上停留太久,很快又移开看向其他地方。

看对方神情平淡的样子,岑蔚觉得不可思议,问:"你真的不认识我了?"

周然挑了一下眉毛,反问道:"怎么?难道我们以前的关系很好吗?"

"不好。"岑蔚毫不犹豫地回答,"相反,咱俩以前好像还有仇。"

她轻轻地笑了一声,用开玩笑的语气说:"所以,我还以为刚刚你是故意找我碴儿,想报仇呢。"

周然瞪大眼睛,似乎是惊讶于对方的指控,说:"怎么可能？"

"当然不可能，那都是很久以前的事了。"岑蔚微笑着说，"我们会尽快改好方案的，下次见，周主管。"

周然收回目光，摸了一下自己的耳朵。她最后的那三个字听起来像是咬着后槽牙说的。

岑蔚走出了会议室。她的背影消失在视野里，他长舒一口气，向后靠在椅背上。

没喝完的饮料还在桌上，他怎么看那薄荷绿的颜色都提不起食欲。它真的有那么好喝吗？

过了一会儿，听到走廊上传来的脚步声，周然赶紧重新在椅子上坐好，整理了一下外套的下摆。

程易昀把双手插在裤子的口袋里，优哉游哉地走进来，问他："你这么快就吃完午饭了？"

周然回应道："我还没吃午饭呢。"

程易昀一屁股坐在桌子上，拿起那杯没喝完的饮料，稀奇地说道："这是谁喝的呀？还有人点这个呢？"

周然抬眸看了一眼，说："刚刚我和景明的人开了会，这是他们的设计师喝的吧。"

程易昀撇撇嘴："产品部昨天还和我说这种饮料没什么销量，考虑从菜单里剔除呢。"

"别。"

听他的语气这么着急，程易昀坏笑道："怎么？你也喜欢喝？"

"不喜欢，我讨厌薄荷味。"周然顿了顿，说，"但不是有人喜欢喝这种饮料吗？留着吧。"

程易昀把塑料杯精准地扔进角落里的垃圾桶里："哎，听说你今天迟到了呀，遐姐说要扣你的工资。"

"随便吧。"

程易昀把一只手撑在桌面上,弯腰凑近周然的脸:"你昨晚干什么去了?黑眼圈这么重,你今天还睡过了头。"

周然冷冷地迸出两个字,听上去怨气极重:"搬家。"

张助理带着景明的三个人下楼。过闸门时她把脖子上的工牌取了下来,岑蔚无意中瞥到上面的名字——张雨樱。

岑蔚默念这个名字时联想到一幅画面,问张助理:"你是春天出生的吗?"

张雨樱回头看向岑蔚,惊讶地道:"你怎么知道?"

岑蔚笑着指了指她手里的工牌:"我看到你的名字了。"

"哦。"张雨樱翘起嘴角,比刚刚在会议室里时显得放松了不少,说,"对,我下个月过生日。"

岑蔚说:"你的名字真好听。"

张雨樱朝她笑了笑。

来吃饭的人大多是他们这样的白领,三五成群,在饭桌上传递新鲜的公司八卦。

一个个白领上午在办公室里哈欠连天,这会儿精神头倒是又足了。

面前的定食装盘精致、营养均衡,照烧汁浸润白米饭,鸡排的表皮被烤得焦脆。

不知是早饭吃得晚还是刚刚受到的打击太大了,岑蔚小口小口地扒拉着米饭,吃得慢吞吞的。

李悦恬在给男朋友发消息,景慎言也一直低头看手机,大概是有事要处理。张雨樱本来就和他们不熟,一言不发。

在充斥着欢声笑语的餐厅里,他们四个像临时拼桌的陌生人。

安静了一会儿,张雨樱突然出声说:"其实,你们已经做得很好了，没有主管说的那么差。"

桌上的另外三个人抬起头面面相觑。李悦恬嘴里还嚼着鸡排。

景慎言笑了一下："没事，你不用安慰我们。"

"这不是安慰，是实话。"张雨樱说，"你们的初稿质量不错，他故意挑那么多刺，就是想逼着你们再多上点儿心。甲方不都是这样吗？你们不用太丧气。"

其实，岑蔚倒也不完全是因为工作上的事才无精打采的。她最近忙着搬家，每天睡得又晚，气温上升后胃口也不佳。

不过张助理人真好，看他们受打击了还特地来安慰他们。

岑蔚挤出一个微笑，对她说："谢谢你。"

张雨樱摇摇头："应该的。"

李悦恬抬起手比画了一下，问："那你们主管平时脸都那么臭吗？他这么说话不会招人嫌弃吗？"

景慎言咳嗽了一声，抬起头瞪着她。

"嗯……"张雨樱故作沉思状，笑了一声，说，"这么说吧，他在我们公司的代号叫'叶澜依'。"

景慎言没听明白，脑袋上顶着大大的问号。

李悦恬也在仔细地品读张雨樱的话。只有岑蔚秒懂了，"扑哧"一声笑了出来。

"我先走了，你们慢慢吃。"张雨樱说着就要起身。

岑蔚叫住她，提醒道："你不用给你们主管带一份饭回去吗？"

张雨樱愣了一下，大概是对岑蔚竟然会提醒她这件事感到意外，说："不用，他不吃这里的东西。"

"哦，这样啊。"

等张雨樱一走，李悦恬立刻变得神气起来，说："我就说吧，他们把之前的那个包装设计得那么土，有什么脸嫌弃咱们做得不好?"

景慎言"啧"了一声："看把你得意的。所以人家才那个态度，不然你都要把尾巴翘到天上去了。"

岑蔚在旁边听得直乐，拿起勺子往嘴里塞了一口饭。

他们吃完饭走出餐厅，早春的风吹得人昏昏欲睡，阳光金黄灿烂。

岑蔚打了一个哈欠，困意又上来了。

李悦恬也困得不行，一上车就把脑袋一歪，头靠在车窗上睡着了。

岑蔚系好安全带，看见驾驶座上的景慎言在四处翻找什么东西。

她从包里摸出一盒薄荷糖递到他的面前。

目光上移，景慎言看着她的脸接过糖盒，说了声："谢谢。"

岑蔚顺便也拿出一颗薄荷糖，含在嘴里提神。

景慎言发动了汽车，把着方向盘，借着看后视镜的机会瞥了旁边的人一眼。

早上他在电话里交代完带一杯冰美式咖啡后停顿了两秒，最后只说："就这样吧。"

但是她递到他手里的不仅仅是咖啡。

她好像总是能留意到这些细节，有时又过于敏感地去捕捉他人的心思。

这说不上是好还是坏，景慎言吸气吐气。下午的气温直线飙升，热得人心头浮躁。

薄荷的凉意从喉咙一路向下蔓延，他觉得自己现在更需要一根烟。

"你找好新房子了吗?"他抛出一个话题。

怕吵醒李悦恬，岑蔚放轻声音回答："嗯，朋友有一间空房

· 11 ·

子,借给我暂住了。"

"暂住?那你之后怎么办呢?"

"嗯……"岑蔚把双手交握在一起,犹豫着要不要在这个时候提那件事,"那个……老板,其实我打算等这一单结束就辞职。"

红灯变成绿灯,后面的车主摁了一下喇叭,尖锐的鸣笛声把景慎言拉回现实。他收回目光,手忙脚乱地重新启动车子。

车驶过了十字路口,景慎言缓了口气,问岑蔚:"为什么?你怎么突然要辞职?"

岑蔚回答:"各方面的原因吧,我打算回山城了。"

景慎言猜测:"家里人催你结婚了?"

岑蔚微笑着点头:"嗯,老大不小了,我是该安定下来了。"

她听到身边的人呼吸很沉,想缓和气氛,故意开玩笑:"所以,这一单我要是干好了,老板记得多给我点儿奖金哪。"

景慎言收拢手指攥紧方向盘,心一横,脱口而出:"那我给多少奖金,你才可以不走啊?"

岑蔚起初没听明白他的意思,只当他是在客套地挽留她一下,接话说:"那我可得好好地想想了。"

景慎言承认他慌了。岑蔚突然提出辞职让他乱了方寸,接下来的话再不合时宜他也管不着了。

"要是家人催你结婚,你也可以在这儿找男朋友啊,蓉城的单身青年也不少吧。"

岑蔚还当他是在闲聊,说:"哪里有啊?我怎么找不到呢?"

景慎言说:"眼前不就有吗?不可以试试吗?"

岑蔚反应过来的一刹那,嘴角的笑容僵住了。她转头看向景慎言。男人目视前方,脸上的表情和平常的表情一样,她瞧不出什么端倪。

岑蔚收回目光,不太自然地咳嗽一声,希望是自己想多了。

后座上的女孩微张着嘴，神情安逸。她看上去是真睡着了，没听到前面的人在聊什么话题。

景慎言把车一路开到公司的门口，没再说话。岑蔚也没再提起刚刚的话题。

汽车熄火后，李悦恬迷迷糊糊地醒来，揉着眼睛问："到了？"

景慎言解开安全带，转过脑袋对后座上的人说："悦恬，你先上去，我和岑蔚有话要说。"

李悦恬一下子变得清醒了，目光在两个人的身上打转。她紧张地说道："老大，你要骂别光骂岑蔚一个人，方案烂我也是有责任的。"

景慎言无奈地闭了闭眼："你先上去，我保证不骂人。"

李悦恬伸出手，越过座椅拍了拍岑蔚的肩，小声说："那我先上去了。"

岑蔚笑着点点头，让她别担心。

等到车上只有他们两个人，景慎言降下车窗，薄荷糖残留的凉意伴随每一次呼吸沉入胸腔。他问岑蔚："你介意我抽烟吗？"

岑蔚摇头："没事，你抽吧。"

她总是很好说话。

"算了。"景慎言向她摊开手掌，"还有糖吗？"

岑蔚赶紧去翻包。

景慎言靠着椅背，目光落在遮阳板上。他说："那天发现你把朋友圈里他的照片全删干净了，我高兴得想出去放烟花。"

岑蔚攥紧拳头，用指甲去抠掌心的肉，暗自提起一口气来。

"我觉得得等等，不能太着急，别显得我居心不良，觊觎你已久。但我还没来得及做什么呢，你怎么就突然要辞职了？"景慎言声音里带着笑意说。他想让这些话听起来没那么重要，想让自己表现得无所谓一些。成年人每时每刻都在乎着体面。他问："岑蔚，我是不是太蠢了？"

薄荷糖被舌尖带到左腮处，"咯吱"一声，景慎言用牙齿咬碎了它。他以前从来不喜欢吃这些东西。

岑蔚吞咽了一下，指甲在掌心里掐出了月牙状的印记，卸下力气的那一刻刺痛感最强烈。她轻而急促地呼吸着，脸上挂着有些僵硬的笑，说："你这样，我更不敢留下了。"

暖和的风灌进来，车内弥漫着薄荷的味道，过了一会儿，景慎言沉声说："辞职的事，你再考虑一下吧。"

岑蔚立刻答应。

"上去吧。"景慎言拔了车钥匙。

岑蔚下车的动作一气呵成、非常迅速。看着她落荒而逃的样子，景慎言在座位上低低地笑出了声。

她表面上波澜不惊，其实心里早就要吓死了吧。

岑蔚是在一头撞上柱子的时候才彻底回过神来的。

她捂着脑门儿，把呻吟声憋在喉咙中，五官扭曲地走进电梯里。

李悦恬从五分钟前就开始疯狂地给她发微信，确认她的生死。

岑蔚长按语音键，把手机举到嘴边："我活着呢，没事，他没骂我。"

李悦恬：那他和你说什么了？

他说什么了？

在岑蔚愣神的时间里，电梯到了。她把手机放回口袋里，没有回复消息，后来李悦恬也没再追问她。

张雨樱从餐厅里走出来，去了隔壁的轻食店。

同事在微信上问她在哪儿。张雨樱回复对方说"给跩妃买草"。

她点进上司的聊天框,发消息询问对方。

张雨樱:凯撒没有了,我换成泰式柠檬虾可以吗?

对方的回答依旧简短,只有一个"行"字。

"要一份泰式柠檬虾,再加一杯橙汁。"

店员指着柜台上的立牌,热情洋溢地推荐:"我们今天有优惠活动,关注公众号可以领券。"

张雨樱毫不犹豫地拒绝:"不用了,就按原价好了。"

她才不花这个工夫给领导省钱。

"好的。"店员打好小票递给她。

张雨樱接过小票,站到旁边等候取餐。

二十分钟前她吃午餐时,手机里弹出上司的微信消息。

周然:景明的人现在怎么样?

张雨樱不明所以——什么叫"怎么样"?

她握着手机,抬起眼皮扫视一圈,如实地向对方报告情况。

张雨樱:桌上的气氛有些压抑,可能是这家店的菜不合大家的胃口。

过了两分钟,周然发来消息。

周然:帮我带句话,刚刚我忘了说,其实他们的方案还不错。

张雨樱刚打下"好的"两个字,屏幕上又弹出一条新消息。

周然:别说是我让你说的。

…………

张雨樱把手机扣在桌上,搞不懂他这是在干什么,但还是乖乖地照做了。

回到公司,张雨樱径直去了会议室,把打包袋放到周然的手边。

坐在主位上的人叫纪清桓,是心橙咖啡的创始人,也是这家公司的大老板。他本身家境就富裕，是名副其实的青年才俊。

他看见张雨樱手里的餐盒，出声问："周然，你还没吃饭呢？"

"嗯？"被叫到名字的人抬起头，回答，"哦，今天起得晚，没事，我还不饿。"

"那也得按时吃饭。"纪清桓用钢笔点了点桌面，"大家作证啊，是他自己不吃饭，大家可别在背后骂我。"

闻言，会议室里的人都笑起来，氛围轻松。

周然也舒展了眉眼："知道了。"

直到下午三点，周然才有空打开那份沙拉。

他把酱汁倒进盒子里，叉起一片苦苣叶。手机屏幕上的美食博主正大快朵颐，面前摆着满满一盘油光发亮的炸串。

张雨樱敲门进来给周然换咖啡，已经对他的这种自虐行为见怪不怪了。

"小张。"周然出声叫她。

张雨樱抬起头，应了一声。

周然放下手里的塑料餐具，拿起手机划拉两下，把屏幕举到她的面前，问："这人你认识吗？"

那是很陌生的一张脸，张雨樱往前凑了凑，想看得更仔细些。

照片的像素很低，上面男孩的脸蛋儿圆润得没有一丝棱角，身上穿着灰红相间的校服，脸上不带笑容，看上去憨厚壮硕。

张雨樱确定自己没见过这个人，摇了摇头说："不认识，这是谁呀？"

周然收回手："没事了，你出去吧。"

反正他总是会做一些令人费解的举动，张雨樱早已习惯了，没再多问什么话，离开办公室的时候轻轻地带上了门。

等她一走，周然放松地靠在椅背上，把手机举到面前，蹙起眉。

上大学之后他瘦了整整六十斤,别说样貌,就是气质也变得和以前大不相同了。

况且,再好的朋友十年不见面也未必能一下子说出对方的名字。

岑蔚到底是怎么认出他来的?太匪夷所思了。

气温回暖没两天,周末又下起了雨,春游计划泡汤了,朋友圈里哀声一片。

岑蔚没有这些闲情逸致,既要改设计方案,又要搬家。

她把暂时用不上的东西都打包寄回了山城,最后收拾出来的只有几套换洗的衣服和洗漱用品。

司机师傅帮她把行李搬进后备厢里,搭话说:"美女,来旅游呀?"

岑蔚说"不是",却不知道接下来该怎么解释。

她不是刚来这个地方,她是要走。

师傅笑笑:"知道了,你是来看男朋友的?"

岑蔚扯了扯嘴角,任由他这么误解。

雨点打在车窗玻璃上,街景虚化成画布上涂抹的色块。

听到电台的主持人聊起蓉城小吃,岑蔚才想起,手机里还有好几家收藏的店铺没去打卡。

她现在回过头来想想,在这里度过的几年就像在地铁上靠着栏杆迷迷糊糊地睡了一觉。等列车员在广播里提醒前方即将到站时,她才回过神来,人生的又一个阶段也要结束了。

"下雨了我不好开车,把你放到巷子口行吗?"司机师傅问。

岑蔚答应道:"行。"

细密的雨丝被风吹在皮肤上,凉飕飕的。老话说"春雨贵如油",但阴沉沉的天空总是让人心情不愉快。

岑蔚撑开伞,拉着行李箱一路往巷里走。滚轮摩擦着不平的地面,"咯噔咯噔"直响。

一个月前她收到通知,房东的儿子定好婚期了,家里要给他置办婚房,准备把出租的这套房子卖出去。

房东说可以给她充足的时间搬家。但从那之后隔三岔五就有人过来看房,岑蔚的私人空间受到严重侵扰。原本她每日下班后回到小屋里的安定感也荡然无存。

和中介联系后她去看了几套房,也有满意的房子——有一套房的面积和地理位置都挺好的,就是楼层高又没电梯,她每天上下班都得爬六楼;另一套房离公司比较近,但之前屋里的天花板漏水,房东正在装修,最快她也得半个月之后入住。

比较来比较去,结果就是她觉得哪套房都不够好。

深夜躺在被窝里,岑蔚机械地刷着短视频,情绪低迷。某一刻负能量爆发,她点开微信,发了一条朋友圈——

水逆期什么时候结束?生活和工作没一个顺心的,房东还突然通知搬家,一个偌大的蓉城就这么容不下一个小小的我吗?

屏幕发出的光映亮了脸庞,岑蔚面无表情地看着未读消息从一条增长到了十七条。

朋友们有的安慰她,有的向她询问近况,评论区被绿衣服的拥抱小人占领了。

岑蔚逐条回复评论,谢谢亲朋好友的关心,并顺带表示自己会振作起来的。

这样一来,情绪或多或少好转了些,但生活里的一团乱麻还是一团乱麻,等待她解决。

岑蔚叹了口气,把手机熄屏放在枕边,拉过被子,闭上眼睛。

世界毁灭吧,她破罐子破摔地想。

第二天早上睁开眼，岑蔚干的第一件事就是打开手机，删除那条朋友圈。

她总是这样，发完牢骚后又觉得羞耻。

她点回聊天列表，把推送消息删除干净后意外地看到了两条未读消息。它们来自一个备注名为"何智颖"的好友。

何智颖：Hello（你好），岑蔚，我记得你现在是在蓉城上班对吧？

何智颖：我看到你的朋友圈了，你是在找房子住吗？

收到对方的消息后，岑蔚很惊讶。她们以前是一个高中的，一起参加过艺考，前几年加上了微信，聊天列表里的上一条还是"你已添加了何呵呵，现在可以开始聊天了"。

岑蔚掀开被子下床，一边走向卫生间，一边捧着手机打字。

岑蔚：对，房东的儿子要结婚了，我突然就无家可归了。

在去公司的地铁上，岑蔚收到了何智颖的回复。

何智颖：我男朋友在蓉城有套空房子，我们俩之前就住在那里，你看看要是合适的话可以住在那边。

虽说对方是好意，但岑蔚的第一反应是推辞。

岑蔚：可以吗？会不会不方便啊？

何智颖回复了一条语音，语气爽快地说道："这有什么不方便的？我们俩现在在杭城呢，那套房子是他上大学的时候家里给他买的，空着也是浪费。他之前还和我说打算租出去，正好你在找房。"

岑蔚：那房租你打算收多少？我大概要住一个月。

何智颖：这个以后再说吧，我把地址给你，你可以先过去看看房子合不合适。

房子是复式公寓，不到九十平方米，就在春熙路的旁边，虽然离工作室有七八公里远，但离地铁口很近，通勤不是问题。

岑蔚看完后觉得房子很合适，里面的装修风格还是燕麦色的原木风，简约而温馨，这简直是她的梦中情房。

都说公寓多半是坑，华而不实，但这样的地方用来独居谁不喜欢呢？

何智颖让她先住着，房租的事之后再说。

屋里许久没住人，也有一些他们以前的东西。入住之前岑蔚挑了一个空闲的日子，把公寓上上下下都打扫了一遍，就等着周六这天搬进来。

房门的密码是何智颖和她男朋友的定情日——11-12-08。"嘀"的一声响后，岑蔚摁下把手，推开防盗门。

她没急着进去，站在门口打算换个密码。

手机里弹出通话提示，岑蔚点击"接听"，把手机放到耳边："喂，姐。"

岑悦彤问："你寄回来的东西妈都收到了。妈问你，要不要帮你拆开那些东西？"

"不用，放那儿吧，等我回去自己收拾。"

"知道了，你去新房子了吗？"

换好密码后，岑蔚使了把劲，把行李箱拎进玄关："刚到。"

上次她来时屋里还弥漫着一股霉味，但现在空气十分清新。岑蔚满意地扬起嘴角，听见听筒里有狗叫声，问："你在上班呢？"

岑悦彤有气无力地"嗯"了一声："我刚给一只黑柴做完检查，它偷吃了巧克力，主人把它送来的时候都急哭了。"

岑蔚也是因为岑悦彤是兽医才知道狗居然吃不了巧克力，那么甜美的食物对于它们来说是毒药一般的存在。它们无福消受，吃了巧克力甚至可能致命。

"没事吧？"岑蔚拉开客厅里的窗帘，底下是车来车往的街道，白天可能会有些噪音，但也无妨了。

"没事，它现在能跑能叫，正被它爸拎着脖子批评教育呢。"

想象了一下那幅画面，岑蔚笑了一声，换上自己的拖鞋，把穿来的运动鞋放回门口的鞋架上。

注意到地毯上摆着一双男士皮鞋，岑蔚有些愣怔。她上次来这里好像没看见这双皮鞋，它可能是何智颖的男朋友留下的吧。

电话里，岑悦彤幸灾乐祸地说道："我和你说呀，妈知道你和白朗睿分手了，已经给你物色好了三个小伙子，就等着你回来见面。"

岑蔚"啧"了一声："要不要这么夸张？你都没结婚呢，我急什么？"

"我没结婚，但我有未婚夫啊，你呢？"

"好吧。"岑蔚说，觉得无言以对。

她拿着手机走上楼梯，想先把窗户都打开通通风。

"哦，对了。"岑悦彤说，"我前两天去看小叔了，他状态还可以，还问到你了。"

岑蔚顿住脚步，很轻地"嗯"了一声："我要收拾东西，先不说了。"

"行吧。"岑悦彤在那头叮嘱她，"好好休息呀，妈天天盼着你回来。"

"知道了，拜拜。"

放下手机，岑蔚隐隐地听到哪里传来水流声，心里一紧——这两天下雨，天花板恐怕漏水了。

岑蔚检查了每一间屋子，卧室没问题，杂物间没问题。她一路走到走廊的尽头，手刚握上门把手，那金属物却开始自己向下转动。

脑袋里"嗡"的一声，瞳孔骤缩，岑蔚愣在原地。

她明明还没开始拧门把手!

"咔嗒"一声,门把手脱离了她的掌心,房门缓缓地从里面被打开,带出一阵湿热的空气。

这阴雨天,这许久没住人的空房……岑蔚猛地吸了一口气,胳膊上的皮肤迅速冒起小疙瘩,惧意在后背上蔓延。

已经顾不上思考了,她条件反射一般向后退了一步。腿一哆嗦,她被自己的拖鞋绊倒,一屁股跌坐在地上。

"啊——"剧烈的疼痛直钻尾椎骨,岑蔚疼得眼前发黑,手指在空中蜷缩又张开。

"你没事吧?"

岑蔚抬起头,看见了半蹲在她面前的男人。

她看着这张脸,半天没缓过神来,意识清醒后的第一反应是发出一声刺穿天花板的尖叫。

"嘘。"男人连忙制止她,"别叫。"

"你怎么在这儿?"岑蔚用双手捂着嘴,难以置信地看着面前的人。

"我还想问呢,你怎么在这儿?"周然站起来,俯身向她伸出手。

他刚洗完澡,还赤裸着上身,湿漉漉的头发往下滴着水。

岑蔚扭过脑袋不去看他,撑着地板爬起来。

"我没走错吧?"她拍拍手,嘀咕着,"走错也不可能输对密码进来呀。"

周然又问了一遍:"你为什么会在这里?"

岑蔚眨眨眼睛,回答:"这是我租的房子呀。"

"你租的房子?你认识房东吗?"

岑蔚缓了口气,回答:"认识呀,我朋友说这是她男朋友的房子。"

"朋友?"

"何智颖。"

"哦……哦。"周然大概猜到是什么情况了,叹了口气,返回浴室去拿手机。

几分钟前他听到楼下的动静,以为是有人光天化日之下入室偷窃,刚关了花洒穿好裤子走出来,就在浴室的门口撞上了受惊的岑蔚。

他们俩大眼瞪小眼。他也吓掉了半条魂,只是面上没表现出来而已。现在心还"扑通扑通"地跳个不停。周然转过身,拍了拍自己的胸口顺气。

打出电话后,周然用一只手扶着腰,用另一只手把手机贴在耳边。

"喂。"

岑蔚仰起脑袋瞥了他一眼,想这家伙怎么个子这么高,以前他好像没这么高吧?

她和他说话真的挺费脖子的。

"你的老婆把公寓租给别人住了?"周然问电话里的人。

岑蔚也拿出自己的手机,想联系何智颖询问情况。

"等等。"周然说完话就把手机塞到岑蔚的手里。

岑蔚不敢乱动,乖乖地握着他的手机站在原地。她低头看了一眼手机,屏幕上显示"正在通话中",备注是"石嘉旭"。

这是何智颖的男朋友?名字看上去好熟悉。

周然去卧室里拿了一件T恤穿好,从岑蔚的手里拿回自己的手机。

岑蔚承认自己有时像个操不完心的啰唆老妈子,没等大脑反应过来,嘴边的话就脱口而出:"你再穿一件外套吧,别感冒了。"

周然垂眸看了她一眼。

"我真服了你们夫妻俩了。"他嘴里说。

几分钟后,周然和岑蔚并肩坐在客厅里的沙发上,中间隔了一个抱枕的距离。

对面摆着一部手机,视频通话里的两个人是这栋房子的原主人石嘉旭,还有他的女朋友何智颖。

以这种方式见面,四个人都有些尴尬。

何智颖先发制人,朝石嘉旭嚷嚷:"你说说你,把房子租给周然也不和我说一声啊!"

石嘉旭反击:"那你把房子租给别人不也没和我说吗?"

"我和你说了,前天吃饭的时候,我说我有个同学在蓉城找房子住,你还'嗯'了一声。"

"是吗?"石嘉旭心虚地说,声音渐渐地小了。

何智颖一巴掌拍在他的胳膊上:"谁叫你一边吃饭一边刷视频?!"

"那你就没看手机?"

两个人说着就扭打到一起,场面逐渐有些失控。

岑蔚动了动嘴唇,尝试着开口劝架:"那个……你们先别吵了。"

然而她的努力毫无效果。

何智颖一口咬住石嘉旭的胳膊,手机里传来凄厉的惨叫声。周然的耐心终于达到极限,他伸长胳膊拿过手机,干脆利落地挂断电话,让那两个人在那边吵吧。

"你是什么时候搬进来的?"岑蔚问周然,之前来打扫的时候屋里还没人住呢。

"前天。"周然回答完恍然大悟,问,"哦,所以是你来收拾的屋子?"

他还奇怪呢——怎么大半年没住人的地方这么干净?他还省了不少事。

岑蔚点点头:"不然你以为是谁收拾的屋子?"

周然耸耸肩，随意地回答："田螺姑娘什么的。"

不知道他是不是在开玩笑，岑蔚反正没笑。

她坐在沙发上，抱着靠枕问周然："所以我们现在怎么办？"

"这样。"周然给出一个方案，"我先去住酒店，这几天你尽快找到房子搬出去。"

岑蔚点点头，又意识到不对："什么意思？为什么是我搬出去呀？"

周然给出理由，说："先来后到。"

岑蔚不可思议地瞪大眼睛："什么先来后到？那按理说不是我先来的吗？你知道我那天打扫完房子多累吗？"

周然抿了抿唇，觉得她说的话好像也有道理。他问："那你觉得应该怎么办？"

"我可以先去住酒店，你找到房子之后搬出去。"

周然蹙眉："这样不好吧。"

岑蔚把脸转开，带着脾气嘟囔了一句："我管你好不好？我都没找你要清洁费呢。"

周然听见了她的话，挠挠头，说："我的意思是怕你住酒店不安全，最近不是那个……酒店里有摄像头。"

"啊？"岑蔚抬起头，尴尬地"哦"了一声，突然不知道该说什么话了。

他们沉默着，各怀心思。出现这样的场面他们也不知道到底该怪谁，想想这局面也挺好笑的。

过了一会儿，两个声音同时响起。

"其实我下个月就要回山城了——"

"那要不一起住吧？"

第二章
无糖酸奶

岑蔚差点儿被自己的口水呛到,瞪大眼睛问周然:"你说什么?"

周然没回答,也问她:"你刚刚想说什么?"

岑蔚让步,说:"我说我下个月就要走了,房子还是你住吧。"

周然的关注点却是第一句话。他问:"你要去哪儿?"

岑蔚回答:"我回山城啊。"

"那……那你这边的工作呢?"

"辞了。"

"为什么?"

岑蔚奇怪地看他一眼,觉得自己并不需要向他交代这些事。

她站起身说:"反正你住在这儿吧。"

周然跟着起身:"那你呢?"

"我……"岑蔚挠挠头发,"我再想办法。"

周然追问:"什么办法?"

岑蔚现在还没想出什么好办法。反正天大地大,她还能去睡桥洞吗?

她说:"这个你不用管了,我可以问问朋友。"

周然说:"你找好地方再走,不然就待在这里。"

他的语气和态度都很坚决,岑蔚一下子被唬住了,条件反射地坐回去,应了一声"好"。

她拿出手机翻了翻通讯列表——其实她在蓉城没什么亲近的朋友。当初她是因为白朗睿在这里读研才过来的,在这里认识的人基本是同事。岑蔚一直觉得就算跟职场上的朋友关系再好,也得和他们保持距离,为这种事向他们求助还真开不了口。

快把通讯列表拉到底了,岑蔚也没找到合适的人,默默地叹了口气。

周然一直在旁边看着她,大概猜出了她的窘迫。

"你刚刚是说……"岑蔚抬起头,"要一起住吗?"

周然摸了一下鼻子,"嗯"了一声。

"我是觉得,现在突然要去人家的家里住也不方便,住条件好一点儿的酒店得几百块钱一晚,十天半个月下来,这笔钱都够换一台新电视机了。"

岑蔚算了算数,认可道:"确实。"

周然继续说:"而且你下个月又要走了,来回搬也折腾。"

岑蔚点点头,又猛地意识到不对劲,把双手交叉起来护住前胸,警惕地看着他:"你别以为我傻。"

周然翻了一个白眼,冷笑了一声:"你放心,我看不上你。"

岑蔚提起一口气,气势汹汹地怼回去:"你最好看不上我。"

周然说:"反正这是我能想出来的最好方案了。"

岑蔚反驳:"哪里好了?"

周然拿起毛巾擦头发:"那你想个办法说给我听听。"

小水珠溅到了岑蔚的脸上,她用手背擦了擦脸。

这栋小公寓虽然有两间居室,但一楼的房间被何智颖和石嘉旭当了书房,正儿八经的卧室只有楼上的一间。不过客厅里有一张沙发床,沙发床倒是也能供人睡觉。

岑蔚不会同意和一个不熟的男人同居,除非脑子被驴踢了。

要不她就自私一点儿,赖在这里不走,把他赶出去?

可周然还是她的甲方,要是把他惹急了,他在工作上给景明使绊子怎么办?

要不她走?可她走了去哪儿?她住酒店不安全又贵,再找房也得花几天时间。

而且凭什么她走?她都没享受到辛辛苦苦地打扫一天收拾出来的温馨小屋呢,拱手就把它让给别人住,亏不亏呀?

如果她和他一起住,万一周然对她图谋不轨怎么办?

岑蔚抬眸打量着男人。刚刚她在卫生间的门口匆匆地瞥了一眼,他似乎把身材练得很不错,宽肩窄腰,肌肉精壮而不夸张。他是她最喜欢的那种类型。

说实话,岑蔚觉得也许她更应该担心自己会不会对人家图谋不轨。

心思绕了一大圈后,岑蔚清清嗓子,让自己的语气听上去显得非常无奈且勉强,说:"那只能先这样了,楼上归我,楼下归你,反正我也不会住太久。"

周然点头,欣然应允:"行。"

何智颖和石嘉旭吵完一架才发现他们俩把电话挂了,又打来一个视频通话。岑蔚告诉他们:"我和周然已经商量好了,我们先一起住,他住一楼,我住二楼,反正下个月我就回家了。"

此言一出,屏幕那端的两个人都傻眼了。

何智颖"啊"了一声:"可是刚刚石嘉旭找朋友……"

她把话说到一半就被石嘉旭捂住了嘴。石嘉旭说:"行,那也行,你们俩商量好了就行。"

何智颖觉得这事不靠谱,就去掰他的手。石嘉旭不松手,匆匆忙忙地要挂断电话:"这事怪我们俩,对不起呀,反正祝你们同居愉快!先这样吧,拜拜!"

岑蔚有些发蒙,回头看了周然一眼,对方朝她耸了耸肩。

她也不能全怪石嘉旭和何智颖闹了这出乌龙,至少人家已经帮她解了燃眉之急。以后的事以后再说吧,现在岑蔚只想找一张床好好地补个觉。

她站起身,把自己的行李箱搬上二楼。

周然坐在单人沙发上,看着她吃力地爬楼梯。

手机屏幕亮起,他扫了一眼消息,丢下脖子上的毛巾,从沙发上起身走到岑蔚的身边,去接她手里的行李箱。

"不用。"岑蔚说完也没松开手。

周然也不松手,用另一只手唤醒手机屏幕,把手机举到她的面前。

上面显示着一条新消息,来信人是石嘉旭,但她一看语气就知道消息是何智颖发的。

石嘉旭:给我好好照顾岑蔚!敢欺负她你就死定了!

"你的好闺密说的,你把行李箱给我吧。"周然说。

岑蔚松开手,低声重复那两个字:"闺密……"

周然以为她说了什么话,问:"嗯?"

岑蔚说:"其实我们俩好多年没联系了,算不上闺密吧……"

周然"哦"了一声,倒感到有些意外。

"那你和她的男朋友是怎么认识的呀?"岑蔚跟在他的身后。看来他的个子也不是白长的,他单手就能拎起她的大行李箱,气也不多喘一声。

　　从她的这个角度，她可以很好地观察到男人的手臂线条。他皮肤白皙，肌肉匀称、结实又不过于粗壮。

　　岑蔚偷偷地在心里"哇"了一声，确认这就是她最喜欢的类型。

　　周然回答："上高二和高三时我们俩是一个班的。"

　　"啊？"岑蔚感到惊讶，问，"石嘉旭也是七中的？我怎么感觉以前没在学校里见过他呀？"

　　"正常，你们十一班的教室在五楼，理科班都在三楼。"

　　岑蔚停下脚步，抬起脑袋，轻轻地开口问："你不是都不记得我是谁吗？怎么知道我以前在十一班？"

　　周然顿在原地。

　　"何……何智颖不是十一班的吗？那你肯定也是十一班的。"他说着继续往上走。

　　"不是。"岑蔚翘了翘嘴角，好像识破了什么秘密，说，"她家里一开始不同意她学艺术，所以她是普通班的，后来才来画室和我们一起参加集训。"

　　周然不说话了，闷闷地爬楼梯。

　　岑蔚加快脚步跟上他："你没忘记我是不是？我看你明明就是记得我。"

　　周然选择性失聪，问："行李箱要放在房间里还是储物间里？"

　　岑蔚不依不饶地追问："你为什么要装不认识我呀？你怕我攀关系？"

　　"咚"的一声，行李箱的滚轮砸在地板上。

　　"那你呢？"因为个子高，周然看人时眼皮总是微微地下垂，显得他冷漠又薄情。

岑蔚说:"我怎么了?"

周然问:"你为什么会认出我?"

岑蔚反问:"我为什么认不出你?"

"我不是变化挺大的吗?"周然说,声音低了下去。

现在距离高中都有十年了,岑蔚记不太清他以前具体是个什么样的人,所以关于这个"变化",她的脑海里没有任何参照的标准。她问周然:"你指什么?"

周然给了一个选项:"外貌?"

岑蔚认真地回想了一下:"哦,对,你以前是不是很胖?那你减肥很成功啊。"

她看起来像是刚刚发现这一点,这是周然最引以为傲的蜕变,可她根本就没在意过。

周然的眉头皱得更紧了。他没心思和她叙旧或套近乎,只是想要问清楚:"你到底是怎么认出我来的?"

"我……"岑蔚一下子还真回答不上来,因为根本没留意过这个问题。

周然往前走了一步:"不是脸,不是名字,那你是怎么认出我的?真稀奇。"

"稀奇吗?"岑蔚不这样觉得,说,"记住一个人也不只是靠脸和名字呀,可以靠声音、说话的语气、习惯性的动作,甚至身上的味道。有时候外貌反而是最不容易被记住的。"

周然继续问:"所以是哪一个让你认出了十年没见的我?"

岑蔚奇怪地看着他:"你纠结这个问题干什么?"

意识到自己有些咄咄逼人了,周然收回目光,呼出一口气说:"算了。"

他越过岑蔚走下楼梯。

岑蔚转过身,看着他的背影出神。

那天在心橙的会议室里，她几乎一眼就认出了周然。

她没想到他已经当上了公司的主管，不过这也不奇怪。她听说他上高三的那年突然发愤图强，后来他考去了科大。

"可能是因为我以前特别讨厌你吧。"岑蔚突然出声说，"在所有的高中同学里，只有你给我留下的印象最深刻，所以我……"

周然停住脚步，回头看向她，替她补充完后半句话："我化成灰你都认识我？"

其实，岑蔚想说的不是这个，但意思也差不多。她点头："嗯。"

周然收回目光，身影消失在楼梯的拐角处。

岑蔚把行李箱拖进房间里。屋里的陈设很齐全，读研的时候何智颖和石嘉旭就住在这里。卧室里还有一张化妆桌，上面摆着一些瓶瓶罐罐，她看了看瓶身上的说明，它们应该是男士用的。

周然还挺追求精致的嘛。岑蔚挑眉，他真是"男大十八变"了。

被套是雾霾蓝色的，被子整整齐齐地堆叠在床角处。

床头柜上有一盏夜灯、一块手表，还放着一瓶软糖。

这是褪黑素吧，岑蔚拿起软糖看了看。他的睡眠质量不好吗？

她走到衣柜前拉开木门。衣物都被收拾得整整齐齐，颜色也很统一，全是黑白蓝的冷色调。

衣柜里有一半空间是空着的，岑蔚把自己的衣服放进去，并且有意把它们乱序摆放。

和谐安宁的莫兰迪色中间被抹上了几笔明亮鲜艳的颜色，岑蔚没有觉得自己的"破坏"行为不妥，反而扬起嘴角满意地笑了笑，关上衣柜的门。

她下楼的时候，周然正坐在沙发上看手机。

男人抬起头对她说:"我有事要出门,回来再收拾东西。"

岑蔚点点头:"好。"

周然上楼去换衣服了。岑蔚走向门口,想把出门前常喷的香水放到玄关上。

她抬起手,却不知道该不该把香水放下——台面上已经有了一瓶香水。岑蔚认识这种深蓝色的瓶身,这是范思哲的海神。

而自己手里的这瓶香水虽然瓶子的形状不同,但也是范思哲的海神。

区别就是他的香水是男款,而她的是女款。

岑蔚突然有些不知所措。楼梯上传来脚步声,手里的香水突然变得烫手,慌乱中"咚"的一声她把香水放在玄关上,若无其事地坐到沙发上。

周然换了衬衫和西裤,也打理过头发,露出饱满光滑的额头。

岑蔚盘着腿,不动声色地偷瞄他——今天是周末,又是下雨天,他这是要去哪儿呀?

把车钥匙装进口袋里,周然一如既往地去摸玄关上的香水,却发现了一丝不对劲。

他盯着多出来的、有着相似颜色的瓶子看了几秒,然后转头看向客厅里的人。

岑蔚恰好也在看他。

他们的目光猝不及防地撞上,又不约而同地移开。

岑蔚先开口说:"你的品位不错。"

周然回应:"你也是。"

他转过身拿起自己的那瓶香水,对着空气喷了一下,细密的水雾挟着淡淡的花果香落在衬衫上。

周然按下门把手,刚把一只脚踏过门槛,就听到身后有人说:"哎,伞。"

他转过身。

岑蔚提醒他:"外面在下雨,你带把伞吧。"

"我车上有伞。"

"哦。"岑蔚的脸上闪过一丝尴尬,她说,"那你慢走。"

周然点了一下头。

"砰"的一声,防盗门重新被关上。

岑蔚终于不用再紧张,放松四肢瘫倒在沙发上。

她从早晨起床到现在都没吃东西,肚子开始"咕噜咕噜"地叫。她伸长手臂去够自己的肩包,摸出一块薄荷黑巧克力,拆开包装把它放进嘴里。

后腰碰到了什么硬邦邦的东西,岑蔚伸手去摸,那是一台平板电脑。这是周然的吧,她随手把它放在了沙发垫上。

她发誓自己不是故意想去窥探别人的隐私的,但这个时候屏幕刚好亮起,而她只是瞥了一眼就看到了上面全部的微信消息。

林舞:你难道还喜欢她吗?

岑蔚屏住呼吸,赶紧把手里的平板电脑放在一旁,怕再多看一秒又会捕捉到什么惊天的秘密。

她晃晃脑袋,试图把刚刚看到的那句话从脑子里甩出去。

周然太不小心,乱放东西。她看到那句话也不是她的错。

转眼间就到了吃午饭的时间,岑蔚打开冰箱看了看,里面装的东西不多,鸡蛋和牛奶、两盒蓝莓、一包贝果整齐地排列着,还有一瓶灰不溜秋的不明物。

她点开外卖软件,下单了几种水果和速食产品,又给自己点了一份双椒麻辣牛肉面。

下雨天路不好走,骑手小哥超时了半个小时,在电话里就一个劲地给岑蔚道歉,把外卖送到之后更是连声说"不好意思"。

"没事没事。"岑蔚抽了两张餐巾纸递过去,让他擦脸上的雨水。

"谢谢你呀。"

岑蔚微笑着说："辛苦了。"

关上门，岑蔚摸了一下盒底。盒底不算热，里面的面肯定坨了。

她一揭开盖子，一股浓烈的辣椒味就飘了出来。除了面条不够筋道，其他她还算满意，汤底鲜香，牛肉入味，这牛肉面还是挺不错的，也许下次她可以去试试堂食。

何智颖发来微信，又给她道了一次歉。

何智颖：石嘉旭已经被我痛骂一顿了，早知道他把房子租给周然，我肯定不会再去找你的，好心办坏事了。

岑蔚挑了一个乖巧小狗的表情发过去。

岑蔚：没关系啦，我还要谢谢你！不然我就要在街上流浪，无家可归了。

何智颖：周然呢？

岑蔚：出去了。

何智颖：那你和他好好地相处吧，他人其实还不错。

岑蔚回了一个礼貌的微笑。

下午两点多，周然回来了。

彼时岑蔚正躺在沙发上午睡，听到一阵"嘀嘀嘀"的声音，动动脑袋，翻了一个身。

几秒后"砰"的响声传来，睡意全被开门关门的动静驱散了，岑蔚"哼唧"了一声，翻身睁开眼睛。

"我吵醒你了？"周然站在门口问，"我不知道你在睡觉。"

岑蔚搓搓脸，哑着嗓子说："没事。"

看他提着购物袋，岑蔚问："你去超市了？"

"嗯，我顺路去了一趟超市。"周然走到餐桌边，"这是你买的?"

他说的是桌上的塑料袋,上面印着"生鲜快送"。

岑蔚点点头,还没顾得上打开它。

周然把购物袋里的东西分门别类地放好后,又去处理岑蔚买的那些水果。

如果她没听错的话,他似乎轻轻地叹息了一声。

"以后不要在外卖软件上买水果。"

"嗯?"

周然拿起一串香蕉:"不新鲜。"

"哦。"岑蔚尴尬地扯了扯嘴角。

周然又说:"对面商场的负一楼就有超市。"

岑蔚点头:"知道了。"

"你喝酸奶吗?"

"好哇。"

周然洗了洗手,从冰箱里拿出两瓶酸奶,把其中的一瓶酸奶递给岑蔚。

"谢谢。"岑蔚偷偷地瞟了他一眼。

现在他们是正式进入室友模式了?

岑蔚拧开瓶盖,抬起瓶身喝了一口奶,浓稠的酸奶刚碰到舌尖,她就被酸得眼皮直跳。

"嗯……"她表情痛苦地说。

"无糖的酸奶确实有点儿酸。"周然说着,面不改色地灌了一大口酸奶。

岑蔚想起冰箱里的食物,问他:"你平时都吃得这么健康啊?"

"嗯。"

岑蔚小口小口地喝着酸奶,不作声了。

周然坐到另一侧的单人沙发上:"既然咱们要住在一起,我觉得有些事情得提前说好。"

岑蔚抬起头看他,换了一个姿势重新坐好:"你说。"

"首先,因为工作上有交集,千万不能让别人知道我们住在一起。"

岑蔚点点头:"嗯。"

周然继续说:"楼上楼下都有卫生间,但淋浴间在楼上,所以……"

"哦,没关系,你用就好了。"

"有时候我早上也会洗澡,提前和你说好。"

岑蔚回想起今早惊悚的一幕,表情变得有些僵硬。她说:"行,我知道了。"

"还有,我没办法把衣服都放在楼下,西装和衬衫也不好叠,我每天晚上会上楼一趟拿明天要穿的衣服,其他时间我不会去二楼。"

这句话倒是让人心安,岑蔚点头:"好。"

"洗衣机我们分开用,厨房和冰箱就算公共区域吧。对其他的事,你还有什么问题吗?"

岑蔚摇摇头,暂时想不到其他的事。其实,在过去的几个小时里,她根本没来得及想这些问题。

看周然一本正经的样子,她甚至觉得下一秒他就会拿出一份合同来让她签字。

"那就先这样吧,以后有问题再说。"周然抬腕看了一眼表,"你是打算继续午睡吗?那我先去书房。"

"不。"岑蔚从沙发上站起身,非常自觉地给他让位,"我去楼上了,你放心,非必要情况我也不会来客厅里打扰你。"

周然点了一下头:"好。"

回到卧室里，岑蔚伸展四肢躺在床上。

还没来得及更换被套，她隐隐地闻到一种极淡的木质香调，气味里好像还带着一点儿果香。

意识到这是属于谁的气味，岑蔚迅速从床上坐起来。

周然的东西都还在这里，她踱来踱去，最后坐在了化妆桌前。

楼上没有能办公的地方，这对于岑蔚来说挺不方便的。

她还在修改心橙的设计稿，说起来，让她周末加班的罪魁祸首就在楼下。

岑蔚窝在扶手椅里，抱着平板电脑，用笔帽一下一下地戳着下巴。

有时思路不畅，她就会翻看自己整理的作品集寻找灵感。

眼前出现一幅画满橙色花朵的海报时，岑蔚松开指腹。

她换了一个坐姿，注视着屏幕上的图片，同时大脑开始迅速运转。

想法有了大概的方向，岑蔚点开绘图软件，一笔一画地绘制起来。

她绘制完一幅草图后，外面的雨还在下，卧室里的光线十分暗淡。

看久了屏幕，岑蔚觉得眼睛发酸，伸长胳膊去够桌上的酸奶。

哐，奶好酸，她还是喝不惯它。

她分心地想楼下的人现在在干什么。他不会是在悠闲地过周末吧？那她会心理不平衡的。

看见天要黑了，岑蔚为自己下单了一份麻辣拌。

听到门铃声响起，她挑起眉毛。离她点外卖才过了不到半个小时，这次骑手小哥送得这么快吗？

岑蔚走下楼梯。不知道周然去哪里了，她路过客厅的时候扫视了一圈，没看见他。

她开门后，骑手小哥说："你好，周先生是吧？你的外卖。"

"啊？"看着绿色的打包袋上写着"熊猫轻食"，岑蔚没立刻去接袋子。

小哥看了一眼门牌号，确认道："我没送错吧？手机尾号是8712？"

"这是我的。"

一只手越过岑蔚的肩膀，接过那份外卖。

听到声音，岑蔚往旁边闪了一下，耳朵擦过男人的衬衫布料。

周然对门外的人说："谢谢。"

"好嘞，祝您用餐愉快。"

岑蔚关上房门，抬手抓了抓自己的耳朵，整个人僵在原地。

她早上把密码换成自己的生日了，周然白天是怎么开门进来的？

他用左手拿着手机，随手把外卖放在餐桌上，又回阳台上打电话去了。

岑蔚没找到机会问他这件事，过了一会儿又把这个问题抛到了脑后。

十分钟后，她点的麻辣拌也到了。

岑蔚坐在餐桌前把手机架好，挑了一部剧下饭。

周然终于走出了阳台，走过客厅，坐到了岑蔚的对面。

岑蔚揭开塑料盖的一瞬间，鲜香的辣味就肆无忌惮地钻了出来，直冲鼻腔。她满足地做了一个深呼吸，对这顿饭充满期待，全然不知对面的人正面色铁青地憋着一口气。

椅子划过地板，发出刺耳的响声，周然端着自己的餐盒起身离开了餐厅。

岑蔚拿着还没掰开的筷子，目光一路跟随着他，直到他坐在了客厅里的沙发上。

他这是什么意思?

岑蔚眨眨眼睛。他嫌弃她吃得不健康?味道重?

他不会是闻到油味就想吐的那种人吧?

岑蔚用力地掰开木筷。她看到白色的水煮鸡胸肉还反胃呢,不管他了。

客厅很快也被香辣的气味攻陷,周然往嘴里塞着西兰花,缓慢地咀嚼着。

他完全是靠意志力强撑,从来没觉得碗里的菜这么没有味道过。

在视觉的刺激下,他可以逼自己脱敏,但是气味的诱惑是真实的,这太折磨人了。

周然攥紧拳头,真想把岑蔚和她碗里的麻辣拌一起赶出去。

他就不该提出什么住在一起的馊主意。

晚上岑蔚先洗了澡。周然上楼的时候她正在擦头发,睡衣的布料十分单薄。脑袋上顶着毛巾,她含胸低头,快步走进卧室里。

冲完澡,周然敲了敲卧室的门。

"进来吧。"里头的人说。

岑蔚窝在化妆台前的扶手椅里,看上去身形小小的。

周然不着痕迹地收回目光,走到衣柜前拉开柜门。

眼前的画面带给他的第一感受是乱,衣服没有按顺序排列,色彩过于纷杂,看上去就像画家使用过的调色板。

周然微微地蹙眉,从自己的那一半衣服里拿走一套衬衫和西裤。

"你也把被子带下去吧。"岑蔚指着床角叠好的被子说。

"哦。"

她已经更换了四件套,浅绿色的被面上布满浅紫色的碎花。

周然走到门口的时候犹豫了一下——他要不要说点儿什么?

但他觉得两个人的关系应该没有好到需要互道"晚安"的地步。

他用一只胳膊抱着被子,轻轻地带上房门。

周然刚走下两级台阶,就听到身后传来房门落锁的"咔嗒"声。

"……"

挺好的,她的防范意识很强。

外面的雨下了一天,周然躺在沙发上。电视里播着悬疑片,他把音量调到最低。

过了一会儿楼上响起动静,岑蔚端着马克杯走下楼梯。睡衣外裹着一件奶白色的外套,她戴了一副框架眼镜。

热水壶开始工作,岑蔚坐在餐桌的边上,边刷手机边等水烧开。

她抬起头打哈欠,目光被电视上的画面吸引。她出声说:"《禁闭岛》。"

周然扭头看向岑蔚:"你看过这个?"

"嗯,小时候我很喜欢小李子。"

这是八年前的片子,那时候还是莱昂纳多英俊潇洒的年纪。

知道幕后真凶的悬疑片就像开瓶后放了一天的可乐,失去了新鲜感带来的刺激,只剩下索然无味。

水烧开了,岑蔚把热水倒进杯子里,起身向楼梯走去。

路过客厅时她想起了什么事,猛地停下脚步,转身问周然:"这床你能睡吗?"

周然抬眼看她,把嘴唇抿成一条直线,什么都没说,但又好像什么都说了。

"这张床有多长啊?"岑蔚走近了些。

周然不太确定地答:"一米八?"

岑蔚又问:"那你有多高?"

周然说:"一米九二。"

"啊。"岑蔚挠挠脑袋,"石嘉旭买沙发床的时候就不能买一张大点儿的?"

周然说:"人家也想不到有一天我会睡在上面哪。"

二人对视一眼,陷入沉默。

考虑到他的睡眠质量、骨骼健康,以及最重要的——周然目前还是她的甲方,岑蔚叹了口气,放下杯子,说:"还是我睡在客厅里吧,你去楼上睡吧。"

"没事。"

"换吧,正好我嫌楼上没有办公的地方,还是楼下方便,而且这床让我打滚都行。"

其实他将就一下,也不是不能睡在这张床上。但既然她都这么说了,周然就点头答应:"那好吧。"

"你上去吧。"

周然站起身,岑蔚和他交换位置,盘腿坐到了沙发上。白天她在这里睡过,这张沙发床对一米六六的她来说足够宽敞了。

"那我上去了?"

"好。"岑蔚捧着马克杯,喝了一口水。

半分钟后,二楼传来房门落锁的声音,"咔嗒"的声响在安静的屋子里显得太清晰了。

岑蔚呆愣了一下,仰起脑袋朝楼梯上看了看,实在忍不住翻了一个白眼,"哼"了一声。

岑蔚从被通知搬家以来,心里装着事,每晚的深度睡眠不超过五个小时。

现在无论如何她都算是安定下来了。在这张不大不小的沙发床上,她难得地睡了安稳的一觉。

只是她睡觉的时候被吵醒了一次。

清早七八点，楼梯上响起的脚步声把岑蔚的意识从梦中拉拽回现实里。她闷闷地叹了口气，裹着被子翻了个身，把脸朝向沙发的靠背。

冰箱门被开了又关，厨房里的锅碗瓢盆"叮叮当当"地响，椅子摩擦地板发出尖锐的声响。

过了一会儿，大门"咔嗒"一声被锁好，世界终于重归清静。岑蔚掀开盖住大半张脸的被子，摊开四肢平躺着，又迷迷糊糊地睡着了。

她醒来时快中午了，周然还没回来。岑蔚去楼上的房间里拿自己的东西。

昨晚她临时改了主意，得重新跟他商量之前的约法三章。

她当时一瞬间心软了，现在想了想，睡在楼下还是有挺多不方便的地方。不过好在周然在家里的时间不多，周末也一早就出门，看样子平时也就回来睡个觉。

岑蔚轻手轻脚地推开房门，床角的被子被叠得方方正正。

她走到化妆台前，发现她放在那上面的护肤品被人整理过。

岑蔚又拉开衣柜，果不其然，她的那些衣服被按照颜色的深浅排得整整齐齐。

他不经过她的允许就动了她的东西。岑蔚倒没有对此心生不快——她把衣服放进去的时候就有捉弄他的心思。

不过周然是什么时候有了洁癖和强迫症的？

岑蔚撇了撇嘴——以前高一的时候就他的"桌肚"最乱。每次她收作业时找他的本子都像在翻垃圾堆。

他到底都经历了什么事？

岑蔚从衣柜里拿走了今天要穿的衣服。简单地洗漱后，看外面不下雨，她决定出一趟门，把修改好的方案打印出来。

起床到现在还没吃过东西，走到街上，岑蔚先买了一份锅盔

43

和一份醪糟汤圆。

她坐在塑料椅上,张嘴咬下一大口锅盔。饼皮酥脆,红糖馅的甜度刚刚好。

车辆来来往往,雨后的空气十分潮湿,头顶上是灰沉沉的云群,她不知道什么时候才能出太阳。

岑蔚把最后一颗汤圆送进嘴里,抽了一张纸巾擦嘴,起身离开小吃摊。

回家前她走进路边的咖啡店里。她本来只想买一杯拿铁驱赶一下春天的困意,但看到货架上售卖的杯子,又挪不动脚步了。

岑蔚不爱喝水,但对这些漂亮的杯子从来没有抵抗力。

目光扫过货架,她一眼相中了一对浅蓝色的高脚玻璃杯。

渐变色的杯子拿在手里很有质感,但是不是有些不实用?岑蔚咬着下唇开始纠结到底买不买它们。

杯子可以留着和朋友一起喝酒时用,这不算乱花钱吧?她在心里说服了自己,走向柜台结账。

岑蔚把出门采购的东西都塞进帆布包里,握着一杯冰拿铁走回公寓。

从电梯里出来后,她边低头刷手机边走路,到了家门口才发现那儿站着一个人。

两个人四目相对,都愣住了。

对面的女人长发卷曲,妆容精致。她穿着连衣裙和高跟鞋,露出的那截小腿纤细匀称。她用的香水偏甜,是某种花香。

打量着对方,岑蔚出声问:"你是?"

"我是来找周总的。"她提着一个纸袋,看样子等了一会儿了。

"哦。"岑蔚点点头。

"你呢?"女人问她,笑得很温柔。

被那双涂抹着眼影的漂亮眼睛直勾勾地盯着,岑蔚莫名地感到一阵心虚。

"我……"眼珠"滴溜儿"一转,她从包里取出打印好的文件,说,"我是周总的助理,是来送文件的。"

女人张了张嘴,吃惊地说道:"周末他还让你跑一趟啊?"

"对呀。"岑蔚咧嘴笑了笑,"明天开会要用这份文件,事情比较急。"

"我敲了门,但是他好像不在家里。"女人继而问,"你和他约的是几点见面?他告诉过你什么时候回来吗?"

"啊……"岑蔚看了一眼手机屏幕上的时间,"他让我三点来,我来早了。"

"那他也该回来了。"

岑蔚眯起眼睛笑:"应该快了吧。"

她拿起手机才发现没加周然的微信,又赶紧联系何智颖。

"要不你给你的领导打个电话问问?"

岑蔚愣愣地仰头:"啊?"

"我给他打过电话了,可能他看我的号码陌生,所以没接电话。"

"哦,好。"岑蔚抿着唇,一边假装翻通讯录,一边在心里祈祷何智颖赶紧回消息。

由于心虚,她快把脸贴到手机上。从小到大她就没撒过什么谎,演技实在拙劣。

听到身后有脚步声,岑蔚猛地回过头,看见来人后松了一口气。

拐过弯看到这种场面,周然顿了顿脚步才继续走过来,脸上的表情同样有些愣怔。

"周然。"长发女人一看见他就笑了起来。

"你怎么来了?"周然看着她问。

"你昨天不是说搬进新家了吗？中午我和朋友去餐厅吃饭，觉得这瓶酒不错，想过来把它送给你，就当是乔迁的礼物了。"她把手里的纸袋递给周然。

"谢谢呀，但是……"周然愣了半晌，问，"你是怎么知道我住在这里的？"

"是纪清桓告诉我的。"

"哦。"周然扯了扯嘴角。

岑蔚把装满东西的帆布包放到鞋面上，低头盯着地板，凭刚才的三言两语也能猜到这两个人是什么关系。

原来他昨天是和别人相亲去了。

察觉到有目光落在自己的身上，岑蔚抬起脑袋，立马换上笑脸，说："哦，那个……周总，您要的文件我给您带过来了。"

周然抬了一下眉毛，很快反应过来，说："好，谢谢。"

他用一只手拿着文件，用另一只手拎着红酒，看了看两个女人。见她们俩都没有要走的打算，他迟钝地问："你们要进来坐坐吗？"

长发女人愉快地答应："好呀。"

岑蔚睁大眼睛瞪他，用口型说："你疯了吗？"

周然皱起眉头，不知道岑蔚在说什么。

送他酒的女人叫骆晓蕾，是广告公司的财务总监，今年二十九岁。她是从名校毕业的，拥有优渥的家境，原本是他的老板纪清桓的相亲对象。

昨天他们见完面，她表现得兴致缺缺。周然本来觉得这就算结束了，想不到人家今天直接来登门拜访。

周然从两个女人的中间走过去，输入密码打开门锁，说："进来吧。"

两秒后，他站在玄关处往家里看了一眼，后知后觉地明白了岑蔚刚刚的举动是什么意思。

"呃。"周然张了张嘴。他要是现在把骆晓蕾推出去，会不会显得不太礼貌？

先不说地板上的粉色拖鞋和沙发上搭着的女士睡衣，仅仅柜子上的两瓶香水就够他解释的了。

本来就尴尬的气氛在这个瞬间彻底凝固，岑蔚把掌心贴上额头，闭上眼睛。

他们应该不至于打起来，不过周然是免不了被冠上"渣男"的称号了。

时间在这一刻被无限地拉长，两三秒的时间对他们三个人来说也很难熬。

首先打破僵局的是骆晓蕾。聪明的女人尤其善于装傻，她轻轻地笑了一声，终究没有踏进屋里，说："今天我不打招呼就来，真是太打扰了。有时间再聊吧，我先走了，再见。"

周然说："我送你？"

"不用了，周总。"骆晓蕾依旧保持着得体的微笑。

等高跟鞋的声音消失在走廊里，岑蔚赶紧拽着周然进屋，"砰"的一声关上大门。

"你怎么能把她带进来呢？"

"我……"周然抓抓后脑勺儿。他当时就想着出于礼貌要请人进屋坐坐，哪里还记得家里还有另一个女人的痕迹？

岑蔚替他担心，说："这下怎么办？你赶紧去和人家解释一下吧。"

"算了，她就这么误会我也挺好的。"周然把口袋里的车钥匙扔到玄关上，换了鞋进屋。

岑蔚感到震惊，问："这种女人你都看不上？"

"这是我老板安排的，我没兴趣。"

岑蔚一听这话更着急了，问："那你还不去跟人家道歉？你就不怕丢饭碗吗？"

周然看着她，发自内心地问："这和你有关系吗？"

岑蔚眨眨眼睛，话都被他堵了回去。

周然把纸袋放在餐桌上，随手翻阅着岑蔚递给他的那份文件，那是心橙Logo的修改方案。

他正要翻页，岑蔚一把从他的手里抢过文件夹，并且严肃地警告他："你别乱翻。"

周然说："你总要把这个给我看的。"

岑蔚把文件塞回自己的包里。

"你还挺聪明的。"

岑蔚"哼"了一声，说："谁知道你这么笨？"

亏她在门外演了那么久。

周然又换了一个话题，问她："你昨晚睡得好吗？"

岑蔚回答："挺好的。"

周然点了一下头，没再说什么话，上楼去了。

除了傍晚下来拿外卖和倒了一次水，他直到睡觉都没有下过楼。

岑蔚躺在沙发上看了一天的电视。窗外的天空十分阴沉，快到傍晚时她小睡了一会儿，醒来时屋子里漆黑一片。

另一个人的存在感太低了，她合租和独居似乎也没什么两样。

挺好，都说合格的前任应该像死了一样安静，她想把这句话改一改——合格的室友也该像死了一样安静，互不打扰，各过各的生活。

周一的早上，依旧是七点多，岑蔚被周然起床的动静吵醒。

她给自己定的是八点半的闹钟，现在还早。

那些"窸窸窣窣"的声音都很细微，但又让人无法忽视。

岑蔚还听到周然接了一个电话,但没仔细去听他具体说了什么话。

大约过了半个小时,周然出门了。岑蔚翻了一个身,又睡了一会儿才起床。

九点,她打着哈欠坐上地铁,在小组群里发消息问有没有人要她帮忙带早饭。

那天从景慎言的车上下来后,岑蔚就有意无意地躲着他。

人家虽然把心意明示了一番,毕竟也没说"我喜欢你,你要不要和我在一起"这种话,让她连拒绝都没法拒绝。

和景慎言相安无事地过了一周,她以为这事就这么过去了。

对此掉以轻心的后果就是在电梯间里和他相遇时,她完全顾不上做表情管理,整个人愣在原地,嘴里还塞着豆沙包。

"早上好。"景慎言笑着说。

岑蔚快速地咀嚼了两下,把豆沙包吞下去,回话说:"早!"

景慎言看了看她手里的四五个塑料袋,打趣她:"你是还兼职送这栋楼的外卖吗?"

"啊?没有。"岑蔚缩了缩脖子。

"哪杯是你的?"景慎言问。

岑蔚抬眸:"嗯?"

"豆浆,哪杯是你的?"

岑蔚抬高左手:"这个。"

景慎言伸手从袋子里取出那杯插好吸管的豆浆,递到岑蔚的嘴边。

岑蔚瞄了他一眼,没敢动弹。

景慎言说:"我看你快噎死了。"

脸上一红,岑蔚赶紧低头去喝豆浆。

"方案改得怎么样了?"

岑蔚抬起手背擦了一下嘴角,回话说:"差不多了,等会儿我把改好的稿子拿给你。"

景慎言点头:"行,周三我们再去一趟。"

"好的。"

景慎言把豆浆放回袋子里,面朝电梯门站直身子。

他不提那件事,岑蔚自然就假装什么都不知道。

短暂的沉默过后,电梯门打开,景慎言率先迈步走了出去。

他对她的态度倒是比以前还生疏了些。

岑蔚的心情又有些说不出的沉重。

大学毕业后她来到蓉城,入职的第一份工作是某家广告公司的助理设计师,那会儿景慎言就是她的同事。

职场上前辈压榨后辈是常有的事,带他们的那个人尤其不是善类。他们这些新人常常出了苦力却享受不到福利。

岑蔚初入社会,只当这是成长的必经之路,任劳任怨地工作了一年。

景慎言找到她,问她愿不愿意跟着他出来单干时,岑蔚只是稍稍地犹豫了一下,问清后续的条件和保障后就点头答应了。

他是个稳重可靠的人,这几年来她和他的朝夕相处也证实了这一点。

当时跟着景慎言出来的有四个设计师,现在还留在景明工作的却只有岑蔚。

比起老板或同事,景慎言于她而言更是朋友,是她在这座城市里为数不多的朋友。

岑蔚从没想过他会喜欢她。不是她迟钝,只能说他把心思藏得太好了。

除了那天在车上的失态,景慎言以前从来没有对她表示过任何好感。

五年来他们几乎天天见面，可岑蔚甚至还没有和他一起单独吃过饭。

去年的年底，她本来都已经准备好去北京出差了，可他最后叫了另外一个男生一起去。

他们之间始终保持着一段距离，在那天之前，这种关系是最让岑蔚感到轻松的。

但现在不是了。

景慎言把那一番话说出来后，应该就已经预感到两个人不可能在一起了。

岑蔚走出电梯，深吸一口气，整理好心情。

她还没有和同事提起过要离职的事，也没开始写辞呈。

不知是拖延症犯了，还是心里有疑虑，她没能真正下定决心辞职。

下午办公室里的人嚷嚷着要点奶茶喝，有人说想喝某某家的招牌烤奶，有人说要点另一家的豆乳。

对面的李悦恬伸长脖子，问岑蔚的意见。

其实，岑蔚还挺想喝那天的那杯薄荷黑巧克力饮料的，嘴上还是说："我喝什么都行，看你们。"

李悦恬失望地坐回去："我就知道问你问不出结果来。"

岑蔚笑了笑，低头时看见手机上弹出一条新消息。

岑蔚解开锁屏，消息是周然发来的。他问她下班后几点到家。

昨天他们加上了微信，周然的个人主页简直比他本人还无趣。

他的微信名是"Z"，头像是一栋悬空的木屋，背景里的天空灰蒙蒙的。

岑蔚觉得这张图片眼熟，仔细地想了想，回忆起这是电影《林中小屋》的海报。

拿恐怖片的海报当头像，他还真不怕不吉利。

岑蔚反复地确认过周然没有朋友圈——他确实从来不发朋友圈，不是发朋友圈后把她屏蔽了。

岑蔚掂酌了一下说辞，打字回复他。

岑蔚：五六点吧。

周然：行，我有一个快递被送到家了，麻烦你帮我签收一下。

岑蔚回了一个"OK（好的）"的表情。

他们的工作室比较自由，早晚也不强制打卡，平时如果不想来坐班也可以在家里画图。景慎言只要求他们按时交稿，开会时人员到齐就行。

看着没什么事了，岑蔚收拾东西准备下班。

下午喝了奶茶，她这会儿吃不下东西，怕晚上会饿，在回家的路上去面包店里买了一袋巧克力吐司。

她对三餐向来是能省就省，能凑合吃就凑合吃。

不到六点半的时候，有人按响了门铃。

岑蔚透过猫眼往外瞄，确认这个人是送快递的小哥后才按下门把手。

"你好，1206的周先生对吧？"

"对。"岑蔚指着地上的那个大包裹问，"这是什么呀？"

快递小哥看她一眼："你家里人买的东西，你不知道是什么？"

这倒是把岑蔚问住了，她尴尬地笑了两声，解释说："他老是爱瞎买东西。"

小哥问她："他本人不在家？"

"对，他还没下班。"

小哥把单子递给岑蔚："那麻烦你在这儿签个字，签你老公的名字。"

那个称呼怎么听怎么别扭，岑蔚握着笔愣了两秒，在快递单上潦草地写下"周然"两个字。

"要我帮你把它搬进去吗?"小哥问,觉得她一个人应该搬不动。

岑蔚赶紧点头,侧过身子给他让路:"麻烦你了。"

小哥抱起包裹,吃力地"哼"了一声。岑蔚瞥到包装上写着"跑步机"三个字。

"放哪儿?"

"先放在客厅里吧。"岑蔚指了一个地方。

快递箱砸在地板上发出一声闷响。小哥直起腰拍拍手:"有什么问题再联系我们。"

岑蔚应道:"好的好的。"

送走快递员,岑蔚看着横在客厅和餐厅中间的大箱子,为难地抓了抓头发。

周然到家后天都黑了。岑蔚刚洗完澡,正坐在沙发上吹头发。

"谢了。"

吹风机"嗡嗡"地响,岑蔚没听清他的话,问:"嗯?"

"我说谢谢。"周然找了一把小刀,蹲下来拆包裹。

"没事。"岑蔚把吹风机放到茶几上,起身过去帮他拆包裹,"你打算把这个放在哪儿?"

周然抬起头四处看了看:"那儿吧。"

他说的是靠近阳台的那块空地,但按理说那里被划分给了岑蔚。

岑蔚"哦"了一声。

周然解释说:"这是我前几天就定下来的,那时候我不知道会有你。"

岑蔚皱了一下眉,这话听起来有些怪。

"没事,反正客厅挺宽敞的,不碍事。"她体谅地说。

周然停下手上的动作,转头看向她。

就算两个人都是蹲着,他也没办法和岑蔚平视。她只要稍一低头,他又看不见她的表情了。

他向来笨拙,也捉摸不透她的心思。

看周然一直不动弹,岑蔚扭过脸问:"怎么了?"

周然收回目光:"没事。"

他把撕下的胶带团成一团,说:"你走之前我不会用跑步机的,这几天我都会去楼下的健身房锻炼。"

"没关系,你用吧,多运动运动挺好的。"

周然似乎是笑了一声。声音很轻,岑蔚不太确定。

她站起身,回到沙发上盘腿坐着。

跑步机需要组装,周然摊开说明书看起来。

客厅里弥漫着一股香甜的味道,这应该是岑蔚的洗发水的味道。

这气味是茉莉花的香味吗?香味里好像又有茶味——步骤一他整整读了三遍。

凌晨两点多,窗外的街道上响起一阵骚动,似乎是有人在吵架。

岑蔚睡得迷迷糊糊的,翻了一个身,用被子蒙住脑袋。

再次进入睡眠后,她做了一个梦。

闹铃声如催魂曲,永远都会让人心惊胆战。

顾可芳站在岑蔚和岑悦彤的房间门口,扯着嗓门儿喊:"你们两个快点儿起床!"

厨房里飘来早饭的香味,姐妹俩一个比一个能赖床,直到顾可芳失去耐心来掀她们俩的被子。

"我再睡五分钟。"岑蔚闭着眼嘟囔。

有人在她的耳边说了一句什么话。

岑蔚烦躁地踢被子："迟到就迟到，我不上学了！"

她无意识地喊出了声，把自己吓醒了。

岑蔚"蹭"的一下坐起来，眨眨惺忪的眼睛，缓缓地抬高目光。

"周然？"

"你的闹钟一直在响。"他拿着她的手机说。

"哦，对不起。"岑蔚说完还没完全清醒过来，脑袋昏昏沉沉的。

把闹钟关上后，她抬头看着周然，面无表情。

周然咳嗽了一声，走也不是，被她这么继续盯着也不是，别扭地开口问："那个……你吃早饭吗？"

"嗯？"

"我做了早饭，你吃吗？"

"好呀。"

"那你……先去刷牙洗脸？"

"哦。"岑蔚应了一声，慢慢地回过神来了，"哦。"

她掀开被子，起身穿上拖鞋，快步跑进卫生间。

岑蔚昨天拿了一些自己的衣服下来，洗漱时顺便换上了今日的通勤装。

她用气垫飞快地拍上底妆，从化妆包里挑了一支口红拿在手里。

她回到客厅时，周然恰好从厨房里走出来，手里端着两个盘子。

"你今天不上班吗？"岑蔚问。

"上啊。"

"那你今天起晚了？"

"没有，我今天早上没去健身房。"

"哦。"岑蔚点点头，不知道该说他自律还是自虐——哪有人上班前还去健身的？

周然烤了吐司，不过吐司是全麦的，上面抹着牛油果泥。

很好，这些岑蔚都不爱吃。

她拉开椅子在餐桌的边上坐下。周然问她："你吃几个鸡蛋？"

"水煮的吗？"

"嗯。"周然把一个小碗推到她的手边，碗里有三个水煮蛋。

"不了。"岑蔚摇摇头，"我不喜欢吃水煮的鸡蛋。"

她听到周然嘀咕了一句："怎么谁都不喜欢吃水煮蛋？"

岑蔚咬了一小口吐司。八卦的雷达启动，她下意识地问："还有谁不喜欢吃？"

剥蛋壳的动作顿了一下，周然回答："我妹妹。"

"你家里还有妹妹？"

"小叔家的，她不喜欢吃鸡蛋，老是说水煮蛋有一股……"他停顿了一下，避开某些粗俗的词语，"怪味。"

"怪味？还好吧。"

周然不知道想到了什么，翘了翘嘴角，很快又收起笑容。

但岑蔚还是捕捉到了他脸上一闪而过的笑意，问："你笑什么？"

"哦，就是……我小时候有一次煮鸡蛋前没擦鸡蛋，你知道，从乡下拿回来的土鸡蛋都比较……原生态。我一打开锅盖，那股味道飘出来，我妹妹闻到就吐了。"周然把剥好的鸡蛋放进小碗里，用叉子把它捣碎后抹在吐司上，"所以从那以后她就很讨厌吃鸡蛋。"

所以怪味是……岑蔚哑然失笑，说："我是觉得水煮的鸡蛋没什么味道，不好吃。"

"要给你拿油醋汁吗？"周然作势要起身，"人还是得多吃鸡蛋。"

"不用。"岑蔚叫住他，微笑着说，"我不喜欢别人强迫我干什么。"

她又补了一句："我这个人不太听劝。"

"哦。"周然点点头，坐回椅子上，继续吃他的早餐。

大概是刚刚聊天的气氛太轻松，他忘了他们的关系并没有那么亲近。

周然看得出来岑蔚不喜欢他准备的早餐——她只是在重复咀嚼和吞咽的动作，安静地吃完了一整块吐司。

他以后不会再多嘴了。

"我吃饱了，谢谢你的早餐。"岑蔚从椅子上站起身。

"哎。"周然叫住她。

"嗯？"岑蔚把包挎到身上，抽出被压住的头发。

"你没拿东西。"周然抬了抬下巴。

岑蔚顺着他的目光看过去，忘了拿的是口红。

"啊，谢谢。"

岑蔚又从门口走回来，伸长胳膊去够口红。

她弯腰时发梢无意间蹭到周然的手臂，引起他下意识地瑟缩。

周然把胳膊往里挪了挪。

重新走到门口，岑蔚回过头，不太自然地说："那我出门了。"

周然同样不适应这些问候语，说："好，再见。"

等大门重新被关上，他抬起右手，用力地搓了一下左手臂上的那块皮肤。

他终于舒服了。

第三章
风衣纽扣

早高峰人流拥挤,但周然的个子高,夏千北一眼就看见了他。

他护着手里的咖啡杯,从人群中挤到周然的身边,用肩膀撞周然,活力满满地道:"早哇!"

周然抱住自己的胳膊"哼"了一声,恹恹地回答:"早。"

"怎么啦?"

周然按着肩膀抬了抬胳膊,胳膊一动就引起一阵酸痛。他说:"我早上健身去了,估计肌肉拉伤了。"

"喷药了没?"

"没事,不严重。"

夏千北打量他一眼:"你和骆晓蕾没戏了?"

周然问:"你怎么知道?"

"你都有心思一大清早去健身,那肯定是没戏了。"

电梯到了,周然迈步走进电梯里。夏千北跟上他,说:"程易昀上次好歹挺了半个月，你这才几天哪？这不是又要轮到我去了？"

周然耸肩："我很抱歉。"

夏千北"哼"了一声，揭穿他："你才不会觉得抱歉呢，是故意的吧？"

周然并不否认这一点。

夏千北拿手指戳了戳他："还是你的人格魅力令人堪忧啊？"

周然坦然地承认："是的，你说得对。"

夏千北一下子没话说了。

今天是周三，纪清桓出差回来了。

开始工作前，周然先去了一趟CEO（首席执行官）办公室。

他们聊完工作上的事后，纪清桓合上文件夹，话锋一转："晓蕾给我打电话了。"

这是意料之中的事，周然沉吟片刻，说了四个字："我很抱歉。"

纪清桓摆摆手："没事，我又把我的一个发小儿介绍给她了，听说两个人聊得还不错。"

"那就好。"周然松了一口气。

这就是纪清桓打发相亲对象的方法——"亲爱的，实话实说，我觉得你非常优秀，但接触下来我觉得我们的性格不太合适。我有一个朋友，他也是一表人才，我可以把他介绍给你。长辈那边我去跟他们说就行。"

这个方法纪清桓屡试不爽。

周然问："所以，你打算什么时候和家里说？"

纪清桓问："说什么？"

"你和戚映霜的事呀。"周然顿了顿，问，"还是说，你没有认真？"

"怎么可能?我追了她两年。"纪清桓摊了一下手,"但你要知道,我们两家正在打官司,我还不想气死我爸。"

周然一拳捶在他的肩膀上:"加油,罗密欧。"

纪清桓笑了笑。路不好走也是自己选的,他有心理准备。

"你呢,什么情况啊?"

周然端起咖啡杯,轻啜一口拿铁:"我怎么了?"

纪清桓轻飘飘地说:"晓蕾和我说,你好像在和别人同居呀?"

"……"

某人做贼心虚,不自觉地提高了音量说:"怎么可能?我和谁呀?"

"我问你呢,你和谁呀?"

"我没有。"

纪清桓撇撇嘴:"你知道你很不会撒谎,对吧?"

周然不吭声了。

"她还说你和你的助理有点儿奇怪,不会吧,你和小张……"

周然瞪大眼睛:"什么呀?"

纪清桓只是笑,提醒他:"咱们公司可是明令禁止办公室恋爱的。"

"真没有,而且那个人不是小张。"

"那个,哪个?"

越描越黑,周然烦躁地挥挥手:"我回办公室了。"

"啧啧,你不对劲,周然。"纪清桓用食指在空中画圈圈。

周然沉下脸色,威胁道:"我明天就告诉你爸,你在和戚家千金谈恋爱。"

纪清桓说:"你赶紧走。"

由于胳膊疼,今天周然办公的效率降低了不少。

助理敲门进来,告诉他景明的人来了。

"知道了,我马上过去。"他揉了揉肩膀,偏偏疼的还是右胳膊。

在会议室的门口,周然又见到了岑蔚。

对方微笑着和他打招呼:"周主管,下午好。"

周然点头:"下午好。"

他们表现得客气又疏远。

没有人知道,几个小时前,她滑落在地毯上的被子是他帮忙捡起来盖上的。

"我们准备好了。"岑蔚朝他的这个方向看过来。

周然愣愣地回过神:"哦,好,开始吧。"

岑蔚把碎发捋到耳后,站在投影幕布前,从容地开口说道:"上周回去后我们又开了一次会,针对您提出的问题都做了相应的修改。这里,我们把原有的线条做了简化处理,这个地方我们新添了一抹绿色,这既是橙子的绿叶,同时也可以看作海浪上的一艘帆船。做出这些小小的改动后,我们可以看到,不仅整体的色彩和谐且亮眼了很多,而且……"

周然安静地听着,目光逐渐从屏幕上转移到岑蔚的身上。

她穿着绿色的针织短袖和棕色的长裤,胸口处刺绣的图案是一只灰白色的兔子。

这样的配色让人看上去十分舒适,她看起来就像春天里的一棵树,刚冒出新芽,充满生机。

岑蔚的微信头像就是蓝天下的绿树。她的名字也带着春天的色彩。

她是属于春天的,绿油油又暖洋洋的,周然想。

"另外,在纸杯的包装上,我们重新设计了一个特别款的包装。"岑蔚按下遥控器,切换到下一张PPT,"我们了解到,心橙的创始人纪总正是珀可的少公子,珀可是速溶咖啡届的老牌子,面世以来心橙也一直被贴着'超市货'的标签。为了打破这个固有的印象,心橙有意在今年推出一个全新的精品系列,您上次也提出了高级感,所以我们想主要让这个新系列体现出高级感。"

这是周然事先没有料到的。他换了一个坐姿,向前倾着身体,把胳膊肘撑在桌面上。

"市场上的牌子大多采用极简的风格,用纯色打底,上面再加一个品牌 Logo,但客户看多了这种风格也就觉得普通了。这次,我们干脆反其道而行之。"

在概念图里,咖啡杯以深棕色为底,枝叶是偏灰的绿色,其上遍布橙花。画面的层次丰富吸睛,图案仿佛是一片盛夏时节的柑橘林。

图案虽繁,但不俗。

"周主管,您觉得怎么样?"抛出问题后,岑蔚屏住呼吸,把双手交握在一起。

周然仔细地打量完图案,评价道:"挺好的,就是——"

岑蔚提起一口气,等着他继续说下去。

他抬起钢笔点了点:"什么'超市货''少公子',在我的面前说说就算了,千万别和其他人提。"

岑蔚连连点头:"明白明白。"

"所以,方案没有其他问题吗?"

"没有了,你做得很好。"周然低下头整理自己的东西。

岑蔚看向李悦恬,对方也是一副受宠若惊的表情。

周然从座椅上站起身:"辛苦了。"

岑蔚笑着回答:"这是应该的。"

他离开会议室后,岑蔚和李悦恬就抱在一起激动地叫起来。

今天由于景慎言临时要见一个客户不能来这里,没人撑腰,就她们两个小姑娘来开会，岑蔚本来还有些没底气。

"奇怪了，他居然说没问题！"

岑蔚拍着胸口，松了一口气："我还以为要再磨个两三次呢。他上次连波浪的弧度都挑出毛病了呀。"

李悦恬拍拍手："太好啦，可以好好地过清明假期了！"

岑蔚却有些笑不出来——这个单子一结束，就意味着她可以离职了。

她没想到时间会过得这么快。

李悦恬第一时间把情况反馈给景慎言，举着手机开心地说道："老大说今晚请我们吃夜宵！"

岑蔚心不在焉地应了一声"好"。

周然把手插在裤子的口袋里，仗着身高腿长的优势，一路大步流星地朝自己的办公室走去，全然不知身后的助理要小跑起来才能跟上他。

瞥见张雨樱的办公桌上摆着一个精美的礼盒，周然随口问："这是什么？"

张雨樱喘了口气，回答："蛋黄酥，景明的设计师带来的。"

"岑蔚？"

"对，我拿两块这个给你尝尝？"

"不用。"周然收回目光，继续迈步往前走，"这是人家送你的。"

"你想吃火锅还是肥肠鸡？其实，泰国菜也是不错的，我最近从手机上看到了一家新餐厅，它评分很高。"

李悦恬抱着岑蔚的胳膊，为晚上的聚餐挑选着地点。

"我都行。"

李悦恬指着她,强硬地说道:"不准说'都行',你必须选一个。"

"好吧。"岑蔚想了想。

心里冒出的第一个答案是海鲜,但她说:"那就泰国菜吧。"

李悦恬"耶"了一声:"我就想吃泰国菜来着。"

岑蔚笑笑,当然知道李悦恬想吃的是泰国菜。

他们的工作室规模不大,但员工流动得还挺频繁。岑蔚算是在这里待得久的人。

在饭桌上,她趁着这个机会,向所有同事宣布了要离职的消息。

有人惊讶,有人不舍,李悦恬拽着她的衣袖问:"怎么这么突然?"

岑蔚轻声解释:"家里人本来就一直催我回去,我也觉得是时候了,总不能在外面一直漂着。"

她是在南方读的大学,毕业后选择在蓉城找工作是因为当时白朗睿在这里读研。

时间一晃而过,这已经是岑蔚在景明工作的第五年,她看着它从一间小小的办公室发展到如今的规模。

她不可能对景明没感情,但既然决定了要离职,就不会过多地留恋这里。

岑蔚站起身,举起酒杯向桌边的所有人敬酒:"谢谢大家一直以来对我的照顾,以后也要多联系呀。"

最后她面朝着景慎言,重新往杯子里斟满酒,单独对他说了一声:"谢谢你。"

景慎言和她轻碰酒杯,眉眼平和。他浅笑着回应:"祝你前程似锦。"

岑蔚坐下后,景慎言转着手里空空的杯子,蓦地出声问:"就没有什么能让你留下的理由吗?"

岑蔚的筷子在半空中顿了一瞬。

他说:"那天是我说错话了,抱歉。但作为老板,我还是想再挽留一下优秀的员工。"

岑蔚夹了一块西米椰汁糕,咬了一口,清甜的味道在舌尖上蔓延开来。

"没有,你不用道歉,辞职是出于我个人的原因,我没法再干下去了。"她抬起头微微地一笑,"所以,很抱歉要辜负你的好意啦,景慎言。"

她很少会喊他的大名。景慎言看着手里的杯子,勾起唇角,什么话都没再说。

手机屏幕亮起,岑蔚低头看过去——周然竟然打来了电话。

"喂?"

对方问:"你还没下班?"

"哦,我在外面和同事聚餐,怎么了?"

周然说:"没事,我就是问问。"

"男朋友查岗啊?"有同事在桌边八卦。

岑蔚摇摇头,否认道:"不是。"

听筒里的人安静了几秒,说:"早点儿回家。"

岑蔚应道:"好,我知道了。"

景慎言从椅子上站起身,说是去外面抽根烟。

他跟岑蔚的座位离得近。岑蔚不知道是不是由于听筒漏音,周然的话被他听见了。

挂断了电话,她放下手机,弓着背,疲惫地叹了口气。

一晚上她没吃两口菜,却一杯一杯地喝了很多清酒。

在酒量上岑蔚是天赋型选手,而且喝多了酒也不会上脸。

明天是清明小长假的第一天,大家不用上班,所以现在兴致

· 65 ·

都很高。又因为心橙的单子进展顺利,岑蔚也就没控制自己,只管喝酒。

饭局结束时都快十一点了,有家属的人陆陆续续地被接走,其他人被景慎言一个一个地安排好送上了出租车。最后,餐厅的门口只剩下他和岑蔚。

新公寓离他的家很近,景慎言说可以顺路捎她回去。岑蔚没推辞,怕太刻意避嫌反而失了体面。

景慎言把车钥匙递给代驾,回头喊岑蔚:"上车吧。"

"来了。"岑蔚小跑过去。

一坐上车,她就开始打哈欠。意识还算清醒,她只是忙活一天有些累了。

车里播放着抒情的歌曲,她独自坐在后排的座位上,歪着脑袋靠在车窗上。

"岑蔚,到了。"

岑蔚迷迷糊糊地睁开眼睛。

困意来势汹汹,她也不知道自己是什么时候闭上眼睛的。

"到你家了。"景慎言又说了一遍。

"哦,好。"岑蔚抹了抹脸,抓着肩包,拉开车门下车。

她绕到副驾驶的那边,隔着车窗和景慎言挥手道别:"明天见。"

景慎言点头:"明天见,快上去吧。"

晚风清凉,岑蔚踏进楼道里,声控灯亮起,照亮了回家的路。

周然应该已经睡了,客厅里漆黑一片,窗帘没拉好,一道微弱的白光照进屋里。

岑蔚拖着疲惫的身子倒在沙发上,连手指都不想动弹,就这么趴着睡着了。

两点多的时候她被尿憋醒了。

刚从卫生间里出来，岑蔚又觉得口渴。保温壶里的水不知道是几天前的，她懒得管这些了。

一口气喝了大半杯水，她满足地叹了口气，重新坐回沙发上，捡起掉在地毯上的手机。

工作群里有人提到了她，问她是否安全地到家了。

岑蔚一回来就睡了，没顾得上回消息。后来，景慎言出来说看着她上楼了，让他们放心。

刚睡了一觉，她这会儿精神得很。

好巧不巧，她一打开朋友圈就刷到了前男友的最新动态，屏幕上显示"发布于十四分钟前"。

那是一首歌的分享链接，歌名叫《在你的身边》。

岑蔚笑了笑，觉得有意思，没想到白朗睿也会在深夜发"网抑云"的苦情歌。他不像是会干这些事的人。

她从包里摸出耳机盒，在音乐软件里搜索这首歌。

"虽然分手是我提的，但我知道，先不爱的人是你。"

分手的时候他们俩说了很多话，说的话比之前他们任何一次敞开心扉说的话都多。

但岑蔚现在就想起了这一句话。

当时她低着头沉默了很久，最后轻轻地说了一声"对不起"。

对方笑笑，语气还是很温柔。他说："没关系，不怪你，也有我的问题。"

　　　　我以为忘了想念
　　　　而面对夕阳希望你回到今天
　　　　我记得捧你的脸
　　　　在双手之间安静地看你的眼
　　　　像秋天落叶温柔整个世界

耳机里的男歌手有着低沉的嗓音，深情地吟唱着温柔的情歌。

岑蔚听着歌，没什么特别的感受，更懒得去琢磨白朗睿是在怀念什么事还是纯粹闲得无聊。

歌曲结束后，手机随机播放了下一首歌。

此时将近凌晨三点，全世界都静悄悄的，耳机里的音乐构成了一个环抱住她的圆环。

前奏响起的那一刻，岑蔚躺了下去，抬起胳膊盖住眼睛，残存的酒精让大脑变得晕乎乎的。

钢琴的声音时重时轻，主唱的声音有着极高的辨识度，清澈而干净，甜蜜又悲伤。

这首韩文歌的名字叫《只有我不行的恋爱》。岑蔚把它放在歌单里单曲循环过很多遍。

她终于明白为什么人一到深夜就容易抑郁了。

天空漆黑，城市寂然无声，就好像戏剧结束后舞台上的灯光都熄灭了，观众陆续地散去，幕布缓缓地合上，热闹过后四周显得尤为空荡。

岑蔚的情绪突然就跌到了谷底。

她很不想承认这都是前男友的一条朋友圈造成的，但积压在心底的负面情绪在这个瞬间全都爆发了出来。

手臂逐渐被眼泪浸湿，鼻子堵塞，心脏一抽一抽地疼，岑蔚用力地揉搓着胸口，身体蜷缩成一团。

在耳机里传出的音乐中，她陷入消极的灰色旋涡里，眼泪无法克制地往外涌。

她喜欢开随机模式的坏处就是容易造成人格分裂。

耳边的音乐突然换成某选秀节目的主题曲，欢快的节奏和少年充满元气的演唱有着十足的感染力。岑蔚怔了两秒，那些悲伤的情绪顿时无处安放。

她换了一首歌播放，但气氛已然被破坏，冷静下来后她又感到有些羞耻。

这也不像是她会干的事。

岑蔚摘下耳机，吸吸鼻子，哭笑不得地叹了口气。

"啪嗒"一声，吊灯亮起刺眼的白光。

岑蔚吓了一跳，抬手挡住眼睛。

"你没事吧？"

"嗯？"岑蔚放下胳膊，眯着眼睛看过去。

不知道周然什么时候下来了，站在楼梯口，手里拿着水杯。

听到自己说话时瓮声瓮气的，岑蔚胡乱地擦了擦脸："我没事。"

周然的头发柔顺伏贴，他不像是中途起夜的样子。

岑蔚问："你还没睡吗？"

周然走下最后一级台阶，把水杯放到餐桌上，面朝着她问："你怎么了？"

"没事呀。"岑蔚扯了扯嘴角。

周然盯着她，并没有被那个笑容说服："现在是凌晨三点，你在哭。"

那张脸还是轮廓清晰、五官立体，双眼皮细窄。他面无表情时嘴角微微地向下撇，看起来有那么一点儿厌世感。

可能因为客厅里的灯光，或者因为此刻诡异的氛围，岑蔚竟然觉得她在周然的脸上看见了某种类似于关心、担心，也许还可以叫作"温柔"的情绪。

她突然不敢再去看他的眼睛。

"对不起。"岑蔚低下头，侧过身去，眼眶又开始发热，刚刚止住的泪又有要倾泻而出的趋势。

"到底怎么了？"周然问，语气听起来有些着急。

喉咙发疼，岑蔚说不出话，吸了一下鼻子，摇摇头。

沉默半晌后，男人向她走近，站在单人沙发前张开双臂。

"要吗？你别多想，只是朋友间的……那种。"他有些语无伦次地问，"虽然这有点儿奇怪，但是……要吗？"

岑蔚抬眸看着周然。

这的确有点儿奇怪。

但她张开双臂迎了上去。

在岑蔚抱住他的腰时，周然放下手臂揽住她。

她的个头只到他的肩膀。男人身形高大、肩背宽阔。她几乎整个人陷入了他的怀中，鼻尖萦绕着他身上好闻的木质香气。

"谢谢。"岑蔚安然地闭上眼，哑着嗓子说。

有什么东西擦过她的发丝，也许那是他的下巴。

周然什么话都没说，只是把手臂收得更紧了一些。

沙发上，蓝牙耳机断开了连接，屏幕上的唱片机随之暂停。

没播完的那首歌叫 *There For You*（守护你）。

"So when your tears roll down your pillow like a river（所以当你在枕头上泪流成河）

I'll be there for you（我会第一时间赶到你身边）。"

翌日是个灿烂的晴天，春光大好。

岑蔚迷迷糊糊地睁开眼，一缕阳光照进来，映亮了白色的瓷砖。

她摸到手机看了一眼时间，竟然已经下午一点了。

家里没有别人，洗漱的时候岑蔚才想起周然前两天说他清明节要回山城。她睡得太沉了，不知道他是什么时候出门的。

电动牙刷嗡嗡地响，岑蔚看着镜子里的自己——眼睛下面有两团乌青，眼眶的周围肿得不像话。

昨晚的记忆只停留在那个莫名其妙又顺理成章的拥抱上，后来是怎么睡着的，她不记得了。

她不会是在周然的怀里哭到睡着的吧？

岑蔚倒吸了一口气。

两分钟的时间到了，牙刷自动停止了工作。

岑蔚却还维持着原来的姿势，眼神失去了焦点。

等她回过神来，时间已经不知过去了多久。她慌乱地打开水龙头，漱干净嘴里的泡沫。

那只是朋友间的拥抱，周然说过。

也许到了半夜，人都会变得敏感而柔软。

所以那件事没什么。

趁着假期，岑蔚把家里都打扫了一遍。

周然把一件风衣随手搭在了餐厅的椅背上，岑蔚想把它收起来，刚拿起风衣就听见有什么东西掉在了地板上。

她蹲下去找，那是一枚纽扣。

岑蔚拿起外套翻了翻，找到少了扣子的地方。

普通的缝缝补补对她来说是小事，电视机下的抽屉里就放着针线盒。

岑蔚盘腿坐在沙发上，将棉线穿进针孔里。

她看见另外几枚扣子也有些松动，反正闲着没事干，干脆把扣子都重新缝一遍。

岑悦彤打来视频通话时，岑蔚正缝到第三颗扣子。

岑蔚把手机架到茶几上，继续做手里的针线活儿。

"你怎么没出去春游啊？多好的天气。"岑悦彤穿着白大褂，应该还在宠物医院里上班。

岑蔚说："我才懒得出去，在家里睡觉不好吗？"

岑悦彤打着哈欠向她抱怨:"一天了也没人来,我都无聊死了,你快点儿回来陪我玩。"

岑蔚问她:"你们家祝医生呢?快回来了吧?"

"他说顺利的话六月就回来。"

"真好,你终于要结束异国恋啦。"

岑悦彤托着下巴说:"说实话,我还有点儿紧张。"

"紧张什么?"

"你懂不懂近乡情怯?"

"哎,姐。"岑蔚好奇地说道,"你放他一个人去国外待了那么多年,真的放心吗?"

"有什么不放心的?"岑悦彤说,"人在美国呢,都快和我这儿没时差了。比起他会不会搞外遇,我更担心他哪天猝死在那边。"

岑蔚"嘿嘿"地笑起来。

"嗯?"岑悦彤把脸凑近屏幕,"你在给谁缝衣服呢?"

岑蔚眨眨眼睛:"什么?给我自己缝呀。"

岑悦彤感到疑惑,问:"这是你的衣服?"

"当然是我的了,我新买的,扣子有点儿松,我把它缝紧点儿。"

"那你穿给我看看。"

"行。"岑蔚站起身,穿上那件风衣。

视频两端的人都沉默了。

黑色的风衣十分宽大,下摆垂到岑蔚的脚踝处,衣袖也长了一大截。她的身板完全撑不起来这件风衣。她仿佛是偷穿大人衣服的小孩。

事实显而易见,但岑蔚还是嘴硬,说:"这叫oversize(超大尺寸)男友风,最近很流行的。"

岑悦彤"哼"了一声,说:"到底是'男友风',还是'男友的'?"

"挂了,拜拜啦。"岑蔚毫不犹豫地按下挂断键。

假期里高速上拥堵,周然开了一天的车,到爷爷奶奶家的时候已经下午三点多了。

他没顾得上吃午饭,饿得有些胃疼,用手掌揉了揉小腹。

房子在老巷里,周然刚走到院子的门口,就听到里头传来吵闹声。

心里一紧,他加快了步伐。

李明英听见动静探头往外看,报信说:"然然回来了!"

大门敞开着,周然跨过门槛走进屋里,一进去就看见长辈们个个阴沉着脸。

"怎么了?"他问,预感到不妙。

屋里没人应声。

周然走到杨玉荣的旁边,喊了一声:"妈。"

对方用眼神示意他看旁边的小姑。

小姑叫周采虹,只比周然大了六岁,名义上是长辈,其实更像他的姐姐。

周然转头看过去,小姑耷拉着脑袋,往常最活泼、最能吵闹的人今天却蔫了。

"这到底是什么情况啊?"他问,有点儿发蒙。

爷爷坐在主位上,面色铁青,不说话。

他爸和小叔坐在底下,也不敢多言。

还是婶婶扯了扯周然的胳膊,小声告诉他:"你小姑偷偷地把名字改了,爷爷发了好大的火。"

周然的第一反应是问:"改成什么了?"

"周展，展翅高飞的展。"小姑说，声音懒洋洋的，带着点儿挑衅的意味。

"你还敢说！"爷爷拍案而起，指着她，气得整个人都在发抖，"什么周展不周展，难听死了，你怎么不干脆把姓也一起改了？"

小姑吼回去："再难听也没周采虹难听！我十八岁就想改这个土名字了！"

她一抬头，周然才发现她左边的脸颊又红又肿。

两个人说着又吵了起来，家里人赶紧起身去劝。

周建业和周建军兄弟俩一人一边搀着老爷子，周然抱着小姑，已经分不清是谁在说话，屋里乱哄哄的声音像要把房顶都掀了。

鸡飞狗跳，一地鸡毛。

最后奶奶拎着菜刀从厨房里走出来，把刀往桌面上一甩，说："晚饭你们周家人自己做着吃吧，不知道今天是什么日子呀？老祖宗都要被你们吵得不得安宁！"

"就是，别吵了。"周建业在这儿头疼一下午了，说，"她爱叫什么名字就叫什么呗。"

老爷子抬高手里的拐杖，重重地砸在地面上，气得说不出话。

他颤颤巍巍地走回房间里。两个儿子担心他的身体，赶紧跟上去。

奶奶看了看小姑，红着眼眶摇摇头，但没说什么话，转身回了厨房。杨玉荣和李明英也进去帮忙，顺便安慰老太太两句。

转眼间，大堂里只剩下他们姑侄两个。

周然从小到大看过很多次这样的场面。爷爷和奶奶老来得女，但没能如愿地生出一个贴心的棉袄。

小姑周采虹——或者说周展，有着炮仗般的性格，一点就着，总是不让老两口省心。

几年前要离婚的时候她闹得比今天还难看,邻居差点儿报警。

周然没在冰箱里找到冰块,拿了一袋冻虾仁用毛巾包好。

一股腥味弥漫开来,周展嫌弃地躲开他。

"将就一下吧,姑。"周然按着她的脑袋,把冰毛巾贴在她肿起的面颊上。

周展"呸"了一声,用拳头捶在侄子的身上,发泄情绪。

周然说:"你多吃点儿,打得我都不疼。"

小姑终于笑了,过了一会儿问周然:"小以今年还回来吗?"

"不知道。"右臂抬久了还是酸痛,周然换了一只手拿毛巾,"来回的机票贵,回来一次又太折腾,去年她也就是因为担心你才回来的。"

2016年的时候小姑被查出患有乳腺癌,动了手术,今年的年初才康复出院。

"妹妹现在有出息了,她是博士。你看看,我们家真是祖坟冒青烟。"

"是呀,她可是全家的希望。"

"但你才是顶梁柱。"周展笑了笑,"懂吗?以后家里都得靠你。"

周然点点头。

周然想缓和气氛,问小姑:"怎么样啊?你最近谈男朋友了吗?"

周展"啧"了一声,说:"你小心这话万一被你爷爷听到,明年的这个时候就真要多给我烧一份纸了。"

"呸呸呸。"周然抓着她的手敲了三下桌角。

周展乐了,说:"你太迷信。"

她把问题抛给周然:"别只说我呀,你呢,有女朋友了吗?"

"没。"

"那总有在了解的吧?"

"也没。"

"你行不行啊,大侄子?"周展替他着急,"别到时候妹妹都比你先结婚。"

"那倒不至于。"周然顿了顿,又加上一个"吧"。

天色渐沉,风把院子里的树叶吹得"沙沙"响,灯泡亮起昏黄的光,周围环绕着蚊虫。

"小姑总想看着你们俩成家了再走。"

周然假装没听懂,问:"走去哪儿?"

"你说去哪儿?"她从不避讳提及这些事,"我这病复发率很高的,谁知道哪天会复发呢?"

周然不知该怎么回答,拿下冰毛巾,坐到她的身边。

看他的情绪低落下去,周展拍拍侄子的肩膀:"所以,小伙子要加油哇。我这辈子是没有这个福气了。"

"会有的。"周然说。

或许是想给小姑一个安慰,或许是出于对生活的希望,他犹豫了一下,撒谎说:"其实有一个,我还在追她。"

周展一听这话,睁大眼睛:"谁呀?快说给我听听。"

周然拿出手机,排除掉骆晓蕾,排除掉林舞,最后在张雨樱和岑蔚之间纠结了一下,点开后者的朋友圈,把手机递给小姑。

"就是她。她以前和我是一个高中的,最近我们因为工作上的事又遇上了。"

小姑看完了那些照片,弯着眼睛直笑:"不错不错,长得挺秀气的。"

她看着照片,突然想起什么事,拍拍周然:"哎,她就是你高中暗恋的那个人吧?"

周身的空气顿时凝固了。

"你怎么知道？"

"你妈告诉我的呀，是她吧？"周展放大照片，想再仔细看看。

周然伸手一把夺过手机，神色严肃地说道："不是。"

"不是吗，那是哪个？你再给我看看！"

"不给，我饿了。"周然站起身走向厨房，"奶奶，有没有吃的东西呀？"

"臭小子。"周展跟在他的身后骂，"快点儿和我说说，是不是她？和小姑说又没关系。"

周然猛地停下脚步。周展差点儿一头撞在他的背上。

"我妈是怎么知道的？"周然突然意识到问题的所在。

"我怎么知道？"周展摸着胀痛的脸颊，"就是有一次她和我打听这事来着，问我你是不是早恋了。"

"什么时候？"

"高一，还是高二？我记不清了。所以，你到底是不是早恋了呀？"

"不是。"

"那你暗恋的那个呢，现在怎么样了？已经嫁人了？"

周然被吵得耳朵疼，敷衍地"嗯"了两声："对，她都生二胎了。"

假期的最后一天，岑蔚放纵自己熬夜看了一晚上的剧，天蒙蒙亮时才睡下。

大脑供血不足，这一觉她睡得昏昏沉沉，意识全无。

醒来时，岑蔚半睁着眼，眼前有一个模糊的身影。

她闭上眼睛，再缓慢地睁开，这次那个身影走近了一些。

岑蔚好像听到有人在喊她，声音隐隐约约的，像隔着一层膜。

"岑蔚?"

她半梦半醒,懒洋洋地应了一声。

周然皱着眉,将手背放在岑蔚的额头上探了探温度。

她没发烧。但这会儿都已经到饭点了,她还没有要起床的迹象。

"你是哪里不舒服吗?"

岑蔚蜷起身体,用交叠的手臂捂着肚子。

周然没听清她说了什么话,担心她是真的生了病不舒服,单膝跪在沙发的边沿上,弯腰将岑蔚抱起。

在整个人腾空而起的那一刻,岑蔚醒了,瞪大眼睛尖叫一声,搂紧周然的脖子:"你干什么?!"

"我……"周然被她的这一声尖叫弄蒙了,"带你去医院。"

两个人的脸挨得很近,岑蔚躺在他的臂弯里,一头问号,问:"我为什么要去医院?"

"你不是肚子疼吗?"

岑蔚闭了闭眼,小声说:"我只是饿了。"

"……"

周然弯腰把她放回沙发上,想原地消失。

"那你怎么……睡到现在还没起?"他侧着身子,没有看她。

岑蔚扯过被子盖住自己:"我昨天睡得晚,不行吗?"

周然扶着腰叹了一口气。

"起床吧,我找点儿东西给你吃。"

"哦。"周然走开后,岑蔚攥紧拳头在空中挥了挥,尴尬得呼吸不畅。

她磨磨蹭蹭地在卫生间里做了许久的心理建设才出来。

周然煎了两个蛋,往上面撒了盐和胡椒粉。

"你刚回来呀?"岑蔚问完才意识到这是一句废话。

"嗯。"

周然拿起她买的那包巧克力吐司,说:"以后尽量不要买这家的东西,有反式脂肪酸。"

"哦。"岑蔚挠挠头发,"我就是随便买的。"

"没牛奶了吗?"周然在冰箱里翻找——他记得应该还剩了两盒牛奶。

"我昨天喝了。"岑蔚又补充说,"我明天下班后去买牛奶。"

"那就只能用酸奶了,无糖的,行吗?"

岑蔚自然不挑食,说:"行,都可以。"

周然往杯子里倒了一层酸奶,然后倒入燕麦片:"其实隔夜的燕麦更好吃。"

岑蔚趴在椅背上看着他操作:"隔夜的?"

"嗯,隔夜燕麦是懒人早餐的一种,你可以试试。"

"哦!"岑蔚想起来了,"你在冰箱里放的那瓶灰不溜秋的东西就是这个?"

这个形容……周然怔了一下,点头说:"对。"

把酸奶和燕麦搅拌均匀后,他拿起盛着混合坚果的玻璃瓶。

"嗯……"

瓶盖纹丝不动,周然干咳一声,换了一只手又试了一次。

"……"

"要不我来吧?"岑蔚终于看不下去,伸出了手。

"我那个……"周然摸摸鼻子,解释说,"前两天健身的时候拉伤了,这只手使不上力气。"

岑蔚挑高眉毛。真的吗?

那他刚刚抱她的时候,力气是从哪里来的?

"咔嗒",岑蔚把打开的瓶子递给周然。

"谢谢。"

岑蔚朝他笑笑，去厨房里拿餐具。

"哦，对了，我不吃杏仁，你别……"

岑蔚没说下去。

她端着碗筷回到餐桌边，垂眸看见桌上的那杯酸奶燕麦上已经撒满了坚果，而旁边的小碗里有周然挑出来的杏仁粒。

"你知道我对杏仁过敏？"

"不知道哇。"

岑蔚不解地问："那你把杏仁挑出来干什么？"

周然动了动嘴唇："我闲的。"

岑蔚扶着椅背问："嗯？"

"好吧。"周然承认，"我就是知道你对杏仁过敏。"

岑蔚感到疑惑，问："你是怎么知道的？"

周然眼神闪躲着回答："有一次你请假没来学校，我在老师的办公室里听见的，老师说你杏仁过敏去医院了。"

"哦。"他这么一说，岑蔚想起来了，是有这么一回事。

高中的时候有人暗恋岑悦彤，每天都往她们家门口的牛奶箱里放零食和饮料。岑悦彤不爱吃零食也不喝饮料，全把它们给了岑蔚。

有一次瓶子里装的是杏仁核桃露，岑蔚只当是普通的核桃奶，美滋滋地喝下去大半杯杏仁核桃露，结果没几分钟嘴唇就变得又肿又痛。

那次，她呼吸困难，皮肤上也起了红疹。她差点儿死在上学的路上。

"那你的记性还真不错。"岑蔚拉开椅子坐下——他连这种小事都记得。

周然"呵呵"地笑了一声。

想来想去还是觉得这件事有些可疑，岑蔚突然感到一阵毛骨悚然，指着他质问："你不会是偷偷地调查我的弱点，想下毒陷害我吧？"

周然忍住想翻白眼的冲动，拿起那一碗被挑出来的杏仁，说："那我早就把这些杏仁磨成粉下在饮水机里了。"

"天哪！"岑蔚捂住嘴，惊恐地说道，"你真的想过作案手段？！你好可怕！"

"所以你还吃不吃？"

"吃。"岑蔚收起夸张的表情，拿起勺子，舀起一勺酸奶燕麦放进嘴里。

她发现了，糖就是"周然国"的违禁品，谁敢在食物里加一粒糖都要被判处终生孤寂。

在两秒的沉默后，岑蔚瞪大眼睛，拖长尾音满足地"嗯"了一声，评价道："不错。"

周然看着她，一语道破："不好吃对吧？"

岑蔚放平嘴角，小声说："对不起。"

他以为燕麦和坚果粒会中和酸奶的涩意，但效果适得其反，本来酸奶只是味道寡淡，现在口感还差。

周然把煎蛋递到她的面前："你吃这个吧。"

他说："以后不喜欢吃就说出来，别勉强自己。"

岑蔚说道："其实味道还可以。"

周然顺势问："那我再给你盛点儿？"

岑蔚赶紧伸手护住自己的碗："不用了。"

周然轻轻地笑了一声，坐到她的对面，吃起碗里的杏仁来。

在岑蔚的目光所及之处，周然骨节分明的手指在深色杏仁的衬托下显得白皙而干净。

情不自禁地盯着人家的身体部位看了起来，岑蔚唾弃自己像个变态。

她清清嗓子，移开目光，用勺子搅着碗里的混合物。

想聊一些事情转移注意力，岑蔚抬眸，随口问周然："其实你也没那么不好相处，为什么平时总是板着脸？你让别人觉得你很有距离感。"

"有吗？"

"有哇。"岑蔚说，"你好像有那个天生臭脸综合征，听说过吗？"

"什么？"

岑蔚放慢语速说："天生臭脸综合征，就是说有些人放松表情时看起来也像在生气。"

周然挑眉："哦，那可能是吧，我们家的人都这样。"

岑蔚不敢想象那幅画面，问："真的吗，你家的人都这样？"

"真的，你见到我妹妹就知道了，那才叫臭脸。"

岑蔚被勾起了好奇心，问他："有照片吗？我想看看。"

周然拿起手机："我找找。"

他在屏幕上轻点几下，把手机递给岑蔚："你看。"

岑蔚接过手机放到面前。画面上的女孩穿着学士服，周围都是欧美人的面孔，她站在其中显得格外亮眼，五官清秀，眉眼间又藏着英气。岑蔚很少见这么能抓人眼球的淡颜系长相。

看第一眼时，岑蔚在心里惊呼：这不就是性转版的周然？

看第二眼时，岑蔚倒吸一口气，激动地说道："这不是周以吗？"

"你认识她？"

岑蔚说："听说过，我以前加了几个学妹的QQ，那会儿空间里全是她的照片，好像她们要在周以和另外一个女孩子中间选校花？"

她划了一下手机屏幕，翻到下一张照片。长大之后的周以更出众了，还是名副其实的学霸，这应该是她硕士的毕业照。

周以、周然。岑蔚默念了一遍这两个名字，简直不敢相信事实，问："你居然是周以的哥哥？"

周然从这句话里听出了一点儿别的味道："什么意思？"

"她可是校花，人又聪明，你高中的时候……"

岑蔚紧急刹车，没再继续说下去。

"我没有别的意思。"她笑了笑。

其实她本来想说——你高中的时候只是一个孤僻的、没人喜欢的胖子。

"没关系。"周然耸了耸肩，又不是第一次听见这种话。

某一年的除夕夜，喝多了的小姑拍着他的肩膀，醉醺醺地说："然然，你平时还是要多笑笑。妹妹高冷的话叫冰山美女，你那样，大家只会说这个胖子看起来真不好惹。"

于是，饭桌边的大人们开始哄堂大笑。

上学的时候堂妹周以在他们家住过一段时间，当时她上初三，周然上高二。

那天有英语的期末考试，吃早饭的时候周然拿出单词书，想临时抱一下佛脚。

"c-o-m-p-l-e-m-e-n-t，complement，赞扬、称赞。"周然拿着一根油条，嘴里念经似的背单词。

向来安静的周以突然出声打断他说："compliment，c-o-m-p-l-i-m-e-n-t，你背的是complement，补充的意思。"

她发的是标准流利的英音。少女的脊背单薄笔挺，她专心地喝着碗里的粥，看都没看周然一眼。

周然低头瞄了一眼单词书，刚才确实把单词拼错了。

还没等他张口说话，周然的后脑勺儿就挨了重重的一巴掌，疼得他立刻叫了一声，油条脱手掉在了桌子上。

父亲周建业指着他，恨铁不成钢地说道："你看看你，还要妹妹来教，丢不丢人哪？"

周然低着头，一动也不敢动。

"别看单词书了，现在抱佛脚，你平时干什么去了？"

杨玉荣从厨房里走出来，指着碗里剩下的水煮蛋，问："还有谁没吃呀？快点儿拿去。"

平时属于周以的那个水煮蛋都是周然帮忙偷偷地吃掉的，但谁让他心眼儿小呢？

"妹妹没吃。"

"小以快吃，吃完我送你们上学去。"

周以"哦"了一声，只能不情愿地去拿鸡蛋。

她剥着鸡蛋壳，一脸幽怨地看向周然。

幼稚的男孩勾勾嘴角，却并没有开心起来。

用不着"别人家的孩子"，光周以这个堂妹就够全家人捧高踩低的了。周然在青春期里没少受气。

那些话也许没有恶意，但他听着都觉得刺耳。

岑蔚的话不会让他生气，但会让他心里那点儿刚刚复燃的好感熄灭。

气氛突然冷了下来，岑蔚识相地保持沉默，继续翻看照片。

在看见周然的相册里的高中毕业照时，她松开手指，瞟了一眼对面的人。

周然正盯着桌上的一点发愣。她不知道他在想什么。他想得十分出神。

岑蔚不动声色地把手机举高了些，挨个儿看照片里的那些人，找到了周然。

她在看到那张脸的一瞬间，表情就凝固了，某些回忆涌上脑海。

人生中的第一张检讨书,教导主任的批评教育,全班同学的八卦嘲笑,她想起来那些黑历史就会觉得无地自容……

原来那些事不是被她忘记了,只是等待着在某个节点被某些东西重新扯出来。

原来那些事一直历历在目。

岑蔚从小就没和人吵过架,连和别人闹别扭都不曾有过,除了跟周然——这个孤僻冷漠、神经质又小心眼儿的死胖子吵过架。

尘封已久却和当年一样强烈的羞恼和难堪在心中爆发,岑蔚把手机甩到桌面上,撩起眼皮狠狠地瞪了对面的人一眼。

"啪"的一声响,周然吓得回过神来,看看桌上的手机,又抬起头看看岑蔚。

"怎么了?"

"没事。"

当天晚上,周然和岑蔚收到了相同内容的微信消息。

何智颖问岑蔚:这几天和周然相处得怎么样啊?

石嘉旭问周然:这几天和岑蔚相处得怎么样啊?

岑蔚:就那样吧,反正我下周就走了。

周然:还行,她什么时候走啊?

手臂恢复得差不多了,周然也恢复了早起去健身房的习惯。

他走下楼梯,无声地打了一个哈欠。

下一秒周然抬脚踢到什么硬物,痛得大叫了一声。

沙发上的人翻了一个身,被子垂到了地毯上。

周然低下头,看见不小心踢到的是一个纸箱,纸箱还没被打包好,铺在最上面的是岑蔚的一件外套。

他把那个箱子往墙边挪了挪。

冰箱里有贝果和奶酪,周然烧了一壶水,打算再给自己泡一杯咖啡。

水蒸气不断地往外冒,水烧开时水壶发出"嘀嘀嘀"的提示音。

清晨的梦被这些声音扰乱,岑蔚掀开被子从沙发上坐起身,头发蓬松杂乱。

她就这么坐着缓了一会儿神。等意识差不多清醒了,岑蔚挠挠脖子,伸脚够到拖鞋,站起身。

等她洗漱完从卫生间里出来,周然的杯子里还剩最后一点儿咖啡。

他问岑蔚:"今天你怎么起得这么早?"

岑蔚看着他,冷笑了一声。

周然把咖啡一饮而尽,只当她有起床气。

他走进厨房里,把水杯冲洗干净。

黑色的风衣上有一颗扣子松动好几天了,周然打算今天带着风衣去裁缝店。

他拿起衣服,找了半天也没找到那颗松动的扣子,甚至那一个个扣子都十分牢固。

周然抬头看向岑蔚,虽然不太相信这种可能性,但是为了以防万一,还是问道:"扣子是你缝的吗?"

岑蔚面不改色地回答:"不是呀,是田螺姑娘吧。"

扣子就是她缝的。

周然展开外套,轻声说:"谢谢。"

"不用客气,一颗扣子二十块钱,一共就收你一百块钱吧,在微信上把钱转给我就行。"

她把话说得一气呵成。

周然整理着衣领,"哇"了一声:"谢谢呀,抢钱还要帮我缝扣子。"

第四章
雨季前夕

周然出门后没多久,岑蔚的手机响起新消息的提示音。

他真的给她发了一个红包,红包里的钱不多不少,是一百元整。

岑蔚领取红包,打字回复他。

岑蔚:谢谢老板。

下一秒,周然又发来一个红包。

周然:我的衣柜里有一套深色西装,上面有格纹,纽扣也松了。

岑蔚乐了——他真把她当田螺姑娘啊?

这次红包里有五十块钱。

岑蔚重复了一遍她的定价。

岑蔚:老板,一颗扣子二十块钱。

周然:西装上一共有两颗扣子,不对吗?

岑蔚：那不是四十块钱吗？

她以为另外的十块钱是她的辛苦费，或者是周然觉得"四十"不好听。他的话却出乎她的意料。

周然：缝完了扣子，帮我熨好西装再挂进衣柜里。

岑蔚：……

岑蔚：好嘞。

离职手续正在办理中，手头儿也没工作，她在工作室里待了一个上午就回家了。

岑蔚离开工作室的时候，正好遇上一个来面试的设计师。

年轻的女孩看上去有些紧张，但眼里是闪着光的。

岑蔚给她指了路，站在原地看着女孩走进屋里，突然又感到有些怅然若失。

回到家里，岑蔚躺在沙发上。电视里播着《名侦探柯南》，她时不时打个哈欠，来回切换着刷各个社交平台。

她上班的时候偷偷地在茶水间闲聊一会儿都觉得快乐，这会儿真正清闲下来了，却做什么事都没兴致。

实在觉得无聊，岑蔚干脆把周然衣柜里的西装全都熨了一遍，并且打算等他回家后以三十块钱一件衣服的价格收费。

周然今天难得准时地下班了，进屋的时候手里提着一个大购物袋。

他打开冰箱，打算把刚买的东西放进去，却发现里面已经被塞满了。

注意到饮料的包装上都印着"无糖"或"低脂"，周然转头看了一眼沙发上的岑蔚。

他整理出一半空间，把自己买的那些东西也放进去。

早上踢到的快递箱还在地上，周然问岑蔚："你是要把这个箱子寄出去吗？"

"嗯，对。"

看天黑了，岑蔚起身去阳台上收衣服："我买了这个星期天的高铁票。"

周然"哦"了一声后，才反应过来这句话是什么意思。

"你说什么？"

岑蔚说："我要回家了。"

"这个星期天？"

"对，心橙的 Logo 是我的最后一个单子，定稿后就没我什么事了。"

"哦。"周然把手里的最后一瓶果粒酸奶放进冰箱里，"我知道了。"

"啊！"

听到惨叫声，周然回过头问："怎么了？"

岑蔚弯腰揉着右膝盖，指指跑步机，说："不小心撞了一下。"

周然走过去，把跑步机往墙边挪："下次小心点儿，别总是走路不看路。"

岑蔚看他一眼，皱了皱眉。

"总是"？他说得好像很了解她一样。

痛劲过去了，岑蔚直起身子，抱着自己的衣服一瘸一拐地走回客厅里。

他们依旧靠点外卖解决晚餐。不过周然竟然不吃沙拉了，点了一份寿司拼盘。

两个人面对面坐在餐桌的两侧，界限分明，互不打扰。

吃汉堡吃得太快，岑蔚被噎住了，暂停播放手机屏幕上的电视剧，起身倒水喝。

她抬头看到眼前的场景，顿时张大嘴愣在原地。

怎么会有人吃三文鱼寿司只吃底下的饭团呢？

他哪怕只吃三文鱼都正常吧？

岑蔚看着盘子里光秃秃的三文鱼片，心想：万一这是人家奇怪的小癖好呢？

她小心翼翼地开口问："你是喜欢三文鱼和饭团分开吃，对吧？"

周然抬起头回答："不，我不喜欢吃生的东西。"

岑蔚不解地问："那你点寿司干什么？"

"突然想吃米饭了。"周然说着夹起一小团米饭送进嘴里，覆盖在米饭上面的三文鱼片却像厨余废料一样被丢弃在一边。

岑蔚大受震撼，问："你想吃饭那就点饭吃呀，店里没鳗鱼饭吗？"

周然看着岑蔚，不说话了。

岑蔚指着三文鱼片问他："这些你都不吃了？"

他摇摇头，又说："也不是不……"

"那给我吃。"岑蔚说。那么肥美诱人的三文鱼要是被浪费了，她的心会痛死。

"好。"周然把盘子推向她。

岑蔚今天点了麦当劳，没有餐具，朝他摊开手说："给我筷子。"

周然把手里的一次性筷子递过去。

岑蔚看着他，没接筷子。周然这才意识到不对，从包装袋里拿出一双新的筷子递给她。

鱼肉细腻鲜美、入口即化，岑蔚满足地闭上眼，同时在心里唾弃周然这个不识货的怪胎。

她吃了两片三文鱼后，心情肉眼可见地变好了。

要是有酒喝就更好了，岑蔚心想。

周然吃着一块杧果鱼子军舰，看她吃得津津有味的样子，出声问:"你很喜欢吃刺身吗?"

"还行,主要是我难得吃一次。"心情一好,话也多了起来,岑蔚接着说,"平时一个人不会想着去吃日料,谈恋爱的时候想吃又不敢说。"

周然皱起眉头:"为什么?你前男友很抠门儿吗?"

"不是。"岑蔚不知道他为什么会这样想,说,"我就是怕他觉得太贵有负担,反正约会的时候吃什么都差不多,没必要去吃那么不实惠的东西。"

"哎。"岑蔚话锋一转,问,"那你和女生出去约会吃什么呀?总不能带人家去吃草吧?"

周然抬起眼皮,面无表情地看着她。

岑蔚抿嘴笑了笑:"不会吧?"

周然移开目光,用筷子戳着碗底:"我又不是顿顿吃减脂餐,只是平时需要控制饮食,不能像你一样想吃什么就吃什么。"

"哦。"

岑蔚又换了一个话题,问:"智颖说你之前也找不到房子住,你也被房东赶出来了?"

周然说:"嗯,他们夫妻俩离婚了,要把房子卖出去分家产。"

岑蔚说:"我是因为房东的儿子要结婚,他们家里要给他买新房。"

他们被两个截然相反的原因赶到了一个屋檐下。

她想来觉得有些好笑。

岑蔚喝了一口可乐,感叹:"所以,我有时候不理解为什么一定要买房,买房就是多了一个负担,还折腾来折腾去的。"

周然并不认同她的观点,说:"人总要有家吧,不可能跟在父母身边住一辈子。"

岑蔚点点头,很轻地"嗯"了一声。

由于额外吃了一份三文鱼，岑蔚一站起来觉得胃沉甸甸地往下坠。

汉堡和鸡翅吃起来又很腻，她捂着隆起的小肚子，难受地皱紧眉头，问周然："你有健胃消食片吗？"

还没等他回答，岑蔚又说："你怎么可能会有呢？"

别说吃撑了，她看周然天天都吃不饱。

"我去买。"周然说着就站起身。

"哎，等等。"岑蔚伸出手，艰难地挪动步子，"我跟你一起去，我想出去走走。"

周然抬起胳膊让她扶住："好吧。"

到了门口，岑蔚想蹲下换鞋，但刚一弯腰就立刻停下动作："不行不行，我一弯腰感觉就要吐出来了。"

周然问她："你要穿哪双鞋？"

岑蔚指着一双黑白拼接的平底鞋："那一双。"

周然蹲下来，从鞋架上拿下那双鞋放到她的脚边。

岑蔚踩进鞋里，不知为何冒出一句："以后你一定会是个好老公。"

周然给她系好搭扣，"呵呵"地笑了一声："谢谢呀。"

他站起身，对岑蔚说："吃不下就别硬塞，你这样对胃也不好。"

"那我总不能看着你浪费吧。"

"不会呀。"周然说，"我可以把三文鱼放在冰箱里，明早煎了吃，或者炒炒和饭一起吃。"

"……"岑蔚呆住，问，"你为什么不早说？我以为你会直接把鱼扔掉。"

周然反问："那你要吃我总不能不给吧？"

岑蔚哑口无言。

周然按下门把手:"走吧。"

岑蔚因为胃里不舒服,走不快。周然让她扶着他的胳膊,陪她慢悠悠地走出小区。

路上他们迎面遇到一个遛狗的阿姨,阿姨一直笑眯眯地看着他们俩。

出于礼貌,岑蔚也朝她笑笑。

阿姨抬手指指岑蔚的肚子,出声问他们俩:"几个月啦?"

啥?

岑蔚和周然对视一眼,随口说:"三个月。"

"哎哟,怪不得有点儿显怀了。"

岑蔚提起苹果肌笑笑。阿姨走了。

听见旁边的人深吸了一口气,岑蔚保持微笑,咬着后槽牙警告道:"你敢笑出来就死定了。"

周然咳嗽了一声:"我没笑。"

岑蔚瞪他一眼:"心里偷着乐也不行,白让你捡了一个大便宜。"

周然小声顶嘴:"是你自己和人家说三个月的。"

岑蔚真是气不打一处来,说:"那你要我怎么说?这肚子是我吃了一顿晚饭吃出来的?"

周然突然变得一本正经起来,说:"倒不是吃一顿晚饭吃出来的,你平时久坐又不控制饮食,腹部的脂肪堆积,本来就有小肚子。"

岑蔚警惕地看着他:"你观察我观察得这么仔细?"

周然不说话了。他不是观察得仔细,只是抱过她两次。

晚风清爽,路灯映亮了夜色,路上有不少出来散步的居民。

岑蔚呼吸着新鲜的空气,平淡了一天的情绪终于有了波动。

"蓉城真好哇,我有点儿舍不得离开这里了。"

周然转头看她:"那你为什么要走?不喜欢这份工作?"

"也不是不喜欢,不过确实挺累的。我不是那种天生精力充沛的人,也没啥干劲,可能就是不太适合职场。"

周然想到什么事,说:"连我的助理都要讨好,能不累吗?"

他的声音不大,但岑蔚清楚地听见了他的话。

她沉默了一会儿,出声问他:"你觉得那是讨好?"

周然没有回答。

"说话。"岑蔚催他。

"对。"周然顿了顿,说,"你高中的时候就这样。"

"是吗?"岑蔚放平嘴角,"对别人好、没什么脾气就是'讨好'吗?怎么你说得好像我很有心机似的?"

周然赶紧解释:"我没有这个意思。"

"算了。"岑蔚把鬓边的碎发捋到耳后,朝他笑笑,"随你怎么看我,都没关系。"

周然移开目光,把想说的话咽了回去。

他们走到了药店。岑蔚在门口等待,周然进去买了一盒健胃消食片。

他一边走出来一边拆开包装,从铝箔板里倒出四粒药片。

"嚼着吃就行。"周然把药片放进岑蔚的掌心里。

"谢谢。"岑蔚含着消食片,味道酸酸甜甜的。

"走吧。"周然下意识地抬高了胳膊。

岑蔚大概没留意到他的动作,自顾自地迈步往前走,恢复了精神,脚步也快了。

周然放下手臂,自嘲地一笑。

接下来的几天里,岑蔚都没去工作室,但也没能顺利地睡到自然醒。

周然依旧一大清早就出门。她被吵醒，索性跟着起床吃早饭。

等他出了门，岑蔚再躺回沙发上，迷迷糊糊地睡回笼觉。

想着这样的日子也没几天了，她心安理得地在家躺平。

这一周天气晴朗，才四月岑蔚就有了已入夏的感觉。

但天气预报又说下周要迎来雨季，气温会回落。

春天总是这样反复无常。

手机铃声突兀地响起，岑蔚的心脏跟着一颤。

她凭感觉摸到手机，把眼睁开一条缝，按下接听键。

"喂？"

"岑蔚。"听筒里传来景慎言的声音，他说，"赶紧来工作室一趟。"

他的语气听起来很严肃。岑蔚立刻坐起身："怎么了？"

景慎言缓和了一下语气，告诉她："有人说我们的设计涉嫌抄袭。"

岑蔚的心脏直往下坠。

"哪个设计？"

"心橙的。"

岑蔚不记得自己是怎么起床换衣服、怎么出门坐上出租车的。

她听到那句话后，耳边就只剩下"嗡嗡"的响声。她无法思考也无法做出任何判断。

李悦恬在工作室的门口来回踱步，远远地看见岑蔚从电梯间里出来，赶紧迎上去。

岑蔚问她："怎么样了？"

李悦恬帮她理了理被风吹乱的头发："刚刚心橙那边来电话了，叫我们过去一趟。"

进景慎言的办公室前，岑蔚停在门口做了几次深呼吸，才迈步朝景慎言走去。

他正拿着手机打电话，脸色也不大好看。

看见岑蔚来了，景慎言抬了抬下巴，示意她在旁边等等。

"再去联系，有消息立马告诉我。"

景慎言挂了电话后，岑蔚立刻说："我没有抄袭，这点我可以保证。"

景慎言问她："看到那篇微博了吗？"

"看到了。"

前天晚上有人放出了心橙新包装的设计稿，这也许是他们公司内部在故意偷跑试水。

反响还算不错，虽然依然有人嘲笑心橙是上不了台面的超市货，但评论区里也不乏好评。

直到今天中午，有用户发出两张对比图，指控心橙这次的设计稿抄袭了轻雨的包装图案。

岑蔚看到图片了，两张图极其相似，有着深色的底图和橙花的样式，以绿叶衬托，甚至连画面的分布都一致。

这样的小碎花图案很常见，但元素、色调和布局都重合的概率太小了，谁也无法说是恰好雷同。

轻雨是个小众的品牌，前几年刚成立，用户提到的被抄袭的那瓶香水上市于2015年的春季，名字就叫"橙花"，是轻雨目前的主打产品。

岑蔚从包里拿出平板电脑："我有证据可以证明我自己。"

景慎言抬手制止她："先去心橙吧。"

岑蔚点头。

路上，景慎言开着车告诉她们："抄袭是网友发现并曝光出来的，我们还没联系上轻雨那边。"

李悦恬担心地问："那心橙会不会和我们取消合作呀？"

景慎言没回答她。

"对不起呀。"岑蔚把双手交叉在一起,低着头出声说。

景慎言抬眼从后视镜里看着她。

"你抄袭了吗?"

"没有。"

景慎言说:"那就没什么对不起的。"

这次会议室里不光有周然,还有公司的其他几个高层人员。

岑蔚走进去,看到里面的场景,觉得自己像是即将被审问的犯罪嫌疑人。

"坐吧。"周然对她说。

岑蔚坐到他们的对面,把双手放在大腿上。

公关部的主管夏千北坐在中间,第一个开口:"岑设计师,我们是很愿意相信你的,现在就是了解一下情况,你坦诚地说就行。"

换了别的作品可能还不好解释,但岑蔚现在有底气。

她拿出自己的平板电脑递过去:"首先我可以肯定自己没有抄袭,这张图是这个设计方案的灵感来源和雏形,是我画的。我有把所有作品都扫描后保存在电脑上的习惯,也找了这个文件的创始时间,创始时间是2013年。"

夏千北粗略地扫了一眼图片,把平板电脑递给旁边的人:"所以你的意思是,反而是他们抄袭你的作品?"

岑蔚垂眸:"这个我不知道。"

平板电脑被递到周然的手里。他皱起眉看了好一会儿,说:"这不够。"

岑蔚蹙眉:"这还不能证明事实吗?我的设计稿时间更早。"

周然问她:"如果对方拿出比这个还早的设计草图呢?"

岑蔚的声音低了下去,她说:"应该不会。"

"那我再问你,你当时为什么要画这张图?"

岑蔚的作品集里有她大学以来画的所有图。图片杂七杂八，她没有仔细地给它们分过类。而且由于每次都是定期扫描收录图片，她无法确定真正的绘图时间。

这会儿她又神经紧张，再加上这已经是五年前的事，岑蔚大脑一片空白，一下子答不上来。

这张没有画完的图充其量只能算是草稿。

它要么是废稿，要么只是她随手画的，至少不可能是给别人用的稿子。

看她不回答，周然又问："你给这张图登记过版权吗？"

岑蔚自然摇头。

"所以，你也没办法证明这个设计就是你的。"

"它在我的电脑里。"岑蔚的语气不由自主地变得着急起来。她问，"我难道还需要证明这是我画的吗？"

周然把双手交叠在一起，目光深沉地看着她。

"这事关我们的品牌形象，请你谅解。"

岑蔚咬着下唇，做了一个深呼吸，让自己冷静下来。

刺痛她的不是这些话，而是很显然合作方并不信任她。

在气氛正紧张时，张雨樱敲了敲门，进来报告："轻雨那边联系上了，但他们说当时买了一个插画师的图。"

岑蔚立刻问："哪个画师？"

"他们没说，说是要保护对方的隐私。"

岑蔚闭了闭眼，脑袋又胀又疼。

保护隐私？那有没有人来保护她的隐私呀？

来办公室的路上岑蔚瞥了一眼微博的评论区。虽然那条微博的热度还不高，也没人知道设计师是她，但有些义愤填膺的网友已经在底下大喊"尊重原创""抄袭者退出设计圈"了。

"你先回去吧，后续可能还要再联系你，麻烦你多留意。"

到底是给合作方惹麻烦了，岑蔚轻声说了一句"抱歉"。

周然没再说什么话。

走出办公室前，岑蔚抬眸看了他一眼，心里有些堵得慌。

这几天和他在公寓里抬头不见低头见，她以为他们相处得还算融洽。再怎么样他们也是老同学。

不，岑蔚在心里制止自己产生这种想法。

他公私分明是对的，她不应该感到失落。

岑蔚离开后，周然扶着额头闭上眼睛，问张雨樱："轻雨的态度怎么样？"

"不太好，但他们目前还没有在网上做出回应。"

夏千北冷笑了一声："他们得意个什么劲？一直不温不火的，小作坊就是小作坊。"

周然起身说："我去和他们沟通，总得先找到那个画师。"

夏千北叫住他："坐下，轮得到你去吗？大哥，这是我的活儿，你快去吃午饭吧。"

"我不饿。"

夏千北指着周然，对张雨樱说："你平时多管管他，他老不吃饭。"

张雨樱眯着眼睛扯了扯嘴角——她敢管周然吗？！

"纪清桓说了，他们家打的官司就够他头疼了，让我们千万别撕破脸。"夏千北叹了口气，"得使劲磨嘴皮子了。"

周然说："还好，毕竟她手里留着草稿呢。"

夏千北不屑地笑了一下，掐着嗓子装模作样地说道："'这图一看就是修的，大公司就是恶心，欺负小牌子没人知道''抵制抄袭品牌、抵制心橙''别狡辩了赶快道歉吧''真丢国产品牌的脸'……"

周然打断他："好了，别说了。"

"唉,创业道阻且长。"夏千北从椅子上站起身,"走了,去给人装龟儿子了。"

从心橙出来,景慎言把岑蔚送回了家。李悦恬提出要陪着她,被岑蔚拒绝了。

小姑娘抓着她的手,一脸担心的表情。

在她开口前,岑蔚先说:"不用说什么相信我的话,清者自清嘛,我没什么事。你快回去吧,别耽误其他工作。"

景慎言叮嘱她:"好好休息,别想太多,我会处理好的。"

岑蔚点点头。

她上楼回到公寓里,却不知道自己该干什么。

她想再看看那张草图,回忆一下当时的细枝末节,但很难集中注意力,没过一会儿就开始走神。

她想等周然回来后再和他聊一聊,但一直等到天黑,大门也没有动静。

心橙那边的人也没有再联系她。反倒是晚上,岑蔚看到有同事在群里说心橙好像又联系了麋鹿设计的人。

她捧着手机,对着这条消息发了好一会儿的呆。

既然设计方案有争议,心橙肯定是不会用了。但她没想到人家这么快就选择弃卒保帅。

岑蔚把手机扔到一边,用手掌搓了搓脸。

周然回来的时候已经快十一点了。

岑蔚不想看见他,更准确地说是不知道该怎么面对他,所以早早地躲进了书房里。

她听见了他上楼的动静,没过一会儿,二楼卧室的房门被关上了。

她一天没吃什么东西,心里又烦乱,拿起手机,穿上一件外套就出了门。

岑蔚也没有其他能去的地方,想来想去,还是打车去了工作室。

幸好还没把大门的钥匙还回去,她走进格子间里,却发现景慎言的办公室里亮着灯。

大概是听到了外面的动静,他开门出来,和岑蔚迎面遇上。

"你怎么来了?"景慎言先问。

"我……"岑蔚讪讪地一笑,"心情不好,不想待在家里。"

景慎言抬腕看了一眼表:"你饿吗?"

岑蔚说:"有点儿。"

"走吧。"他带上办公室的门,"我请你吃夜宵。"

这个时间路上空空荡荡的,也没什么营业的店铺,夜风萧瑟。

景慎言安慰岑蔚说:"看样子轻雨那边是想赖上心橙了,现在已经不是抄不抄袭的问题,他们会派专业的人去解决,你也不用太担心。"

"那个画师呢?"

景慎言摇摇头。

岑蔚看着脚下的路,低落地说道:"对不起呀。"

景慎言停下脚步。

岑蔚还是觉得歉疚,说:"我都要走了,还给你闯了这么大的祸。"

"错又不在你。"

"但我没办法不难受。"

"过来。"

岑蔚抬眼,下一秒就被景慎言揽进怀里。他轻轻地抱了她一下。

"对我来说还真的没什么,该觉得头疼的是心橙。"

他很快就松开她，往后退了半步。

岑蔚抬起头，脸上终于有了笑容。她点头："也是。"

他们走进附近的便利店里。他们结账的时候，营业员问："满五十九块可以减二十块，要不要再拿一件东西凑单？"

"行。"岑蔚朝货架上看了看，随手拿起一瓶护手霜，"这个吧。"

便利店里还有其他顾客，不知道是谁泡了泡面，空气里充斥着泡面的香味。

微波炉正在运转，岑蔚用手掌摁着肚子，在心里一秒一秒地倒计时。

"叮"的一声响起，店员取出被加热好的饭团递给她。

"谢谢。"

岑蔚拆开包装，咸蛋黄的金色汁液流出来，浸透了白色的米粒。

看她吃得有些着急，景慎言抽了两张纸巾递给她。

"下次再请你吃好的。"

岑蔚笑笑："如果有机会的话。"

她用一只手握着饭团，用另一只手拿着一瓶香蕉牛奶，从来没觉得便利店里的东西这么好吃过。

听到景慎言打了一个哈欠，岑蔚歪着脑袋："你快回家睡觉吧。"

"我先送你回去。"

"不用。"岑蔚找了一个借口，"我想一个人再散会儿步。"

景慎言睁大眼睛，怀疑自己听错了："一个人？散步？现在？"

"嗯。"岑蔚空不出手，用胳膊肘推他，"你快回去吧，别管我了。"

觉得她是心情不好想自己待一会儿,景慎言答应:"好吧,那有事给我打电话。"

岑蔚点头,朝他挥了挥手。

她一个人在外面溜达到凌晨两点,没敢走远,就在附近的马路边上走。

街道上空无一人,只有岑蔚和地上的影子。

快到蓝楹花开的季节了吧,那时长街上会盛开着轻盈的紫色花朵,她也不知道自己还有没有机会看见它们。

虽然晚风凉爽,但岑蔚走到公寓的楼下时还是出了一身汗。

她轻手轻脚地开门进屋,拿了睡衣上楼冲澡。

身体已经筋疲力尽,她躺在沙发上闭上眼,大脑却又开始活跃起来。

景慎言说得对,这已经不是抄不抄袭的问题了。

骂设计师的人渐渐地被骂心橙的声音盖过。她究竟有没有抄袭已经不重要了,重要的是心橙的品牌形象如何挽救。

以最快的速度更换设计团队,设计出新的包装方案,然后发声明跟景明撇清关系——这是目前最直接有效、损失最少的办法。

放弃无名无姓的她,牺牲掉她花费心血画出但有污点的画稿,对于他们来说和把文件拖进废纸篓里一样简单。

岑蔚完全能理解他们的做法,但不会接受。

利益至上的社会里总还是要有点儿人情味吧?

岑蔚睁开眼睛,看着灰黑色的天花板。

她在这个城市的熟人不多。说起来,高中时她和周然的关系也不好,但岑蔚看着现在的周然总觉得还是有一种亲近感的。因为他们年少时就认识,因为他们都是山城人,因为他们有共同认识的朋友,现在又住在同一间公寓里。

但是现在岑蔚觉得他离她好远,远到她看着他,猜不到他心里的任何想法；远到她觉得他们是两个世界里的人；远到如果那天岑蔚面对的是今天的这个周然的话，她觉得自己应该不会再认出他来了。

直到天际泛出白光，大脑终于疲惫得无法运转，她才渐渐地有了睡意。

她快要睡着时，楼梯上响起了脚步声。

岑蔚动了动身子，翻身把脸朝向沙发的靠背。

那边传来倒水和开冰箱门的声音，以及玻璃碗"叮叮当当"的响声。

那点儿刚刚冒出头的困意又被驱散，岑蔚紧皱眉头，抬起小臂捂着耳朵。

所有细微的声音都被无限地放大，放在今天显得格外恼人。

岑蔚终于忍无可忍，睁开眼，头疼得快要爆炸。

胸膛伴随着呼吸的节奏加速起伏，她从沙发上站起身，理智早已在过度疲劳之下消失了，只剩下积压的情绪促使她做接下来的动作。

"你知道吗？"岑蔚冲到周然的面前停下，把双手紧握成拳，深吸一口气说，"我真的忍你很久了。"

男人穿着笔挺的衬衣、西装，握着热热的咖啡杯，蹙眉问她："什么？"

岑蔚一想到这身西装还是她闲来无事熨的，脑袋就更疼了。

心脏在胸膛里"扑通扑通"地狂跳。她毫不怀疑自己今天有可能会猝死在这里。

"你知不知道你每天早上起床都会吵到我？每一天！我不知道你为什么明明可以十点上班却要七点起床。是，你是自律的健康人士，早睡早起，但我真的受够了。"岑蔚越说越抓狂，到最后近乎咬牙切齿。

周然放下杯子,轻描淡写地问她:"还有呢?"

"还有你占地方的跑步机,难喝到要死的酸奶,还有你总是对我的生活指指点点!我就是喜欢吃巧克力吐司,怎么了?短的是我的命,关你什么事?"

"说完了吗?"

"没有!"岑蔚咽了咽口水,头脑一热朝他吼,"我衷心祝愿你们心橙明年就倒闭!"

把一通话说得太猛,岑蔚现在觉得有些缺氧,用力地大口喘气。

"那,借你吉言。"

周然面色不改,端起杯子喝了一口咖啡,然后拿起自己的公文包,换鞋出了门。

大门"砰"的一声被关上,带起一阵风。

"你跩什么跩?"岑蔚指着大门。

她转身时,甩出的手臂碰到了椅背。她吃痛地叫了一声,搭在椅背上的外套掉落下来,口袋里的东西滚了一地。

岑蔚抓抓头发,陷入一阵绝望——看吧,事情只会更糟糕。

她蹲下来去捡外套和口袋里掉出的东西。

护手霜是昨天晚上她为了凑单买的。岑蔚把它随手扔在客厅里的茶几上,又躺回沙发上睡觉。

过了半晌,她猛地睁开眼睛,翻身爬起来,去够那瓶护手霜。

模糊的记忆一点点地被拼凑完整,岑蔚不自觉地张大嘴,想通那件事后一巴掌拍在脑门儿上。

她扔了手里的东西,飞快地起床刷牙换衣服。

她准备出门时,景慎言打电话给她,岑蔚把手机夹在耳朵和肩膀之间。

"喂。"

"喂。"景慎言张口就问,"你还记得赵东鑫吗?"

听到那个名字,岑蔚闭上眼,一下子觉得如释重负。

"我就知道是他。"

大学毕业后岑蔚进入视艺设计公司工作,当时带他们的组长就是赵东鑫,说起来她还得喊他一声"师父"。

赵东鑫接过几笔大单子,在业内也算是小有名气。

但他一时成名,不代表一世有才。

岑蔚进公司以后,设计稿由他们负责画和修改,最后主设计师却冠赵东鑫的名是常有的事。

其他人敬他是前辈又是上司,也不敢多说什么。

岑蔚当时只知道他一直在接私活儿,但不知道他卖出去的都是他们的稿子。

"应该是 2012 或 2013 年的时候,我们组接到了茱莉的单子,他让我们每个人都出一个方案。我记得他好像是说我的方案太俗气、太花里胡哨,所以他把我的方案毙掉了。"

会议桌的对面,周然抬眸问:"他手里有你的设计原稿吗?"

"没有,他应该是复印或者拍了照。"岑蔚把两张图放到一起,"而且一看就知道,我最后画出来的图比他画的精细多了。他只是照着草稿画完而已。"

"好。"周然顿了顿,合上手里的文件夹,说,"有一件事我想和你商量一下。"

岑蔚从他的表情里看出这件事不像是好事,心里一紧,说:"你说。"

"接下来我们会和轻雨那边继续谈判,把这次的抄袭说成乌龙,内部人员偷跑出来的是我们和轻雨联名款的特别包装。"

"联名?"

"对。"

岑蔚勾起嘴角笑了笑:"那很好哇,对两边的声誉都好。"

周然提醒她:"但是我们不会再公开帮你澄清,也没办法追究对方的责任。"

虽然心里有一瞬间的犹疑,但岑蔚摇摇头:"没关系,现在的环境本来维权就难,我也不是一定要他怎么样。"

岑蔚释然了——赵东鑫能偷走她的几张稿子,但真正宝贵的是她的创意和才华,他拿不走这些。她也不想耗费时间和精力去和这种人打官司。

对于艺术者而言,剽窃是自毁的开始。他总有一天会为自己的行为付出代价。

接下来就没有岑蔚的事了。走出写字楼,她狠狠地松了一口气,蓝天和绿叶在她的眼里又恢复了色彩。

她后知后觉地又感到有些尴尬,幸好周然像是已经忘了早上的事。早知道几个小时后又要和他公事公办地坐在一起,她早上就不朝他那么嚷嚷了。

附近就有一家心橙咖啡的门店,岑蔚推门进去,点单时遇上了张雨樱。

"嘿。"

"嘿。"这两天公司里一团乱,张雨樱这才想起还没有对岑蔚道谢,"对了,谢谢你的蛋黄酥,很好吃。"

岑蔚说:"你喜欢就好,我也不知道你喜欢什么,只能送点儿小零食。"

张雨樱突然放平嘴角,严肃地问:"那是送我的生日礼物,不是用来贿赂我的,对吧?"

岑蔚被她逗笑:"当然是生日礼物,我要是想贿赂也得去贿赂你们家的主管哪。"

"也对。"

她们拿着各自的饮品,找了一张空桌坐下。

"不过,你确实要好好地谢谢我们主管。"张雨樱说。

岑蔚喝了一口薄荷黑巧克力饮料,茫然地抬起头:"嗯?"

"其实,昨天公司就可以发声明把责任都推给你们景明,但跩妃一定要跟轻雨死磕。"张雨樱插了一句题外话,"不好意思呀,我习惯在背后这么喊他。"

岑蔚笑笑:"挺形象的。"

张雨樱继续说:"跩妃一直试图说服轻雨那边,把这次的事故说成误会。其他领导都不同意,觉得没必要,而且对方小人得志,态度又差。不过现在轻雨肯定厌了。"

"你不知道。"张雨樱放轻声音说,"昨天晚上跩妃和世兰差点儿吵起来。"

她喝了一口咖啡,又补充道:"哦,'世兰'是我们公关部的夏总。"

"就因为这件事情?"

"嗯,也不算是吵架啦,夏总叽里咕噜地说了一大堆话。我们主管板着脸油盐不进。"

岑蔚微微地皱起眉头:"那他为什么要这么坚持?"

"谁知道啊?"张雨樱耸了耸肩,"不过对你来说也好,至少你的设计方案可以保住了,虽然说是联名有点儿委屈。"

岑蔚低头咬住吸管,薄荷的凉意冲淡了巧克力甜腻的味道。

"那我确实该谢谢他。"

景慎言打电话问岑蔚情况如何。

"没事了,该说的我都说清了。"

"好。"他停顿了两秒,又说,"你注意休息。"

"嗯。"

岑蔚放下手机,发现张雨樱在盯着她看。

109

"怎么了？"

张雨樱说："其实，我昨天晚上看见你们了。"

"昨天晚上？"

"711，我坐在那里吃泡面，看到你和你们景总了。"

岑蔚睁大眼睛，惊讶地说道："是吗？"

张雨樱点点头。她加班后回家洗完澡，肚子饿了出来找吃的东西。那会儿她没化妆又穿着运动服，岑蔚应该没留意到她。

"我看到你们在外面……"张雨樱举着两个食指碰了碰，"所以？"

岑蔚愣了两秒才想明白她指的是什么，摆摆手解释说："不是啦，他就是安慰我，那是朋友间的拥抱而已，我们认识很多年了。"

"真的吗？"张雨樱露出一个八卦的笑容，试探道，"那他身上是什么味道？"

岑蔚一脸惊恐地往后躲："我怎么知道？"

张雨樱撇撇嘴，有些失望地说："那看来你们就是朋友。"

"什么意思呀？"

"就是，如果你是抱喜欢的人，肯定会忍不住去闻他身上的味道。"

岑蔚不太相信她的话，说："怎么听起来那么变态？"

张雨樱笑笑，问她："那你对他就没有好感吗？景总长得不错，人也挺好的。"

"那真没有。"岑蔚变得认真起来，说，"从他第一次让我周末加班开始，我就不可能再对他有好感。我又没有受虐倾向，谁会喜欢自己的领导啊？"

张雨樱认同地点头："确实，以前我觉得我们主管是德拉科，现在看他就是伏地魔——没鼻子的那个。"

"你说的是周然？"

"嗯。"

岑蔚"扑哧"一声笑出来，端起手里的饮料和张雨樱碰了碰杯。

下午两点，心橙的官方微博发布了联合声明——本次抄袭事件是网友误会造成的乌龙，设计稿其实是今年夏天轻雨"橙花"系列和心橙"清晨美式"推出的特别联名款。届时轻雨会上新一款含有咖啡味的香水，而心橙会将轻雨的外包装图案印在咖啡杯的杯套上。

声明的最后一段写道："联名合作是两个品牌的惊喜计划，本不想以这样的方式官宣，谢谢各位朋友的关心。另：抄袭是无耻的行径，剽窃他人的心血成果为一切文艺者所不齿，无论是心橙还是轻雨都对此绝不姑息，欢迎各位监督！"

岑蔚看完这段文字后会心一笑，这段话在暗讽谁不言而喻。

虽然评论里有网友猜这件事是两个品牌为了合作的热度故意炒作并自导自演的一场闹剧，但无论如何危机算是解除了。

当然，除了岑蔚和楼上那个人的人际关系危机。

早上岑蔚发的那通脾气还是产生了一点儿影响。

周然回家后没有再和她说过一句话，甚至看都不往她所在的方向看一眼。

岑蔚也不好意思主动开口，无论是说"对不起"还是"谢谢你"。

晚上，岑蔚上楼洗澡，听到周然的房间里有播放电视剧的声音。

他也没下来吃晚饭。岑蔚站在卧室门前，抬起手却迟迟地没敲响房门。

想想还是算了，她迈步走进浴室里。

"哗哗"的水流声响起，周然伸手按下暂停键，拿起自己的水杯走出房间。

他疲于社交，更不擅长处理人际关系。

既然引起别人的反感了，那他就能避则避。

岑蔚搬进来的那天，周然觉得自己做了一个错误的决定。

他在微信上把这件事告诉林舞，问她——他是不是不应该开始这场荒谬的同居？

林舞总能一下子切中问题的要害，她反问周然。

林舞：如果换一个你以前的普通同学呢？你还会想这么多吗？

周然想了想。他还是会犹豫，但不会这么不安。

林舞：你难道还喜欢她吗？

周然：当然不。

没有人会在二十八岁的时候，还对十六岁时在夏天看见的一场烟火念念不忘。

林舞：那不就好了，她只是一个普通的同学。

周然当时被她说服了，但现在后悔了。

存在过的情感一定会留下痕迹。

只要有一点儿风吹草动，在那场烟火中绽放的火星就会重新燃烧。

浴室被使用过后，里面氤氲着温热的水雾，镜子变得模糊不清，香甜的气味弥漫开来。

周然沉沉地叹了口气，打开水龙头，弯腰捧起水浇在脸上。

他闭着眼睛，伸手去够一旁的洗面奶。

不知他碰到了什么东西，那个小物件掉进了洗手池里。

金属和白瓷碰撞在一起，"叮当"的声音响了一下又戛然而止。

"咚咚"两声,浴室的门被敲响。

"你在洗澡吗?我想找个东西。"门外传来岑蔚的声音。

"来了。"周然快速地把脸上的泡沫冲洗干净,取下架子上的毛巾,一边擦脸一边走过去开门。

岑蔚抬眸看了他一眼。周然侧身让她进去。

狭窄的空间里不好站两个人,尤其是周然这么一个大高个儿还站在这里。

岑蔚站在门口往里张望了一圈,挠挠脸奇怪地说道:"不在这里吗?"

周然问:"什么东西?"

"一个小戒指。"

"你放在哪儿了?"

"忘了,但我白天还戴在手上啊,我把它放在包里了吗?"

"我再去楼下找找吧。"岑蔚转身离开卫生间。

周然重新关上门,回到洗手台前。他垂眸看着黑黢黢的放水口,猛地瞪大眼睛,呼吸滞住了。

他现在知道自己刚刚碰到的东西是什么了。

他洗完澡走下楼梯时,岑蔚正躺在沙发上看手机。

抱着侥幸的心理,周然清清嗓子开口问:"你找到戒指了吗?"

岑蔚抬起头:"没有。"

周然在餐桌前停下脚步,又装作不经意地问:"戒指很贵重吗?"

岑蔚摇摇头:"也不是啦。"

"哦。"周然端起水杯喝了一口水。

"那个……"岑蔚叫他,"今天早上的事不好意思呀,我当时情绪不太好,说话可能难听了点儿。"

其实周然很想告诉她——除了语速快了一点儿和嗓门儿大了一点儿，她说出来的话还真不算难听，连骂人都算不上，至少他听了不生气。

"没事。"周然坐到单人沙发上，问岑蔚，"你睡觉浅？"

岑蔚点头，不太自然地笑了笑："嗯，是有点儿，我很容易被吵醒。"

周然说："一开始你就不该提出要换，或者你可以在第一次觉得不舒服的时候就和我说。"

岑蔚看着他，没说话。

"你觉得自己能忍，想想受点儿委屈也没什么，但是这种情绪会积压，然后慢慢地变成负能量，在突破你极限的那一刻爆发。"

岑蔚低下了头。

周然的声音缓慢而低沉。他说："还有，我不是想指导你的生活，只是想给你我认为好的建议，你可以听也可以不听。如果让你觉得不舒服的话，我向你道歉。"

"没有，我当时就是随便说说。"

周然把马克杯放在茶几上，对她说："以后你睡在楼上的卧室里吧，我睡在客厅里。"

岑蔚摇头："不用，反正我后天就走了。"

周然蹙眉，问："景总没告诉你吗？"

"什么？"

"你需要重新设计纸杯的包装。"

岑蔚一脸不可置信地看着他："你说什么？不是……你们不是已经找了麋鹿设计的人吗？"

周然说："找了，我不喜欢，没要他们的方案。"

岑蔚的表情更疑惑了。她问："所以呢？"

"所以，我们的合作还没有结束。"

岑蔚看着他，冷不丁地问："那你喜欢我的设计吗？"

某人脱口而出"喜欢"两字后才发现自己回答得过于干脆了。

于是，周然又换上严肃的表情，补充道："还行，你的风格挺有意思的。"

嘴角上扬，岑蔚抱着手臂忍不住得意起来。

"不过来不及了，我已经正式离职了，景明那边会安排其他设计师负责这个方案的。"

"是吗？"

岑蔚掀开被子，从沙发上站起身："既然你提出要换，那我也不客气了。今晚我就睡在楼上了。"

周然答应得很爽快："行。"

岑蔚迈着欢快的脚步走上二楼。

好久没睡大床了，她扑进柔软的被窝里，翻身滚了两圈，瞬间全身心都舒畅了。

没过一会儿，岑蔚收到了景慎言的消息——心橙拒绝更换设计师，点名道姓还是要她设计方案。

岑蔚打下一个问号，但没把它发给景慎言，而是发给了周然。

岑蔚：你故意的？

岑蔚：有谁辞职了还要加班吗？

岑蔚：你给我发工资吗？

周然：也不是不可以。

景慎言说他可以再去和对方商量。

但这件事毕竟因岑蔚而起，不还完这笔账她心里也过意不去。

退完高铁票，岑蔚闭上眼睛，绝望地倒在床铺上。

也许是这段时间以来已经养成了习惯，第二天清晨，岑蔚在七点四十六分准时地醒了。

她打开卧室的房门，听到楼下传来动静。

那些"窸窸窣窣"的声音不再恼人，甚至在某些层面上让她觉得安心。

周然端着盘子从厨房里走出来，看见她从楼梯上走下来，意外地说道："你怎么起得这么早？"

岑蔚耸肩摊手："可能是拜某人所赐吧，一想到还要画一张稿子我就睡不着了。"

"……"周然问她，"你吃早饭吗？"

"吃。"岑蔚拉开椅子坐下，伸手打开桌上的锅盖，"你煮了杂粮粥啊？"

"嗯。"

"我还以为你只吃面包和咖啡那种东西。"

周然把一个碗递给她。

岑蔚拿起勺子去舀粥，突然停下动作，问周然："你没在里面偷偷地放杏仁吧？"

周然反问她："我有什么理由毒害你？"

岑蔚嘟囔："你以前不是很讨厌我吗？万一你就等着这一天呢？"

"我？"周然像是听到了什么不可思议的话，问，"讨厌你？"

"对呀，你忘了？我都不知道那时候哪里招惹你了。"

周然的眸色黯了下去。他说："忘了，那些事都过去这么久了。"

他忘了，可是岑蔚还耿耿于怀着呢，继续追问："你以前是不是看我很不爽？为什么？"

周然避而不答："我都说忘了。"

岑蔚猜测："因为有一次你没做作业，我告诉老师了？"

"不是。"周然抬起眼皮，神情复杂地看了她两秒，说，"可能是因为你做什么都很积极，对谁都好，好像和谁都想做朋友。"

但那并不是你的真心。

你的友善和温暖都是装出来的。

你是虚伪的、胆小的、懦弱的。

岑蔚眯了眯眼："所以，你嫉妒我？"

周然垂眸，拿起勺子敷衍道："嗯。"

"那你现在还讨厌我吗？"

周然没有立即回答，沉默了一下，问："我讨不讨厌你很重要吗？"

"也不是很重要。"岑蔚说，"谁会希望自己无缘无故地被人记恨呢？而且我又没有做对不起你的事情——要是不算你没做作业那次的话。"

周然在心里叹了口气。她一点儿也没变，还是和以前一样，总是过分地在意别人的目光，生怕自己哪件事做得不好让人反感。

"不讨厌。"

岑蔚得寸进尺地问："那你觉得我们可以做朋友吗？"

周然蹙眉："朋友？"

岑蔚换了一种表达方式，说："我的意思是，以后和平相处。"

周然点点头："好。"

岑蔚把手伸到他的面前："那我们就一笑泯恩仇了。"

周然低下头，一眼就看到了虎口附近的黑点，黑点在她白皙的皮肤上尤为显眼。

这个位置……

周然问："这是痣，还是……？"

岑蔚看了一眼自己的手——他不提这件事的话，她还真忘了。她说："对，这就是你戳的，一直消不掉，就当它是一颗痣吧。"

高一的时候岑蔚是语文课代表。有一次她在班里发作业，把作业本发给周然的时候，他正趴在桌子上做数学题。

岑蔚低着脑袋看下一个同学的名字，也没留意，就这么把手伸过去，不小心被他的黑笔芯戳到了手。

想起当时的画面，岑蔚笑起来："你还记得吗？你那时候怕我哭，把笔递给我，让我也在你的手上戳一下。"

他怎么可能不记得？当时他都要被吓死了。

周然问："那你怎么不戳回去？"

"咱俩一人手上戳一个，搞什么？"

周然的表情僵硬了一瞬，随后他不太自然地笑了一声。

"你居然记得这么清楚。"

岑蔚回忆着说："没办法，印象太深刻了。那会儿咱俩刚上高一，好像是第一次说话。我本来还有点儿生气，但你把笔和手递过来的时候我就想笑了。"

周然翘了翘嘴角，在心里纠正她——那并不是他们第一次说话。

山城总是阴雨连绵，高一开学的那天虽然没下雨，但也是个潮湿的阴天。

周然很早就到了学校，爸妈送完他还要送周以去上初中。

他站在公告栏前，手里握着豆浆和肉包子。

一阵急促的脚步声隐隐地传来，由远及近，周然还没来得及回头看，后背就猛地受到了一股冲击力。

肉包子差点儿脱手，他的心脏在胸膛里坐了一趟过山车。

"对不起、对不起！"

撞到他的女孩连声道歉。

周然深吸一口气，重新稳住心跳，说："没关系。"

他重新抬起头，继续在班级的名单上找自己的名字，已经看到第九张名单了。

"十一班。"旁边的女孩嘀咕了一声。

周然瞥了一眼——她是倒着看的，还一下子就找到了自己的名字。

九班没有他，十班也没有他。周然往右边挪了两步，终于在名单上看到了自己的名字。

他也在这个班。

天色阴沉，周围缭绕着雾气，可见度很低。

大批的学生都还没来，空旷老旧的校园里阴森森的。

那一阵周然正沉迷于推理小说，喝着豆浆在心里想：这真是个适合行凶作案的好天气。

路上行人稀少，雾气会阻挡视线，即将在晚间到来的倾盆大雨会冲刷所有的痕迹。

"这天气真适合行凶作案。"

在听到这句话时，周然倒吸一口气，瞪大眼睛呆在原地。

也许是他的吸气声太大，女孩看向他，赶紧解释道："哦，同学你别误会，我就是随便说说。"

周然瞄她一眼，摇摇头，低头咬住塑料吸管。

他们找教室的时候，她走在前面，周然慢吞吞地跟在后面。

"我也是十一班的。"

"你叫什么名字？"

他已经在心里把这两句话练习了许多遍。但直到两个人找到了教室，他也没有鼓起勇气把话说出来。

教室里已经有同学来了，他们是前几天就来学校报到的住宿生。

几个女生一见面就熟络地打起招呼来。

周然自觉地在最后一排坐下，也无人在意他。

他的座位挨着墙，课桌是分开的，周然很满意这个位置。

从女孩们的交谈中，他听到了她的名字。

她的名字有点儿奇怪，但很好听。

"我叫岑蔚，岑是上面一个山下面一个今，蔚是蔚蓝色的蔚。"她一边说，一边用手指比画。

天气潮湿，玻璃窗上蒙着一层水雾，周然不自觉地把那个名字写了下来。

写完他才回过神，又赶紧把它抹掉。

指尖沾上了窗户上的水珠，凉凉的。

周然把手贴在滚烫的脸颊上，连呼吸都变得燥热起来。

窗户上的水雾缺了一角，他从此处看见了窗外的树木，深绿色的叶子没有光泽。

之后的一年四季，他都坐在这个角落里，看着这棵树掉光叶子变得光秃秃的。到了来年的春天它又冒出新芽，重新变得郁郁葱葱。

突兀的马林巴琴音乐响起，把周然从遥远朦胧的十六岁拽回现实中。

岑蔚拿起手机，看着上面的陌生来电愣了一下，点击接听键。

"喂。"

"哦，有事吗？"

"算了吧，现在说这些都没有意义了。"

"对。"

岑蔚挂断电话，脸色以肉眼可见的速度沉了下去。

"赵东鑫？"周然问。

岑蔚"嗯"了一声："他应该是来探我的口风的，想知道我会不会把他告上法庭。"

周然静默半响，轻轻地开口问："你到底是没脾气，还是只针对个别人发脾气？"

岑蔚眨眨眼睛："啊？"

周然用勺子把碗里软烂的红豆碾成碎渣："你就这么放过他了？"

"那我还能怎么办？骂他一顿吗？"

周然抬了一下眉毛。

岑蔚犹豫着摇摇头："不好吧。"

"你平时讽刺我、对我冷言冷语的时候想过这么多吗？"

岑蔚下意识地反驳："我哪里对你冷言冷语了？"

她顿了顿，找理由解释："那心橙和轻雨都要合作了，我能拿他怎么办？"

周然说："他和轻雨又没有关系，你也不是心橙的人。你难道不想教训他一顿吗？"

岑蔚看着他，内心有一个声音清晰又坚定地回答了"想"。

周然说："有气就及时撒。"

岑蔚提起一口气，一鼓作气地拿起手机，在屏幕上点了两下，把电话打过去。

"喂。"她的呼吸在微微地发颤。她急促地说，"刚刚我忘了说，我不告你，不代表原谅你。"

周然抱着手臂往后靠在椅背上，一脸欣慰地看着她。

她凶巴巴地说这些话时显得有些笨拙。但这也无妨，岑蔚能迈出这一步已经值得鼓励。

"对，那是被你否定过的废稿，但你自己又从垃圾桶里把它捡回来用，不觉得恶心吗？"

周然皱起眉头——她这是说的啥话呀？

"用了别人的东西最起码得告诉别人一声吧，你知道你这种行为叫什么吗？叫偷！叫剽窃！你要是江郎才尽了，觉得灵感枯竭的话，告诉我一声呗，说不定我一高兴就大发慈悲，把画稿送给你了。你看看现在，师父抄徒弟的画稿，我都替你觉得丢人！"

周然点点头,这句话她说得还行。

在对方说话之前,岑蔚飞快地按下挂断键,并把这个号码拉黑。

她痛快地呼出一口气,嘴角向上扬。

她抬眸看向周然的时候,他的脸上也带着毫不掩饰的笑意。

那个笑容像是有魔力一般,岑蔚恍惚了一下。

她仓促地收回目光,用双手端起碗喝粥。

今天是周六,两个人都没有出门。下午岑蔚在卧室里睡觉。周然待在客厅里。

两个小时后她起床,打着哈欠从楼梯上走下来。

周然捧着手机,犹豫着——他是该开口问她晚上有没有事,还是问她想不想出去看电影?

岑蔚从冰箱里拿了一瓶果粒酸奶,坐到沙发上。

"你晚上有事吗?"

周然愣愣地抬头:"嗯?"

岑蔚问他:"要不要出去看电影?"

"好……"

岑蔚把手机举到他的面前:"看这个吗?《暴裂无声》,我想看它很久了。"

"行。"

"那我来买票。"岑蔚盘腿坐在沙发上,"你喜欢坐哪里的位置呀?"

"最后一排。"

岑蔚随口问:"为什么?你怕挡到别人?"

"也可以这么说吧。"

岑蔚选中最后一排的两个座位,付了款。

电影七点开始。出门的时候,周然顺手拿起玄关上的香水。

岑蔚把手腕伸过去:"我也要我也要。"

"你自己不是有香水吗?"

"你的香水好闻嘛。"岑蔚抬起胳膊碰他,"快点儿。"

周然对着她的手腕喷了一下香水。

岑蔚朝他眯着眼睛笑了笑。

关上大门,走出去没两步,周然突然停下脚步问岑蔚:"你关客厅的灯了吗?"

"关了吧。"

周然作势要往回走:"我回去看看。"

"哎……"岑蔚抓住他的胳膊,"关了关了,走吧。"

"你确定?"

"我确定。"岑蔚拽着他往前走。

电梯在六楼停了一下,一家三口人走进来。

岑蔚朝女人微微地笑了一下。

"你们刚搬进来吗?"

岑蔚说:"对,就住在楼上。"

男人看向妻子,问:"小石把房子卖出去了?"

他指的应该是石嘉旭。岑蔚解释:"没有,他是把房子租给了我们。"

"哦。"男人温和地笑了笑,"那以后你们有需要帮忙的地方,可以来找我们。"

女人拿出手机:"你加一下我的微信吧。"

岑蔚欣然应允:"好呀。"

那对夫妻看着比他们也大不了几岁。小男孩被爸爸抱在怀里,长得白白嫩嫩,模样很讨喜。

夫妻俩走出电梯时,小男孩没拿稳玩具,玩具掉在了地上。

岑蔚俯身去捡玩具,把它还给小男孩的时候问:"你也喜欢迪迦奥特曼吗?"

"这是盖亚。"

某个一路都没吭声的人突然开口说。

第五章
十字路口

此言一出,找到知音的小男孩兴奋地举起双手。另外三个大人也纷纷地把目光投向周然,有的茫然,有的讶异,有的敬佩。

男人打趣说:"那看来你们俩是同龄人啊。"

周然笑了笑,绝不多说一个字。

他们在停车场与那家的三个人作别后,岑蔚歪着脑袋,问:"盖亚是什么?"

周然眯起眼:"你不会以为奥特曼就等于迪迦吧?"

"难道不是吗?"

周然:"……"

"你这是什么眼神?"

周然冷笑:"你刚刚得罪了全天下的小男生。"

岑蔚乐了,问:"小男生,包括你吗?"

周然移开目光:"我又不喜欢盖亚。"

"你不喜欢？"岑蔚压低嗓子学他说话,"'这是盖亚……'"

周然不耐烦地"啧"了一声。

岑蔚赶紧抿唇,打住话头。

坐上车后,她系好安全带,拿出手机问周然:"我的手机可以连你的蓝牙吗？"

"连吧。"

轻快的音乐在车厢内响起,年轻女歌手的声音甜蜜清爽,像夏日里的奶油冰激凌。

岑蔚随口问周然:"这首歌好听吗？"

这是一首外文歌,周然听不懂歌词,但旋律欢快,让人听着心情愉悦。

他回答:"好听。"

"这是我婚礼的歌单曲目。"岑蔚说。

周然握着方向盘,扭头看她一眼:"你要和谁结婚？"

"我没有要和谁结婚。"

"那你说什么？"

岑蔚提高音量说:"我的意思是,我很喜欢这首歌,会在我的婚礼上播放它。"

"哦。"过了一会儿,周然冷不丁地冒出一句,"你很想结婚吗？"

岑蔚摇头:"那倒也没有。"

他们没再把这个话题聊下去。

电影院就在附近的商场里。周末顾客多,商场里到处都是人。

"你想喝什么？"周然终于抢到机会先开口说。

岑蔚四处看了看,周围有各种饮品店。她说:"我喝什么都行,前面好像有喜茶。或者你想喝星巴克？"

周然没说自己想喝什么,只是轻声提醒她:"这里也有心橙。"

岑蔚看着他，顿了顿，问："你是不是只允许你的亲朋好友喝心橙啊？"

"没有啊，只是我有内部员工的优惠，不用白不用。"

岑蔚拽着他掉头就走："你不早说。"

"小心。"

她一转身差点儿撞到迎面走来的路人。周然抓着她的胳膊，把她往回拽。

岑蔚踉跄了一下，额头撞上了他的肩膀。

"哦。"她捂着自己的脑门儿。

看到自己把粉底液蹭到了周然的西装上，岑蔚又叫了一声："哦！"

"没事。"周然抬起手，用指腹抚了一下她的额头，"你先看看自己的脸吧，这儿花了。"

岑蔚赶紧从包里翻出气垫，一边补妆一边问周然："你到底是怎么长得这么高的？"

西南地区不像北方，男生的身高超过一米七五就算高了，像周然这么高的男人简直就是稀有品种。

"基因遗传。"周然回答。

"你确定不是基因突变？"

"我们家的人都高，我妹妹上初中时就和你现在一样高了。"

岑蔚："……"

周然清清嗓子，故作严肃地说："好吧，我告诉你一个秘密。"

岑蔚踮起脚，把手放到耳边："快说。"

"其实我是混血。"

"真的假的？"

她的反应让周然笑了一声。他说："我也不知道这是真的还是假的，这是小姑告诉我的。"

岑蔚被勾起好奇心，等着他继续说下去。

"我太爷爷年轻的时候去北边参军，带回来一个小孩，那个小孩就是我爷爷。我小姑说，他在那边的村子里认识了一个外国女人，想带她回来，但她不跟他走。"周然说，"我觉得这是小姑瞎编的，但我确实没见过我的太奶奶，我爷爷也没有其他兄弟姐妹。"

岑蔚问："那个女人为什么不跟他走？"

"可能她是那里的寡妇，也可能……"周然耸了耸肩，"我也不知道。"

谈话间，他们走到了心橙的店铺门口。

点单时周然问岑蔚："还是喝薄荷黑巧克力饮料？"

岑蔚还沉浸在那个故事里，心不在焉地点点头。

周然付完款，接过小票，饶有兴致地观察岑蔚的表情。

他说："我小姑要是看到你这个反应，得高兴得要命。"

"为什么？"

"因为只有你信啊，我和我妹妹听完她的话都觉得离谱。"

"离谱吗？"岑蔚的声音低了下去。她说，"现实里狗血的故事多着呢。"

她抬眼盯着周然的脸，仔细地打量着说："这么看你确实有点儿像混血，怪不得你这么高。"

她的目光专注而认真。周然眨眼移开目光，咳嗽了一声，抱着手臂不再看她。

店员在叫号，他把小票递过去，接过两杯饮料。

岑蔚喝着冰凉的饮料，问周然："哎，那你们的员工家属有福利吗？"

"有哇，我的卡可以绑定两个亲属号。"

岑蔚抿了抿唇，试探着开口："那我可不可以冒昧地问一下……"

周然犹豫了两秒,伸出手说:"把手机拿来。"

岑蔚舒展眉眼笑起来,把自己的手机放到他的掌心里,又保证道:"你放心,以后我只喝心橙。"

"这话我记住了。"周然把咖啡递给她,在岑蔚的手机桌面上找到心橙的 APP(应用程序)。

他无意中瞥见了她的壁纸,那是个年轻的小帅哥,漫天的彩带下男孩的笑容张扬肆意。

周然咳嗽了一声,用手指在屏幕上操作着,装作不经意地问:"这是谁呀?"

"嗯?"

"你的壁纸。"

"哦,他叫楚星宇,也是山城人,长得可爱吧?"

"他是参加选秀的?"

岑蔚惊讶地问:"你还知道选秀?"

"我前……"周然赶紧打住话头,改口,"我有个朋友是做经纪人的,我看她发过朋友圈。"

岑蔚"哇"了一声,越来越对周然刮目相看,问:"你怎么会认识做经纪人的朋友?"

"她是我的大学同学。"

"女同学?"

"嗯。"

"哦。"岑蔚点点头,低头咬住吸管。

她分别用两只手拿着两杯饮料,没注意,喝了一口才发现味道不对——她喝的是周然的那杯拿铁。

岑蔚愣在原地,倒吸一口气。

"怎么了?"周然抬起头问。

"我喝错了。"

周然看了一眼,自己的那杯拿铁的吸管口处有了一圈口红印。

他低下头继续操作手机,面不改色地说道:"把你的口红擦干净。"

岑蔚"哦"了一声,刚要抬手,又听见他说:"用纸擦。"

看他这种嫌弃的态度,岑蔚识相地说:"我去店里重新帮你换一根吸管吧?"

"不用。"周然把手机还给她,从她的手里拿回自己的那杯饮料,"电影要开始了,走吧。"

影院里人群拥挤,情侣尤其多。

岑蔚排队取完票,转身时一眼就看见周然站在门口。个子高就是好,显眼。

他正拿着手机打电话。岑蔚走过去,站到他的身边。

"我在外面。"

"不是,我是出来看电影的。"

"女的。"周然说这句话的时候,看了岑蔚一眼。

"知道了,我问问。"

他把手机从耳边拿开一点儿距离,看向岑蔚,问:"江湖救急,你愿意帮个忙吗?"

岑蔚有些发蒙,说:"啊?"

电话里的人说了一句什么,周然把话转达给岑蔚:"他说有报酬。"

"多少?"

"你要多少?"

岑蔚想了想,伸出五根手指。

周然皱了一下眉头。

岑蔚用口型说:三百块钱也行。

"五千。"

岑蔚瞪大眼睛。

"他说可以。"

岑蔚的眼睛瞪得更大了。

"走吧。"周然挂断电话,抬腿就往前走。

他身高腿长,一步迈得远,岑蔚加快脚步跟上他,一头雾水地问:"所以我们去哪里呀?"

"救我的老板。"

"什么?"

周然把车停在某五星级酒店的门口时,岑蔚觉得自己稀里糊涂地上了一条贼船。

下车前,她抓着周然的胳膊,一再确认:"我们不是去做什么违法犯罪的事,对吧?"

"那是肯定的,走吧,他们等着呢。"

他们走过旋转门,走进了富丽堂皇的一楼大厅里。休息区的沙发上坐着几个男人。他们个个戴着鸭舌帽,着装低调,脖子上挂着相机。

周然低声对岑蔚说:"别瞎看,跟着我走就行。"

岑蔚一紧张,差点儿被自己绊倒。

周然扶住她,压低声音说道:"放松点儿。"

岑蔚深吸一口气,点点头。

他们俩径直走向电梯。

岑蔚凑近周然,小声问:"那是记者吗?"

"嗯。"

"他们是来拍你的老板的?"

"嗯。"

岑蔚不解地问:"为什么?现在这种人也有记者跟着?"

"本来没有,但他之前和一个女演员好过之后,就有人盯着他了。"

岑蔚过着普通人的生活,只觉得这一切听起来遥远又虚幻。

"所以我们现在要帮他躲开记者?"

"嗯。"

岑蔚疑惑地问:"但是他被拍到也没什么吧?"

"有人会有麻烦。"

"谁?"

"他爸。"

岑蔚一头雾水。

电梯到了,有客人走出来。

两个人立刻噤声,错开客人走进电梯里。周然在面板上按下要去的楼层。

岑蔚把头发别到耳后,看着不断跳动的数字,有些心神不宁。

"没事吧?"察觉到她的异样,周然小声问。

岑蔚摇摇头:"就是觉得有点儿奇怪。"

周然隐隐约约地猜到了原因,想要缓解她的不适感,说:"想象你是特工一号。"

岑蔚无奈地笑了笑,接话道:"然后,我们的任务是拯救 boss(老板)?"

"叮",电梯到达楼层。

"嗯。"周然向她伸出手,"准备好了吗?特工小姐。"

岑蔚叹了口气,搭上他的手,无奈地说:"我只是想出来看个电影。"

"这可比看电影有意思。"

2508 号房间前,周然按响了门铃。

屋里的人问："谁？"

"我。"

房门被打开，纪清桓松了一口气："你总算来了。"

他把目光转向周然旁边的女人，问："这位是？"

周然横臂推门进去，介绍说："岑蔚，我的高中同学。"

纪清桓想起来了，说："这不是景明的那个设计师吗？"

岑蔚弯起嘴角笑了笑："是的，纪总好。"

"你好。"纪清桓看看她，又看看周然，"你们俩今天一起去看电影啊？"

周然"嗯"了一声。

纪清桓若有所思地点点头："我说呢。"

周然瞪他一眼，示意他别多嘴。

客厅里坐着一个漂亮的女孩，岑蔚偷偷地打量了她一眼。她的五官十分大气，岑蔚从她的穿着打扮就能看出，她是人间富贵花的类型。

岑蔚觉得女孩有些眼熟，但想不起来是在哪里见过对方。

纪清桓把西装的外套脱下来扔给周然，交代说："下了电梯往右拐是一家酒吧，那里只招待会员，那群记者应该跟不进去。你们去把人引开就行。"

周然勉强能穿上纪清桓的外套，动了动胳膊，感觉肩膀那里绷得很紧。

"你该练练了。"他对纪清桓说。

"我结实着呢，是你的块头太大。"

岑蔚和戚映霜走进了卧室，她们俩的个子差不多高，鞋码也一样。

两个女孩背对背地换衣服。戚映霜说："不好意思呀，麻烦你了。"

"啊，不会不会。"岑蔚说。

"我晚上八点有个晚会要参加，不然不用这么着急走，都怪纪清桓。"

岑蔚笑了笑，不敢接话。

无意中瞟见一旁凌乱的床铺，她意识到什么，飞快地收回目光，欲盖弥彰地咳嗽一声。

"你这条裙子是在哪里买的？"戚映霜问。

"就是在淘宝买的。"

戚映霜拉上拉链，把自己的耳环和项链摘下来递给她："好看，我喜欢。"

岑蔚还是笑，在心里想：我也很喜欢你的香奈儿和 Miu Miu（缪缪）。

两个人交换完身上的衣服和饰品后，戚映霜看了看岑蔚，评价道："不错。"

岑蔚挠挠脖子，回应："你看起来也不错。"

"你有发圈吗？"

"有。"岑蔚从自己的手腕上摘下发圈递给她。

戚映霜利落地给自己绑了一个高马尾，又替岑蔚理了理头发，拿出自己的口红给她补妆。

"好了，我们出去吧。"

看见换装完毕的戚映霜，纪清桓"啧"了一声："原来你温柔起来也这么漂亮。"

戚映霜白了他一眼，不吃他这一套，咬着牙警告他："今天的记者是哪里来的，你应该比我清楚，我们下次再算账。"

周然抱着胳膊，小声问纪清桓："哪里来的？"

纪清桓把脑袋凑过去，悄声回答："谈忻不是被爆出隐婚吗？别人都猜她是和我隐婚的。这两天天天有人跟着我，烦死了。我家的门口现在还被人盯着呢。"

周然同情地拍拍他的肩膀。

岑蔚穿上戚映霜的高跟鞋，扶着门框，小心翼翼地走出了房间。

周然懒洋洋地抬眸看过去，却再也没能移开目光。

明明她还是她，但又好像和之前完全不一样了。

岑蔚穿着黑色褶皱的抹胸上衣和修身的牛仔裤，脚上是黑色的漆皮高跟鞋，耳垂上多了珍珠耳饰的点缀，脖子上的项链衬得她更加纤细窈窕。

同样的打扮，戚映霜穿着这些衣服有一种独特的气质。岑蔚穿上这些衣服又是不一样的感觉，说不出谁更漂亮。

纪清桓看周然一直傻傻地愣着，忍不住推了他一把："快点儿去扶人家呀。"

"哦。"周然回过神来，上前一步，抬起胳膊。

岑蔚提着一口气，挽住他说："谢谢。"

纪清桓叮嘱："你们先走，小心点儿呀。"

"知道了。"周然把自己的车钥匙丢给他，"你上车之后给我发消息。"

纪清桓稳稳地接住车钥匙："谢了，兄弟。"

酒店的长廊上铺着地毯，岑蔚走得还算稳当。

她拽了拽周然，问："我要不要戴个墨镜遮一遮呀？"

"不用，你很漂亮。"

岑蔚眨眨眼，收回目光，用咳嗽掩饰忍不住上扬的嘴角。

其实，她的意思是女演员出门都戴着墨镜，所以她也得乔装打扮一下。

但……好吧，她承认她听了周然的话很开心。

电梯下到一楼，门缓缓地打开。

"别往那里看,跟着我走就行。"

岑蔚挽住周然的胳膊,下意识地把手指收紧了些。

电梯一有动静,外面的记者就闻风而动。

岑蔚匆忙地瞟了一眼,有四五个镜头对准了她。

这群人还真是人精,刚刚她和周然大摇大摆地走进来,没有一个人多看他们俩一眼。

地面上铺着大理石瓷砖,岑蔚穿着高跟鞋本来就走得不稳,又要配合周然的速度走路,心快要跳出嗓子眼儿了。她只能用手死死地抓紧他,万一摔倒了就和他一起丢人。

他们一路往酒吧的门口走,那群人也举着相机飞奔过来。

很快跑在最前头的记者就察觉到不对劲了,凑近周然和岑蔚后,看见这两个人并不是他们要等的人。

周然凭借身高的优势,越过人群看见纪清桓牵着戚映霜安全地走出了旋转门。

他暗自松了一口气,在酒吧的入口处停下脚步,转身面向那群记者,问:"有什么事吗?你们吓到我的未婚妻了。"

他看人的时候目光低垂,眼神显得冷漠又轻蔑,加上冷冰冰的语气,十分有威慑力。

记者们面面相觑,思量着他应该也是有头有脸的人物,都不敢说话了。

人群中有一个声音响起:"认错了认错了。"

记者们又一哄而散,回到自己刚刚埋伏的地方,殊不知猎物早跑了。

周然重新牵起岑蔚的手,拿着纪清桓给他的卡走进酒吧里。

门口的接待员核对完身份,将卡还给周然,躬身说:"请。"

一走进去,岑蔚就拍着胸口说:"吓死我了。"

周然勾了勾嘴角,找了一张空桌坐下。

136

"想喝什么就点,反正算在我老板的头上。"他把菜单递给岑蔚。

岑蔚粗略地浏览了一遍菜单,惊讶地说道:"天哪,这上面的菜都不标价格吗?"

她想了想,又说:"不过也是,来这儿的人也不在乎数字。"

周然问她:"想喝酒吗?"

"想。"

"喝什么?"

"不知道。"岑蔚最讨厌做选择题,干脆地说,"你帮我挑吧。"

她放下菜单,抬起头环顾四周。店里的员工比客人多,装修的风格并不奢华,但极具艺术感。她刚才进门时就看见了吧台上摆着的玻璃水母,觉得很有意思。

岑蔚的目光最后停在周然的身上。

"我可以问你一个问题吗?"

"问。"

岑蔚托着下巴,问:"你和你老板的关系很好吗?"

浏览菜单的动作停顿了一下,周然回答:"还行吧。"

"我就是觉得你和他不像上下级,像是好朋友。"

周然招手叫来服务员:"要两杯薄荷伏特加。"

"没有,只是他性格好,比较亲切。"

他的形容让岑蔚挑了挑眉。

昏暗的灯光照下来,对方的轮廓变得模糊。

那种落差感却变得越来越清晰。

周然和纪清桓之间的熟稔,他和他们站在一起时的和谐,还有他出入这种场所举手投足间的自然……岑蔚完全联想不到他是她的高中同学,他是坐在班级角落里的那个胖男孩。

她今天不小心闯入的异世界里没有她的一席之地,但也许周然是属于那里的。

岑蔚突然对他的人生经历感到前所未有的好奇。

服务员端上来两杯薄荷酒。薄荷酒有着清新的颜色，杯底有一抹绿色，杯口处撒了海盐，挂着一片柠檬。

岑蔚用双手握着杯子，开口问对面的人："你是怎么进心橙工作的呀？"

"被纪清桓骗去的。"周然抿了一小口酒，皱紧眉头。他不喜欢薄荷的味道。

岑蔚问："骗？他是怎么骗你的？"

周然舔了一下嘴唇，说："之前他还创过一次业，那会儿我大三，正好暑假里要找地方实习。"

"所以，你就去给他打工了？"

周然摇摇头，这件事说来话长。

那会儿他不知道是第几次减肥失败了，整个人的状态都不好。他面试了几家大公司都没成功，最后兜兜转转才去了纪清桓那儿。

当时纪清桓创立的餐饮品牌叫"城市之日"，主打瘦身的健康餐。

纪清桓只见了周然一次，就招他做实习生了。

到正式入职的那天周然才知道，纪清桓的公司里只有五个人，而且另外三个人只是被纪清桓拉来凑数的公子哥儿，根本不做事。

所以周然一个人既要当纪清桓的助理、帮他做PPT，又要联系食品代理商，更要命的是还要试吃新品。

"他现在对我好，是因为当时他欠我的。"周然回想起过去就觉得苦不堪言，"直到现在我都记得那杯燃脂美式的味道。"

岑蔚好奇地追问："什么味道？"

周然沉默片刻，描述："就像一个有四十年烟龄的老烟鬼连续抽了十根烟之后，朝你哈了口气。"

"Oh no（哦，不）！"岑蔚抱住自己，一脸嫌恶的表情，说，"听起来就好恶心。"

周然勾起嘴角浅浅地笑了一下。当时他实习了两个月，有半个月的时间都在医院里度过。得了肠胃炎并心悸、失眠后，那段时间他倒是一下子瘦了十几斤。

"那你还敢跟着他继续干？"

"当然不敢。"周然端起酒杯喝了一口酒，"我实习完没多久，他就创业失败了，后来我和他也没了联系。前年，我在我们公司的楼下遇见了他。一开始他都没认出我，想起我是谁后，拉着我说要请我吃饭。那天晚上他喝多了酒，让我辞职去跟着他干。"

岑蔚笑笑："你没有那么傻吧？"

周然不作声了。

岑蔚的笑容凝固了。她难以置信地说道："你真辞职了呀？这种话你也信？"

"那天我也喝多了酒，所以……"周然耸了一下肩。

岑蔚叹气，摇摇头："不过你倒是也没选择错。你是幸运的。"

周然用指腹蹭了蹭杯身上的颗粒物："嗯，幸运。"

谈论"如果"是没有意义的，谁也改变不了既定的事实。

如果那天晚上他保持清醒、没有冲动，如果他没有进入心橙的负责品牌部……

他还是会和她再见面的吧，因为一对不及时沟通就把房子同时租给两个人的笨蛋情侣。

捕捉到周然的嘴角旁一闪而过的笑意，岑蔚问："你笑什么？"

周然清清嗓子，否认："没有。"

他只是想到了一句话。

缘分来的时候，挡都挡不住。

岑蔚捧着玻璃杯。薄荷的味道盖过了酒的味道,一口喝下去她只觉得冰爽,不知不觉地快把酒喝完了。

手机屏幕亮起,周然低头瞟了一眼。

"他们上车了。"

"嗯,那就好。"岑蔚放下杯子,双手托腮。在这儿干坐着,她觉得有些无聊。

周然对她说:"给我你的卡号。"

"真打钱啊?"岑蔚坐直身体,觉得不好意思,"不用吧,我也没干什么。"

周然看看她:"你不要钱,我要。"

岑蔚笑了一声:"行啊,你把钱拿去吧,就当那是我平摊的房租。"

"房租用不了那么多钱,石嘉旭一个月也就收我两千块钱。"周然打字回复消息后,把手机反扣在桌上,"反正那是纪清桓的钱,不拿白不拿。"

"好吧。"岑蔚想了想,觉得好像也没那么不好意思。

"所以,她到底是谁呀?"她忍不住八卦。

"谁?"

"纪总的那个女朋友,也是演员吗?"

周然回答:"不是,她爸是维仕的董事长。她现在也在维仕工作。"

他的语气太稀松平常,岑蔚怀疑自己听错了:"维仕?做冲饮的那个维仕?"

"嗯。"

岑蔚又确认了一遍,问:"她是维仕的千金?"

周然点头,放慢语速说:"对。"

岑蔚还是不敢相信事实，用手捂住嘴："不是吧？"

纪清桓是珀可的少公子。他的女朋友是维仕的千金。

岑蔚一时无法消化这么多信息。

在国产冲饮的品牌界，珀可和维仕就好比肯德基与麦当劳、统一与康师傅、QQ音乐与网易云，是知名的死对头。

之前因为一款鸳鸯咖啡的产品创意，维仕控诉珀可恶意抄袭，还直接把对方告上了法庭。

虽然不正当竞争是常有的事，但双方这么撕破脸还是很少见的。

岑蔚石化在原地，现在觉得自己是真的参与了一次特工任务。

她也终于明白为什么周然说那两个人如果被记者拍到，有麻烦的是纪清桓他爸了。

如果今晚的头条是"惊！表面你争我斗实则缠绵悱恻，揭秘珀可少公子和维仕千金的秘密恋情"……

她简直不敢想下去。

"他们俩怎么……"岑蔚神情复杂，嗟叹道，"这是造孽呀。"

周然对她的反应见怪不怪。夏千北第一次知道这个秘密后，求着周然砸他的脑袋让他失忆，以免哪天他一不小心说漏了嘴，到时候商圈地震、心橙上不了市，他就变成了始作俑者。

周然告诉岑蔚："纪清桓几乎和他身边所有的富家女孩子都约会过，除了戚映霜。两年前他去鹿城玩，恰巧戚映霜也在那家酒店里。"

岑蔚不自觉地联想下去："他们俩一见钟情了？然后又发现对方是竞争对手的子女？"

"没有，他们俩都知道对方是谁，一开始都装作不认识对方。"

"然后呢？"

周然顿了顿，把接下来的剧情一语带过："然后就发生了一些事，回来以后纪清桓就不对劲了。他追了人家两年，今年才和她在一起的。"

岑蔚蹙眉："发生了什么事？"

"就是……一些事。"

岑蔚隐隐约约地懂了，抿了抿唇，低头喝水。

气氛骤然冷却了下来，岑蔚没话找话说："这种事其实也挺美好的，对吧？哈哈。"

周然"嗯"了一声。

岑蔚话锋一转，问："你体验过吗？"

"嗯？"

"外国的电影里演的那种，就是两个人看着看着对方，突然就……"岑蔚把双手的指尖对到一起又张开，"你懂的。"

周然摇头："没有。"

酒吧里的灯光十分昏暗，杯子里的冰块渐渐地融化。

夜深了，微醺之下，岑蔚说话开始不经过大脑。

不过他们是该聊些成年人的话题，一男一女坐在这么有情调的地方，总不能整夜都聊房子和钱。

"说实话，我还挺好奇的。"岑蔚翘起嘴角，用一只手慵懒地托着腮，说，"人真的会突然一见钟情吗？现实生活中又没有电影里那些暧昧的背景音乐，你就这么看着对方，交换一个眼神，然后就能激情四射？"

她发出一声不屑的嗤笑，摆摆手说："不会吧。"

周然没有说话，用手指漫不经心地转着玻璃杯。

岑蔚从她的角度平视过去，目光恰好落在他的嘴唇上。

上唇偏薄，下唇饱满，唇峰的 M 形很明显。

颜色……好像是浅粉色。

他的嘴唇就像花瓣——在日光的照晒下失去水分，微微起了褶皱的花瓣。

岑蔚的心脏在胸腔里绊了一跤。

"走吗？"

周然陡然出声，吓得某个心猿意马的人往后一缩，眨眨眼，收回目光。

岑蔚屈起手指的关节，刮了一下脸颊，从高脚椅上站起身说："走吧。"

大堂里还坐着几个记者，周然没有搭理他们，办理好退房手续，和岑蔚一起走出了酒店。

"对了。"走到室外，岑蔚才想起来问，"那我们该怎么回去啊？"

周然说："坐地铁。"

岑蔚无奈地笑了笑："好吧。"

晚风凉爽，路灯和广告牌映亮了城市的夜。

周然察觉到岑蔚在频繁地整理上衣，她还一直含胸抱着胳膊。于是他放慢脚步问："怎么了？你冷吗？"

"不冷。"岑蔚神色窘迫地说，欲言又止，最后从牙缝里挤出一句话，"她发育得比我好，我穿着这件衣服有点儿没安全感。"

周然愣了一下，移开视线，把自己的外套脱下来披在她的肩膀上。

"谢谢。"岑蔚抬起头小声说。

他们走到十字路口处，地铁站就在马路的对面。

红灯还有二十七秒，街口处已经聚集了一群人。

岑蔚穿上宽大的西装外套，终于心安了。

等红灯的时间里，她向路两旁随意地张望着，踮起脚又放下脚后跟。

听到身边的人沉重地叹了口气，岑蔚抬起头，歪着脑袋凑到周然的面前:"你怎么了?"

他本来正低头盯着地面,往上抬了抬目光,正好看到岑蔚的眼睛。

"我没怎么呀。"

"那你突然叹什么气?"

周然摸摸鼻子,说了一句:"我讨厌过马路。"

"啊?"岑蔚勾起嘴角笑了,"周然小朋友是需要姐姐牵着你吗?"

她说着就伸出了手。

"不是。"周然说,觉得有些难以启齿。

他深吸一口气,坦白地说:"我讨厌迎面而来的人群。"

"或者说,是害怕。"

人流像翻涌的海浪,像要踏平大地的军团,拥挤、吵闹、压抑。

一大群人朝着他走来时,每一张陌生的面孔都是压迫感的来源,就像鲨鱼的巨口会把他吞没。

每次走到十字路口时,看见对面密集的人群,周然都会下意识地觉得紧张和焦虑,不敢抬头直视对面,甚至恐慌得想要躲避。

红灯变成了绿灯,绿灯开启新一轮的倒计时。

人流开始涌动,熙熙攘攘。

"不会吧?"岑蔚一边说,一边扯了一把周然的胳膊,拉着他踏进人海里。

她很自然地挽住他,眉飞色舞地说:"长这么帅的脸都怕见人吗?周然,说实话,我要是你,就把我走的每一条路都想象成T台,昂首挺胸地走路。该害怕的是那些路人好不好?你长着巨人的个子……不是,你有宽肩、窄腰和大长腿,一走过来,别人都以为你是哪个超模,你才是给别人压迫感的那个,怕什么呀?"

她喋喋不休的。周然只顾着看她和听她说话。

那些来往的行人和车辆都悄然地退场了,聚光灯下只有她和他。

踏上一级台阶,岑蔚站定,松开手面对周然站着,张口就说恭维的话:"你知道刚刚一路上有多少女孩盯着你看吗?"

周然摇头。

他只顾盯着他的女孩看了。

很多年前,周然就把这个奇怪的小毛病告诉过林舞。

她对此的反应很平静。她对这个世界的包容性总是很强,好像没有什么事能让她大惊小怪。

林舞判断他有"社交恐惧症",并且向他提出建议:"你可以试着慢慢地克服这种心理障碍,比如先从公共场所开始,待久了就习惯了。"

周然对人群的恐惧并不严重,没影响他的正常生活。他现在也可以在公共场所表现得若无其事,甚至可以游刃有余地和别人交谈,但没办法从根本上消除心里的排斥和反感。

社交活动纯粹是在消耗他的能量,带给他的只有疲惫。

林舞开导过他很多次,也根据各种心理学的理论给过他很多建议。

科学的方法是有效的,他对社交的恐惧在不断消减。

但周然绝对想不到,这个世界上还存在着一种魔法。

岑蔚总是很好相处,和谁见面都能聊上两句,和谁都能做朋友。她还对夸赞的话信手拈来,无论对着什么人都能夸出花来。

她夸了周然一通后,周然心里那个总是敲鼓的小人被打败了。

他现在只是想笑。

"我谢谢你呀。"他说,用的是无奈的口吻。

笑容灿烂,岑蔚在他的面前摇头晃脑地蹦跶:"所以,你下次还怕人群吗?"

她忘了自己穿着高跟鞋,没站稳,右脚崴了一下。

"小心。"周然伸手扶住她。

岑蔚自己也吓了一跳,拍着胸口顺了顺气:"我可不敢弄坏这么贵的鞋。"

看她不习惯穿高跟鞋,周然没多想,问:"要不你把鞋脱了?"

"脱了鞋你背着我走啊?"岑蔚低头看了看,嘟囔着,"而且我才舍不得脱,要多穿一会儿。"

周然凭借他的直男思维抛出一个问题:"你自己没有高跟鞋吗?"

岑蔚往下压了压嘴角:"实话实说,我还真没有。"

他们走进地铁站里,站在下行的扶梯上。

岑蔚说:"而且也没什么场合能让我穿高跟鞋。"

周然举例:"约会的时候呢?"

岑蔚扯了一下嘴角:"那就更不可能了,我之前的那个男朋友个子不太高,也就一米七六左右吧。"

周然露出一个鄙夷的眼神:"他不会和你说,他不喜欢你穿高跟鞋吧?"

"那倒没有啦,他没有当面说过。"岑蔚顿了顿,说,"不过我觉得他心里可能就是这么想的。"

接着她又补充一句:"很多男人都这么想吧?"

"我不会。"

岑蔚笑了笑:"你当然不会。"

她现在的个头也只到周然的下巴那里。

有地铁进站了,发出"轰隆隆"的一阵响声。

周然说了一句什么话,岑蔚没听清,依稀听到什么"和我""在一起"。

第六章
轰隆雷雨

"都显得小鸟依人。"周然说,声音重新变得清晰。

目光落到岑蔚的身上,他问:"对吧?"

"对。"岑蔚回过神,笑着点头。

"你知道坐几号线回去吗?"周然问。

"你不知道?"

"我一般开车。"

"也是。"岑蔚走在前面,向他招招手,"那你就跟着我走吧。"

这个点地铁站里的乘客并不多,他们找到空位坐下。

岑蔚习惯性地打了一个哈欠,从包里摸出耳机盒。

周然出声问她:"对了,你对设计方案有想法了吗?"

岑蔚面无表情地看他一眼。

"发布会要在月底开,所以下周就要重新定稿,你的时间很紧……"他没能说完剩下的话,岑蔚把一只蓝牙耳机塞进了他的左耳里。

"大周六晚上的,你别扫兴。"岑蔚打开音乐软件,挑了一首歌开始播放,"你放心吧,我灵感爆棚。"

周然"哦"了一声,不多嘴了。

对面的车窗玻璃上映出他们的身影,两个身影一高一矮,一大一小。

岑蔚嘟囔:"确实。"

周然戴着耳机没听清她的话,以为她是在和他说话,问:"什么?"

岑蔚抬手指了一下:"没什么,就是觉得在你身边确实显得比较娇小。"

周然顺着她的目光看过去。

某个瞬间,他们的视线在玻璃窗上交汇,谁也没移开目光。

因为身影模糊,所以他们可以肆无忌惮地看。

又因为他们看得肆无忌惮,心思才昭然若揭。

地铁平稳地行驶,第五首歌进入尾声时,他们起身下了地铁。

"下次再一起看电影吧。"

这次岑蔚把他的话听得很清楚,答应:"好哇。"

第二天早上,岑蔚起床下楼。周然并不在家,应该是去健身房了。

家里只有全麦面包,但她发现餐桌上多了一瓶巧克力酱。

岑蔚一边吃着她的早饭,一边回复微信消息。

岑悦彤看她醒了,直接给她打了电话。

"喂。"

"到底是怎么回事呀?事情解决了吗?"

岑蔚回答:"不是什么大事,我重新画一张稿就行,估计得再在这边多待七八天吧。"

149

岑悦彤说:"好吧,爸妈本来今晚还订了饭店呢。"

岑蔚有些受宠若惊,说:"不用吧?搞得这么隆重?"

"你等等啊,妈想和你说话。"

岑蔚握着手机,很快耳边响起一个熟悉的声音:"小蔚呀。"

岑蔚喊:"妈。"

"在那里还好吧?"

"挺好的。"

"我们也不是想催你,就是你一直不回来,我们放不下心。"

岑蔚放下手里蘸满巧克力酱的吐司:"我知道。"

"你是不是不想……"顾可芳的话被打断,岑蔚隐隐地听到岑悦彤吼了一声。

顾可芳再次开口时,语气变得小心翼翼的。她说:"那我也不打扰你了,你把工作上的事处理好就赶紧回来。你爸爸帮你问过了,这里有个画室在招老师。他们听了你的条件觉得很满意。"

"知道了,谢谢爸妈。"

"嗯,那让彤彤跟你说吧。"

手机重新回到岑悦彤的手上,气氛变得有些微妙,姐妹俩一时间都不知道该说点儿什么。

"那没什么事的话,我挂电话了?"岑悦彤说。

"好,拜拜。"

"岑蔚。"岑悦彤顿了顿,很少用这么严肃的口吻和岑蔚说话,"你有事没事也给我打打电话,每次要不是妈和我想你了给你打电话,你从不会主动联系我们俩。"

"我……"岑蔚屈起一条腿,把下巴放在膝盖上,"知道了。"

岑悦彤突然说了一句:"我是你姐。"

这句话让岑蔚重新舒展了眉目,岑蔚笑了笑说:"我知道。"

"知道就好,我挂了。"

"拜拜。"

大门那里传来动静,岑蔚抬头看过去。

周然抱着一个大快递箱,进屋后"砰"的一声把它丢到地上,扶着腰喘了口气,说:"你的快递。"

"哦!你帮我拿回来啦?"岑蔚放下腿,穿上拖鞋起身走过去。

周然口干舌燥,不想多说话,径直走进餐厅里,拿起桌上的水壶把水倒进杯子里,往下灌了一大口水。

回来的时候,他顺路去驿站拿快递,管理员跟他说他们家还有一个快递,让他一起拿走。

周然想着那应该是岑蔚买的东西,就答应了。

管理员从货架上抱起一个沉甸甸的包裹,颤巍巍地朝他走过来。他预感到不妙,眉心越皱越紧。

"你买了什么?"周然握着水杯,气喘吁吁地问。

"应该是衣服,之前智颖店里不是上新吗?我就想还个人情支持一下。"岑蔚在玄关上找到了美工刀,"半个月之前买的这些,我都快忘了。"

她试着把箱子搬进来一点儿,但连抬都没抬动它。

岑蔚抿着唇瞄了周然一眼。

"还好不是你自己去拿,你一个人肯定搬不回来。"他说,气息仍旧不稳。

岑蔚看着他,眨眨眼睛,暗自松了一口气。

她还以为他会抱怨。他还可能会怪她为什么买这么多东西。

他还挺……贴心的。

"你吃午饭了吗?"周然问完才看见桌上的餐盘,"还是刚吃了早饭?"

岑蔚讪讪地一笑。

决定补偿一下辛苦搬快递的室友,她问:"你想吃什么?等会儿我出去买菜好了。"

周然露出惊讶的表情,问:"你要做饭?"

"对呀。"

周然换了一种问法,问:"你会做饭?"

"嗯。我做饭很好吃的,你有口福了。"

周然问:"那你平时怎么不做饭?"

"一个人懒得开火、洗碗。"

她拆开塑料包装,把T恤摊开看了看。

周然抱着手臂靠在餐桌边,评价道:"你买的尺码是不是太大了?"

"不是,这件衣服好像是男款的。"

"你买男款的衣服干什么?"

"他们店里的情侣装不单卖嘛,我能怎么办?"她拿着的那件衣服是薄荷绿的颜色,上边有浅紫色的印花,另一件衣服是跟这件相反的颜色,印花的颜色也相反。

箱子里还有其他样式的衣服,岑蔚应该是把店铺里的新款衣服各买了一件。

她站起身,把衣服展开给周然看:"还不错吧?面料也挺舒服的。"

周然点点头:"但你这样买太浪费了。"

"不浪费呀。"岑蔚抬起胳膊,把那件大号的衣服丢到他的怀里,"你不是男的吗?给你穿。"

周然接住,低头看了看手里薄荷绿色的T恤。他的衣柜里从来没有过这种颜色的衣服。

"谢谢呀。"他说,心情有些复杂。

岑蔚又蹲下来去拆剩下的包装:"不客气。"

由于周然不吃重口味的东西,中午岑蔚没有做自己最擅长的川菜,而是简单地做了虾仁、肉末豆腐和香菇西兰花。

做饭前,岑蔚从厨房里探出脑袋问周然:"你吃米饭吗?还是我把冰箱里的荞麦面给你下了?"

周然坐在沙发上回答:"你做什么我就吃什么。"

"行。"

蒸好了饭并把菜端上桌后,岑蔚解开围裙,心头涌出一阵久违的成就感。

周然拉开椅子,挑起眉毛"哇"了一声。

"刮目相看了吧?"岑蔚把一只手搭在椅背上,得意地说,"这还不是我的拿手菜,你不知道,我的前男友被我养胖了八斤呢。"

话音落下,两个人的表情都僵住了。

岑蔚站直身子,咳嗽了一声说:"盛饭吧。"

饭桌上,两个人安静地进食。

周然冷不丁地把刚刚冷场的问题又拽了回来:"你经常做饭给他吃吗?"

岑蔚咽下嘴里的食物,回答:"也不是经常啦,他是医学生,我们俩见面的时候不多,有时候我会做了饭给他送过去。"

周然点点头:"那他真幸福。"

岑蔚笑了笑。

吃过饭后,周然留下来收拾桌子,岑蔚走进书房里画稿。

她昨天说自己"灵感爆棚"都是胡扯的,现在脑子里一片空白,根本没有思路。

在家里待了整整三天,岑蔚才画出了让自己满意的设计稿。

设计稿还是以原本的繁花为主题,但定调更偏向于中古的风格,深蓝色的画布上盛开着两三朵橙色的花。

画完最后一笔,她摘下框架眼镜,打开书房的门。

听到动静，周然拿起手边的遥控器，对着电视按下暂停键。

"看看，快看看，怎么样？"岑蔚把平板电脑递过去，一脸期待地等着他的反馈。

"嗯……"周然认真地打量着设计稿，思忖后开口说，"颜色太重了。"

"重吗？这种风格就是这样的。"岑蔚放平嘴角。

"你再调整一下吧。"周然把平板电脑还给她。

"好吧。"

翌日清晨，岑蔚把修改好的方案重新拿给他看。

这次周然坐在餐桌边，把一杯刚泡好的咖啡放在手边。衬衫笔挺，手腕上戴着表，他俨然一副精英的模样。

"没有重点，这个方框能不能简化一下？不要太喧宾夺主。"

岑蔚叹了口气："好吧。"

晚上他刚下班回来，岑蔚就把平板电脑举到他的面前："这样呢，快看看这样呢？"

周然脱下西装外套，把它搭在臂弯处，扯松领带，说："我觉得画面上好像缺了点儿什么，不够让人觉得耳目一新。"

岑蔚深吸一口气，欲言又止。

"怎么了？"

岑蔚微笑着摇摇头。

她只是怀疑周然在故意刁难她。

"再改改吧，加油。"周然越过她走进客厅里。

在他的身后，岑蔚烦躁地抓了抓头发。

这一周岑蔚光画这一张稿子了。周然一天提一个想法，一天提一个新要求。

每天起床的时候她都在想周然对什么东西过敏。

又到了周六，外面的天阴沉沉的。

岑蔚下楼时，周然和往常一样坐在沙发上，电视里播着电影。

岑蔚已经逐渐了解他的生活习惯了。他的生活习惯非常简单也非常无聊。业余时间里他不是健身就是在家里看电视，到了周末也不和朋友出去聚会。

"中午想吃什么？"周然抬起头问她。

"我要去工作室一趟，不在家吃饭了。"

"哦。"周然把目光移回电视屏幕上。

岑蔚给自己倒了一杯水，走到单人沙发的旁边，看着电视说："这个我看过。"

他看的是《马柔本宅秘事》。这部电影去年刚在西班牙上映，岑蔚之前想把它当惊悚片看，结果到最后哭得一把鼻涕一把泪的。

"要我给你剧透吗？"岑蔚问周然。

对方的反应十分激烈。周然睁大眼睛拒绝道："当然不要。"

岑蔚撇撇嘴，把水杯放回餐桌上。

她像想起了什么事，回头看了周然一眼，清清嗓子，不动声色地换鞋出门。

他讨厌被人剧透？岑蔚的嘴角边浮现出一抹坏笑。

岑蔚走后没多久，茶几上的手机响起铃声。

周然伸手拿过手机，发现电话是岑蔚打来的。

以为她忘带了什么东西，周然按下接听键，把手机放到耳边："喂，怎么了？"

岑蔚在那头提起一口气，语速飞快地说道："那群小孩害怕照镜子是因为镜子里只有哥哥一个人，他们早就死了，现在你看到的不过是哥哥分裂出来的人格。"

"嘟"的一声，电话被挂断了。

周然维持着原本的姿势，闭上眼睛，一点点地蜷起手指，胸腔中的火球越来越大。

而岑蔚站在门外的走廊上"耶"了一声,痛快又兴奋,朝着空气挥了挥拳头。

她终于把这口憋了十年的恶气吐出来了。

周然在有且仅有过一段暗恋,而且结局非常糟糕——不能说是无疾而终,只能说他是自作自受。

他为什么喜欢岑蔚呢?

其实理由很多。

因为他们第一次见面时她和他的同频共振。

因为她春天一般的名字。

因为她总是笑盈盈的,温暖善良。

因为她说"好"的时候总会带上一个语气词,比如"好哇""好呀"。

因为她会不厌其烦地帮他写语文试卷上的名字。

除了前两次周然是真的忘记写名字了,后来他都是故意不写名字的。

但周然这种内向害羞的胆小鬼连和人家说句话都紧张得攥皱了衣角,万万不可能告白。甚至每次岑蔚向他的方向走来时,周然都下意识地想逃跑。

所以第一个学期,他们的关系普通得不能再普通。他们只是同班同学,每天的对话仅仅发生于早上岑蔚收作业时:"周然,就差你的了。""好的,马上。""你怎么又忘记写名字了?""抱歉。"

周然的生日在年底,确切地说,是在元旦的前两天。

那一年小姑问他想要什么生日礼物,周然说:"薄荷巧克力,就是你上次给我的那种。"

周建业在一旁听见了他的话,恨铁不成钢地瞪他一眼:"一天到晚就知道吃。"

小姑感到疑惑，问："我以前给你吃那个，你不是不喜欢吗？"

"我现在又喜欢了。"

"好吧，我去找刘航要。"

刘航是小姑当时的男朋友。他的父母在国外做生意，所以他经常给小姑送礼物，比如进口巧克力。小姑会把大部分礼物送给周然和周以。

然后，那些礼物再被周然转手送出去。

那盒巧克力在他的"桌肚"里躺了一整天。

他知道岑蔚有个姐姐在上高三，所以岑蔚每天放学后要多在教室里待半个小时。

明天就是元旦假期，今天班里的同学们都很活跃，一到课间教室里就乱哄哄的。有人商量今天晚上要一起出去放烟花，还有人让班长去求老师把最后一节自习课改成联欢晚会。

周然在班级里没有特别要好的朋友。班里一共有十九个男生，他又是个子最高的那一个，一个人独占一排座位，左边是墙，右边是一张空课桌，偶尔会有老师坐在那里批改作业。

"周然，帮忙搬一下水。"生活委员喊他。

"来了。"周然应了一声，但没立刻动身，还紧盯着手里的小说。直到把最后一行字看完，他长舒一口气，合上书，随手把书塞进手边成堆的练习册里。

阿加莎不愧是侦探女王，周然还沉浸在最后剧情的大反转里，在脑海内复盘着之前作者铺垫的线索，暗自发出感叹。

他扛起一桶纯净水，把它安装在饮水机上，拍拍手，转身走下讲台。

一抬眼，周然看见岑蔚站在他的课桌旁。她的手里就拿着他刚刚看完的那本《无人生还》。

周然意识到那里面夹着什么东西,心头一紧,三步并作两步地走过去。

"你在干吗?"他问,一着急,语气显得有些凶。

岑蔚吓得肩膀一缩,抬起头回答:"哦,老师要收订正的默写,你还没交。"

周然盯着她手里的书,蹙起眉头,板着脸,看上去像是生气了。

岑蔚赶紧把书还给他,解释:"我没有乱翻你的东西,就是不小心看见了,对不起。"

周然一言不发地接过书,把它塞进"桌肚"里,找出默写本递给岑蔚。

岑蔚抱着本子,却没走开,犹豫了一下,开口问道:"那个……你能把书借给我看看吗?放学我就还给你。"

"不能。"周然想都没想,直接拒绝了她。

岑蔚还想再争取一下,放轻声音说:"这本书我就差最后一点点没看了,真的很想知道结局。我保证看得很小心,不会被老师发现的,行不行?我一下课就把它还给你。"

周然的喉结滚动了一下。他死死地攥着外套的下摆,心脏在胸膛里"扑通扑通"地跳。

他目视前方,深吸一口气说:"凶手是假死的老法官,最后开枪自杀了。"

他缓缓地抬起头看着岑蔚,眨了眨眼睛:"你现在知道结局了。"

短短的半分钟里,岑蔚的表情变了又变,从发蒙到惊讶再到不可思议。最后她的怒火升腾起来。

女孩紧蹙眉头,急促地呼吸着,双手攥成了拳头,胸膛剧烈地起伏。

她脾气好，不代表没脾气。

她很少发火，不代表被人踩了底线还能保持冷静。

在愤怒的驱使下，岑蔚做了从小到大最出格的一件事。

"你是不是有病啊？"她气得声音发抖，说话像是带着哭腔，随手抄起桌上的课本朝周然砸去。

就在下一秒，原本闹哄哄的教室里突然安静下来。

出现这种现象一般有两种原因：一是老师没来，同学们自己吓自己，二是老师突然出现在教室的后门处。

这次的情况恰巧最糟糕——来的还偏偏是教导主任。

"你们两个来一趟我的办公室。"中年男人背着手走出教室。

底下立刻响起窃窃私语的声音，同学们好奇地张望着。

岑蔚僵在原地，双颊涨得通红。

周然从座位上站起身。

"别说书的事，我明天给你带别的书看。"他小声央求她。

岑蔚抬眼看他。刚熄灭的火气又冒了出来，她气呼呼地撂下一句："明天放假！"

学校禁止学生看课外书，书只要不在中小学生的必读书目里，一旦被发现就会被没收。

一路走到教导主任的办公室里，岑蔚咬着后槽牙，心里想的都是要完蛋就一起完蛋。

但教导主任要他们俩说明情况的时候，她又说不出口了。

"周然他……"岑蔚把双手绞在一起，低垂着眼皮，"他老是把腿伸到过道上，弄得我们不方便走路。"

教导主任捧着保温杯："就为这点儿小事，你对同学打骂？"

岑蔚紧咬着下唇，轻声认错："是我没有控制好情绪，我错了。"

教导主任转向周然说："我知道课桌对你来说是小了点儿，但你嫌挤也不能妨碍到其他同学,是不是?"

周然用力地点头。

"好了,你先回去吧。"

周然转头看了岑蔚一眼,说:"老师,我绊倒她好几次了,她才那么生气的,都是我的错。"

"知道了,你出去吧。"教导主任挥挥手,"没你的事了,以后小心点儿。"

周然"哦"了一声。

他安然无恙地回到教室里,却如坐针毡,平均五秒抬头看一次钟表。

岑蔚回来的时候自习课已经过去了大半。班主任没允许他们撒欢儿,还是让他们乖乖地坐在教室里做作业。

她经过他的身边时脚步很快。周然没来得及看清她的表情。

但是没过多久,他就看到岑蔚旁边的女生抽了两张纸巾递给她。

那一刻周然愧疚又难受,身体里像被塞进了一台真空机,每呼吸一下都是煎熬。

他应该把书借给她的。

但书里夹着的信纸怎么办?

他应该说那是草稿纸,不动声色地把它拿回来,再把书给她。

周然懊悔地捶了捶脑袋——刚刚他怎么就没灵机一动呢?

他是笨蛋。他是白痴。

铃声一响,同学们就飞快地收拾书包离开教室。

周然故意慢吞吞地收拾试卷,一直留意着前排的女孩。

冬天昼短夜长,五点多天就黑了,一阵喧闹过后,校园又陷入寂静。

送新年礼物变成了赔礼道歉,周然心情沉重,背起书包走到教室的第四排那里。他刚发出一个音节,岑蔚就"噌"的一下站起来,头也没抬对他说:"别和我说话,我看见你就来气。"

那是整个高一里岑蔚主动对他说过的最后一句话。

后来文理分科,她去了艺术班。周然就没怎么在学校里见过她。

他回忆完往事的时候,电影的剧情即将到达高潮部分,但周然再无刚刚的兴致。

他按下遥控器,关上电视,哭笑不得地叹了口气。

也难为她把那笔账记了这么久。

下午四点多,岑蔚回到公寓里。

开门后,她没有立刻进屋,而是先鬼鬼祟祟地往里面瞧了瞧。

没有在客厅里看到周然的人影,岑蔚试探着出声喊:"周然?"

"叫我干吗?"

高大的男人突然从厨房里蹿出来,岑蔚吓了一跳。

"电影好看吗?"她明知故问,迈过门槛带上大门。

周然不答反问:"你就这么记仇吗?"

岑蔚可不觉得歉疚,笑了笑说:"你知道我那次被教导主任训了半节课吗?他教育我女生要矜持、温柔、礼貌,还让我回去写检讨。"

"对不起。"周然说,这是他当时没来得及说的话。

"算了,反正我也报仇了。"看见桌上有洗好的水果,岑蔚拿起两颗青提放进嘴里,随口问,"所以,你那时候到底为什么不愿意把书借给我呀?"

还没等周然开口,她又说:"我后来想了想,是不是因为里面藏了什么小秘密?"

周然问:"什么小秘密?"

岑蔚耸肩:"我在问你呀,比如什么东西,你怕被我看见。"

"……"

"不会被我说中了吧?"岑蔚眯眼打量他。

"不是。"周然转身回了厨房。

"那你为什么不肯把书借给我看呢?"她跟进去,一定要问出个答案来。

"因为我在上面写了你的坏话。"周然拿起筷子继续拌碗里的黄瓜。

"哦,你就那么讨厌我吗?"

"嗯,很讨厌。"

青提味道甜美,汁水充沛,果皮带着一点儿涩意。

岑蔚懒洋洋地靠在门框上,问:"那你现在还讨厌我吗?"

周然说:"还行吧,还是挺讨厌的。"

"哦。"岑蔚转身走出厨房。

也许是知道周然说的是玩笑话,她发现自己一点儿也不难受。路过餐厅时,岑蔚抓了一把桌上的提子吃。

这几天她一个人闷头画稿,甲方的要求反复无常,她自觉已经到了瓶颈期。

今天她和同事们在工作室里讨论了一下午。岑蔚的思路被打开不少,脑海里多了很多新灵感。

她上楼放下包,顺便换了一件宽松的T恤。

她下楼时,周然已经做好了晚饭。

"哇。"岑蔚把手掌撑在桌上,看见桌子上有两碗柠檬鸡丝荞麦凉面,正中间摆着一碟拌黄瓜。

他做的饭还挺有模有样的。

周然把筷子递给她,问:"要再给你煎个蛋吗?"

"不用了,够丰盛了。"岑蔚拉开椅子坐下。

除了上次的杂粮粥,这还是岑蔚第一次吃周然正儿八经地做的饭。

她用筷子挑起面条,面条是凉拌的,酸爽微辣,很开胃。

突然就有了夏天的感觉,岑蔚抬起头说:"好想喝冰可乐。"

周然回答:"待会儿我出去买。"

岑蔚笑起来:"我还以为你要说可乐不健康呢。"

"我才不对别人的生活指指点点呢,短的又不是我的命。"

岑蔚放平嘴角,无奈地看着他:"我发现你这人才记仇呢。"

周然扬起眉,并不否认这一点。

"哦,右边的煤气灶点不着火,你问问何智颖,找她要一下维修师傅的电话。"

岑蔚应了一声,立刻拿起手机在微信上联系她。

"你怎么不找石嘉旭要呢?"岑蔚打着字,随口问。

"找他的话,他也是问何智颖。"

岑蔚把消息发送出去,放下手机重新拿起筷子:"话说他们俩是怎么好上的呀?"

周然摇头:"不知道,不过石嘉旭上学的时候就注意到她了。"

"真的吗?"岑蔚把柠檬片挑到一边,失落地说,"都没人追我。"

周然的筷子顿了一下。

没过一会儿何智颖发来了维修师傅的联系方式,顺便问岑蔚。

何智颖:最近和周然住得还好吧?

岑蔚:挺好的,很和谐友好。

她拿起手机,对着碗里的面拍了一张照片,把照片给何智颖发过去。

岑蔚:看,周然做的。

何智颖：哇！

何智颖：那看来是真的和谐友好。

岑蔚刚要放下手机，脑子里又闪过一个念头。

她突然很好奇周然的感情经历。

岑蔚把手机举高了些，确定周然从他的角度看不见屏幕上的内容，才放心地打字。

岑蔚：对了，周然有没有交过什么女朋友啊？你知道吗？

怕对方误会，岑蔚又补充了一句。

岑蔚：我就是好奇，随便问问。

何智颖发来一个阴险地笑脸表情。

岑蔚摸着脖子咳嗽一声，莫名地感到心虚。

何智颖：我和他也不是很熟，不过听石嘉旭说过，他大学的时候和一个同年级的女生谈过恋爱。周然好像就是从那时候开始瘦下来的。

岑蔚回复了一个表情，脸上的表情却一点点变得僵硬。

所以他减肥靠的是爱情的力量啊。

她又想起那天无意中看见的微信消息。

这小子不会还对人家姑娘念念不忘吧？

舌尖触碰到一阵酸涩的味道，岑蔚顿时眯起眼睛，五官扭曲。

她心不在焉，竟然夹起一片柠檬往嘴里送。

周然抽了一张纸巾递给她，于心不忍地问："你是故意的吗？"

岑蔚把嘴里的柠檬吐出来，酸意仍然残留在嘴里，口腔里开始发苦。

"对，我要补充维生素 C。"

她真是一生要强。

周然点点头："那等会儿记得再买点儿橙子。"

这几日都是多云或阴天,到了傍晚夜风凉爽,许多附近的居民出来散步。

水果摊前,周然俯身认真地挑选水果,回头问岑蔚:"除了橙子还要别的什么吗?"

岑蔚随便指了一样水果:"要不再买个菠萝?"

"我对菠萝过敏。"

岑蔚睁大眼睛:"我还是第一次见有人对菠萝过敏。"

周然把挑好的橙子拿给店家称重:"我吃了会恶心。"

他说:"现在好了,你也可以给我下毒了。"

岑蔚"啧"了一声:"说什么呢?我是那种人吗?"

他怎么知道她的心里在想什么?

老板算好价钱报了一个数字。岑蔚扫码付款。周然拎起塑料袋,单手拨开吊帘等她走出来。

他们似乎已经形成了某种默契,逐渐习惯了这样的日常生活。

尽管在此之前,他们俩都没有和别人同居的经历。

这还真是神奇。

两个人又在附近的便民超市里买了第二天的菜,还买了岑蔚一心想喝的冰可乐。

他们从超市里走出来。现在岑蔚提着那袋橙子。

她打开易拉罐的拉环,那一声轻响让人听得身心舒畅。

"我都不知道上一次喝可乐是多少年前的事了。"周然说。

岑蔚扬眸看向他,把手里的饮料递到他的面前:"来一口?"

"不喝,早戒了。"

岑蔚继续劝他:"来嘛,喝一口又没什么。"

周然摇摇头。

岑蔚晓之以理,动之以情地劝他:"你知道一瓶可乐三块钱,第一口两块五吗?我都把最精华的部分让给你了。"

周然放慢脚步:"好吧。"

他从岑蔚的手里接过易拉罐,把它放到嘴边,仰起脑袋。

岑蔚看着周然的喉结滚动了一下。

她也不自觉地跟着咽了咽口水。

"好喝吗?"

周然把可乐还给她:"还行。"

"好喝就说好喝。"岑蔚举起易拉罐喝了一口可乐,然后拖着长腔发出一声"啊"。

路灯亮着暖光,地上有他们的影子。

周然翘了翘嘴角。

花了两天时间,岑蔚把设计稿重新修改好,并且决定这次稿子再不过关她就不干了。

周然嘴上说着要尽快定稿。但她不见他有半点儿着急的模样。

岑蔚把双手交叉着抱在胸前,等着他发话。

耐心早被磨尽了,她现在一点儿也不紧张,心情反而很平静。

片刻后,周然换了一个坐姿,把目光从设计稿上移向岑蔚:"还是少了点儿惊喜。"

岑蔚闭了闭眼。他们进入工作状态后,周然就只是她的甲方,但该说的话她还是得说。

"从草稿到这一版稿子你都看了一周多了,肯定觉得没新意,这不是关键的问题。"

周然拿起手边的水杯:"上次的事情过去之后,会有更多眼睛盯着这张图,你必须比之前做得更好。"

岑蔚抓了抓头发,用双手抱住头。设计这种活儿伤脑又伤肝,她这次是真的要被榨干了。

"我有时候都怀疑你是故意的。"岑蔚承认她的心里憋着怨气,但又拿周然没办法，总不能真喂他吃菠萝吧？

而且他说得对，心橙想要上市，本来就急着重塑品牌形象，之前还闹了一出丑闻。他们要打赢翻身仗，新包装对此至关重要。

她必须拿出一个让人觉得更加惊喜的方案。

这样一来，她的压力更大了。

岑蔚低头看着自己的设计稿，心里烦躁，委屈地噘起嘴。

"你这是要哭了吗？"周然问。

岑蔚否认："没有。"

她没有嘴硬。虽然心情很糟糕，但她还不至于为了工作上的事哭。

周然拿起手机，解锁屏幕。

岑蔚叹了口气，收拾自己的画稿想上楼。

"哈喽，岑蔚姐姐。"

安静的客厅里突然响起一个干净充满元气的年轻男声。

这个声音……岑蔚缓缓地抬眸。

周然站在她的面前，把手机放到她的耳边。

"工作辛苦了，要多注意休息，我相信你一定可以。祝你天天开心，好运常在。"

意识到这是谁的声音，岑蔚猛地吸了一口气，捂住嘴。

"不会吧？"她看着周然问，"真的是他？"

"不是他还能是我？"周然放下胳膊，嘟囔着，"我和你说的加油又不管用。"

岑蔚吸了一下鼻子，觉得整颗心脏酸酸胀胀的。

"你再让我听一遍。"

周然点击语音条。

"哈喽，岑蔚姐姐，工作辛苦了，要多注意休息，我相信你一定可以。祝你天天开心，好运常在。"

这就是楚星宇的声音。他说话时带着一点儿山城话的腔调。

岑蔚的眼眶不自觉地就湿润了。

周然说:"本来我想过两天再放给你听的,现在你的心情好点儿了吧?"

岑蔚只是问:"你是怎么做到的?"

周然轻描淡写地说道:"和你说过,我有朋友在圈里做经纪人。"

他并没有告诉岑蔚,林舞向他要走了一个品牌推广大使的合作,才给了他这条十秒的语音。

而他居然答应了这笔赔本的买卖。

岑蔚小声说:"那你转发给我。"

"好。"

岑蔚抱着平板电脑说:"那我上去了。"

"嗯。"

回到二楼的卧室里,岑蔚关上门,抬手擦了擦眼泪。

周然大概以为她是因为听到了偶像的专属祝福才激动得掉眼泪的。

但她没那么感性。她都快三十岁了,在追星这件事情上也没那么狂热。

她用那张壁纸,纯粹是因为分手后想要换掉和白朗睿的合照,才在相册里随便选了一张图片。

让她在那个瞬间眼眶发热的并不是楚星宇。

她仔细地想想,这样的情况并不是第一次了。

周然记得她对杏仁过敏。还有上次他们一起去看电影时,他似乎知道她喜欢喝薄荷黑巧克力饮料。

他是真的讨厌她吗?

岑蔚忍不住开始胡思乱想。

晚上洗完澡,岑蔚下楼想拿酸奶喝。

一打开冰箱门,她就看见冷藏柜里放着一盒新鲜的三文鱼,不知道他是什么时候买的这些东西。

冷气飘出来,她打了一个哆嗦,才愣愣地回过神。

周然走过来,偷偷地瞟她一眼,发现她的眼眶还泛着红。

他装作不经意地问:"你很喜欢那个小男孩吗?"

"小男孩",他的用词让岑蔚忍不住笑了。

"倒也没有很喜欢。"

周然扯了扯嘴角,心想:她都哭成那样了,还说"没有很喜欢"?

"周然。"岑蔚突然喊他的名字。

"嗯?"他抬起脑袋看过来。

岑蔚说:"我们狗是不能吃巧克力的。"

"啊?"这句话莫名其妙,周然摸不着头脑,说,"你再说一遍。"

岑蔚微微地勾了一下嘴角,问:"你是想和我做朋友的,对吧?"

酸奶瓶冰凉,她用指甲抠着瓶盖。

周然怔了一下,点头说:"当然。"

"好。"岑蔚垂下睫毛。

周然觉得她有些奇怪,问:"怎么了?"

"没怎么呀。"岑蔚重新抬起头,脸上挂着笑,"我就是觉得很开心,好久没有认识新朋友了,你又是老同学。"

直觉告诉周然:她此刻的情绪并不高涨。

她总是这样,笑着说话,让人捉摸不透每句话的真假。

"嗯。"周然应了一声,"我也没什么朋友。"

岑蔚深吸一口气，让自己放松下来，在沙发的另一侧坐下。

"你在看什么？"她喝着酸奶，语气自然地问。

周然回答："《谁是真凶》。"

"哦。"岑蔚点点头，"以前我看过一点儿，它不太像综艺，我感觉剧本的痕迹挺重的。"

"嗯，无聊时看看还行。"

客厅里的吊灯被调到了最暗的一档，电视屏幕闪着幽幽的荧光。

十三个玩家被关在一栋别墅里，玩最典型的找凶手的游戏。

岑蔚看了一会儿，评价："这不就是《无人生还》吗？"

周然扭头瞟了她一眼："你后来看完了吗？"

"没有，我再也没打开过。"她说，已经知道凶手再去看情节对她来说毫无意思。

周然咳嗽了一声。

看到桌上的橙子，岑蔚问他："家里有没有榨汁机呀？"

"好像没看到。"

"哦，不然咱们就可以榨橙汁喝了。"

周然问："你喜欢橙子果酱吗？"

"还可以。你要自己做吗？"

周然摇头，说："公司的新品，我前两天尝了一下，味道还不错。明天我找程易昀要两瓶回来。"

"好呀。"

岑蔚用手撑着脑袋，神经一点点地放松下来，电视机里传出的英文让人听得犯困。

她打了一个哈欠，眼皮开始变重。

阳台上的窗户没关，天气预报说未来几天有强降雨，外面刮起了大风，大风把窗帘吹得飘了起来。

怕半夜要下雨，周然起身走向阳台去关窗。

再回来时，他看到岑蔚歪着脑袋趴在沙发上。她闭着双眼，柔软的发丝垂落在手臂上，遮住了下半张脸。

"岑蔚？"周然走过去，轻声喊。

她懒洋洋地动了动，嘴里"嗯"了一声。

周然说："困了就上去睡觉吧。"

岑蔚还没完全入梦，但这会儿困得睁不开眼睛，只想这么趴着，嘟囔着："你去楼上睡吧。我不想动。"

周然站在原地等了一会儿，很快岑蔚的呼吸就变得均匀。她是真睡着了。

他忍不住笑了一声，拿起单人沙发上的被子盖到她的身上，又小心翼翼地摘下她脸上的框架眼镜。

"那我上去了。"

沙发上的人没理他。

"晚安。"

周然关上电视和客厅里的吊灯，轻手轻脚地走上楼去。

不知道睡了多久，岑蔚觉得冷，迷迷糊糊地找被子。

她拉过被子翻了一个身，舒服地发出一声叹息。

鼻尖萦绕着一股好闻的味道，很熟悉，岑蔚忍不住低头去嗅。

她裹在柔软温暖的被子里，就像被人牢牢地抱在怀里。

"周然。"

在下意识地喊出那个名字时，无论是梦里的还是现实中的岑蔚都吓了一跳。

她从梦中惊醒，无措地瞪大眼睛。

眼前是灰色的天花板，窗外传来雨声。

岑蔚摸到手机看了一眼时间，现在是凌晨四点十七分。

她重新躺下，却再也没有睡着。

心脏诡异地跳得很快,甚至耳边出现了"嗡嗡"的响声。

岑蔚翻身面向沙发的靠背,惩罚自己面壁思过。

清晨周然下楼的时候,岑蔚已经做好了早饭。

"你起得这么早?"周然系着衬衫袖子上的纽扣,语气讶异。

"啊?嗯。"岑蔚把烤好的吐司放到桌上,问周然,"你喝咖啡还是牛奶?"

"咖啡吧。"

岑蔚从柜台上拿了两个杯子,把咖啡胶囊塞进机器里。

"你又换杯子了?"周然留意到她的杯子。

"嗯,你要吗?这里还有一个杯子没用上。"

岑蔚住了不到一个月,家里却有了她的五六个杯子。周然不解地问:"你买那么多杯子干什么?"

"看到好看的杯子就想买嘛。"岑蔚一手端着一杯咖啡,问,"你不会吗?"

周然问:"不就是个盛水的容器吗?"

岑蔚翻了一个白眼,秉持消费主义的人和秉持实用主义的人真是无法互相理解。

岑蔚吃着吐司,随手刷微博,突然"哎呀"了一声。

周然抬起头看向她。

"我好像刷到赵东鑫的微博了。"

他们的那个圈子说小不小,说大也不大,设计师之间互相认识也是正常事。

周然回忆了一下,想起这个名字:"他又怎么了?"

岑蔚把手机举到他的面前:"你看这幅插画。"

周然看了看,猜测道:"他又抄了你的?"

"不是我的,但肯定也不是他自己的,原图我在哪里见过。"岑蔚沉下脸色,说,"他还真是不知悔改呀。"

周然看她一眼,问:"后悔放过他了?"

岑蔚摇摇头。

"好吧,我承认是有一点儿。"

周然慢悠悠地端起咖啡杯:"你总是想着多一事不如少一事,但有时候往往适得其反。"

岑蔚嘀咕:"那我不也是为了你们的公司着想?"

周然听见了她的话:"我也是希望你的设计能被保留下来。"

岑蔚咬了一口吐司:"那谢谢你呀。"

"我也谢谢你。"

说完话两个人都笑了,突然变得客气起来,怪不习惯的。

周然还要上班,走之前对岑蔚说:"设计稿你可以缓两天再交,好好休息,别有太大压力。"

"知道了。"岑蔚把桌上的餐具拿进厨房里清洗,叮嘱他,"今天好像有雨,你下班了早点儿回家。"

周然应了一声,拿起玄关上的车钥匙出门。

岑蔚凌晨四点多就醒了,吃过早饭就上楼睡回笼觉。

看见床角上的被子叠得整整齐齐,她忍不住笑了一声。

周然到底是什么时候得了强迫症的?

窗外是阴雨天,她把窗帘一拉,卧室里的光线就暗了下来。全世界都静悄悄的,这种天气最适合宅在家里昏睡。

岑蔚睡醒时都快下午三点了。她掀开被子,打着哈欠翻身下床。

看外面没下雨,她换了一身衣服,准备出门买点儿菜回来,还想买一台榨汁机。

下午的超市格外清净,岑蔚推着推车逛到零食区。

穿着绿马甲的售货员在推销一款鳕鱼肉口味的薯片,把盘子递到岑蔚的面前,想让她试吃薯片。

"不用了，谢谢。"她对此并不感兴趣。

岑蔚推着购物车走出去一段距离，想了想，又走回来。

"这是低卡的，对吧？"她问售货员。

"对，我们有四种口味的薯片，你可以尝尝。"

岑蔚拿起一片薯片放进嘴里。薯片口感酥脆，有淡淡的鲜味，虽然没有其他膨化食品好吃，但味道还不错。

她往购物车里塞了两包薯片。

结完账，岑蔚拎着购物袋走出超市。现在还不到下午五点，但天已经快黑透了。

乌云密布，风把树枝吹得乱晃，一场大雨好像即将到来。

岑蔚望着头顶黑压压的天空发呆。天空透不出一丝光，她隐隐地听到了闷雷声。

就像灾难片里的末日来临，天空不断下沉，想给大地献上致命的一吻。

直到身旁有路人急匆匆地跑过，岑蔚才收回目光。

她出门时忘了带伞，可千万别被困在半路上。

岑蔚加快脚步，但雨下得又急又密，不一会儿雨点就砸在了她的手背上，很快，周遭"哗啦啦"地形成了一片雨幕。

岑蔚抬起手遮在额头上，小跑到路边的屋檐下避雨。

空气里弥漫着潮湿的泥土味，耳边只有"哗哗"的雨声。

岑蔚把购物袋放到脚边，从口袋里摸出手机。

早上她还叮嘱人家早点儿回来呢，结果现在被大雨困住的人是她自己。

她还没来得及在通讯录里找周然的名字，屏幕上就显示出来电提示。

岑蔚愣了一下，按了接听键。

有雨水滴在上面，她的触碰没生效。

岑蔚用衣摆擦了擦手机,重新点击屏幕。

"喂。"

"你在哪儿?"

岑蔚勾起唇角,说:"我刚想打电话给你。"

"我看到你的伞还在家里。"听筒那头响起大门落锁声,周然说,"你在哪儿?我去接你。"

岑蔚回过身看了一眼:"我在小区外面的那条街上,旁边好像是一个教育机构。"

"知道了,我马上来。"

打电话给岑蔚时,周然刚开门进家。

听到外面响起"轰隆隆"的雷雨声,他庆幸自己没多在路上耽搁。

屋子里漆黑一片,没有开灯,周然意识到不对劲,站在门口喊了一声:"岑蔚?"

没有回应,她不在家。

看到玄关上的那把白色晴雨伞,周然立刻摸出手机给她打了通电话。

他没有留意过岑蔚说的教育机构,只能开着车沿街慢慢地找她。

雨天视线不佳,他仔细地看过去也没有在路边看见躲雨的人。

周然只能把车停在路口,打着伞下车去找她。

路灯亮起暖光,周然走在路上,觉得风吹得有些冷,不知道岑蔚穿了什么衣服出门。

在一家房产中介门店的隔壁,周然看到了岑蔚所说的教育机构。

他站在门口,刚要拿出手机打电话,就隔着玻璃窗看见了岑蔚。

她也看见了他,正朝他挥动手臂,眼里放光,像是看到了救星。

周然放下手机,隔着玻璃窗对她说:"出来呀。"

岑蔚坐在那儿没动,对面坐着一个年轻女人,桌上有两杯水,还有一本册子。

她面露难色地摇摇头,朝他招手,示意他进来。

周然做出一个疑惑的表情,收起伞,把它放在门边,推开门走了进去。

岑蔚抬手指着他。

周然听见她说:"我老公来了,你和他说吧,我们家的事都是他做主的!"

第七章
游轮之行

周然用余光左右看了看，确定这个方向只有他一个男人。

他缓了一口气，稳住脚步走过去。

"您好，周先生。"穿着职业套装的女人带着标准的笑容，朝他伸出手。

周然回握住她的手，点头说："你好。"

坐下时他看了岑蔚一眼，用眼神询问这是怎么回事。

岑蔚眨了眨眼，事情一言难尽。

十分钟前她站在这家教育机构的门前躲雨，里面的老师看见了她，热心地招呼她进来坐坐。

谁能想到她这一坐下就不得了了？

对方先询问了她的年龄，又问岑蔚是不是在等老公来接她。

岑蔚以为她就是随便问问，没放在心上，应了两声，想敷衍过去。

那位老师介绍自己姓张,是这里的经理。她起身说要给岑蔚倒一杯热水,再回来的时候手上就多了一本宣传手册。

这些人都是经验老到的人精,舌灿莲花,太能说了。

岑蔚说自己还没有孩子。张经理说也快了,要她尽早准备。她们这儿的早教班里连一岁的孩子都有。

岑蔚说自己没有备孕的打算。张经理说人的观念都是会变的,说她哪天看到一个可爱的小孩就想生了。

张经理一会儿打听岑蔚身边朋友的婚育情况,一会儿又要加她的微信说方便以后联系。

在周然来之前,岑蔚正打算告诉对方,自己正在和丈夫办离婚手续。

听对面的女人说完开场白,周然也差不多猜到这是什么情况了。

他垂下眼皮,面无表情地翻了翻桌上的宣传册。

"就这样吗?"

他把这四个字抛出来,周围的空气都降了两度。

周然端起架子来还真挺吓人的。光他的身高和体型就足够给人压迫感,加上这张生人勿近的脸和他不笑时看谁都像看垃圾一样的眼神,让人感觉他的身价起码得值好几个亿。

看到对面的女人僵住的表情,岑蔚抿紧双唇,憋住笑意。

张经理推了一下眼镜,神色很快就恢复了自然。她问:"周先生,您是说我们的课程内容不够丰富吗?"

"太单一了。"周然把册子扔回桌面上,"你这里只有英语老师,其他语言呢?有相应的辅导课程吗?我们是打算把儿子送到欧洲留学的。"

听到"儿子",岑蔚睁大眼睛,把手伸到桌下扯了扯周然的衣服。

张经理愣住了，提出疑问："儿子？刚刚您太太说你们还没有……"

"……"周然眨了一下眼睛，转头看向岑蔚。

"儿子是他和他前妻生的，我是孩子的后妈。"嘴里冒出了这句话，岑蔚自己都受惊了。

"哦……这样啊。"张经理了然地笑了笑，目光扫过他们俩，表情颇具深意。

岑蔚和周然对视一眼。

他朝她挑了一下眉。

"啪"，岑蔚把纸杯砸到桌面上，板着脸问："您什么意思？"

张经理见风使舵，赶紧赔笑："哎哟，您别生气，我没有别的意思。"

"您觉得我不把孩子当亲生的是不是？还是觉得我小三……小三上位呀？"

周然深吸一口气，用手指压着嘴唇，在心里警告自己别笑出来。

"给孩子当后妈是他跪下求我的！"岑蔚甩下这句话，起身头也不回地离开。

周然咳嗽一声，拎起脚边的购物袋，快步跟上她，嘴里说着："等等我。"

在张经理的注视下，他又添上一句称呼："老婆。"

从教育机构里走出来，周然一手拎着袋子，一手撑开伞。

四目相对的时候，他们俩不约而同地发出"扑哧"一声。

岑蔚伸手把装着榨汁机的纸盒抱到怀里。

雨势小了不少，周然让她站到马路的内侧。

"你说咱们怎么就没考虑当演员呢？"

"演什么？"周然说，"角色一次比一次狗血。"

岑蔚放声大笑。

"哎,不过你刚刚看到上面的价格了吗?现在的教育成本也太高了吧!"

"是呀,所以得拼命地赚钱。"

岑蔚扭头看他,问:"你赚钱就是为了结婚生孩子?"

"也不能这么说,但大家赚钱不都是为了以后的家庭和生活吗?"

"像桑妍她们家那样?"

"谁?"

"楼下的邻居,那天咱们在电梯里遇到的。"

"哦。"周然想起来了,说,"差不多吧,他们挺让人羡慕的。"

"我就不羡慕。"岑蔚说,"我对结婚和小孩子都没有兴趣。"

听到她说出这样的话,周然感到有些意外。

"为什么?你恐婚恐育?"

岑蔚摇摇头:"不是怕,我就是觉得婚姻幸福、家庭美满是小概率事件。我不觉得自己有那么幸运,所以也不抱期待。"

周然垂下眼帘,没有接话。

长柄伞下的空间刚好能容下两个人。他们并肩走在路上。岑蔚的肩膀不时会撞到周然的手臂。

"哎。"岑蔚指着橙色的伞面问,"这是心橙的周边吗?"

"嗯。"

"我可以说'好丑'吗?"

"你已经说了。"

岑蔚咧开嘴笑了笑。

"你们以前的包装确实不好看,不然你们也不会换包装。"

这是实话,周然无法反驳这句话,说:"以前纪清桓觉得品质好就行,就没对这方面上心,谁知道现在有这么多像你这样的人。"

"我这样的人怎么了?"

"就喜欢买一些美丽的废物。"

"美丽的废物",他这些奇奇怪怪的用词总是能把岑蔚逗笑。

"外包装是产品给消费者的第一印象,就像长得好看的人也会自然而然地受到更多关注,'酒香不怕巷子深'早就是过时的老话了。"

周然"嗯"了一声,认同她的话。

岑蔚抬起头:"如果做成透明的伞呢?再把心橙的每一款饮料画出来。"

周然问:"然后呢?"

"然后把小图一个个地点缀在上面……"岑蔚意识到不对,警惕地看着他,"你是不是想骗我的灵感?"

"我可以付钱给你,你帮我把设计稿画出来。"

"我才不呢。"岑蔚不上这个当,说,"本来我就已经不干设计了。"

"你不喜欢当设计师吗?"

"怎么说呢?"岑蔚叹了口气,"我喜欢设计,或者说喜欢画画,但喜欢的是画我想画的东西,不是画别人想要看到的东西。"

周然点点头。

他们走到路口,坐上车。

雨天车窗的玻璃上起了雾,周然打开空调。

岑蔚刚才淋了雨,被空调的冷风一吹,皮肤上立刻冒起鸡皮疙瘩。

鼻子发痒,她闭眼打了一个喷嚏。

周然伸手把她面前的挡风板向上拨。

"知道今天会下雨,你出门还不带伞?"

岑蔚揉揉鼻子,瓮声瓮气地回答:"不想拿太多东西嘛。"

"回家后先去洗个澡。"

"哦。"

浴室里弥漫着一股雾气。

热水浇在身上,驱走寒意,皮肤上的毛孔都舒张开来。

岑蔚顺便洗了头,把头发吹到半干时,周然在楼下喊她吃晚饭。

"好香啊。"她一边下楼一边说。

周然煮了一锅番茄菌菇肥牛,靠近岑蔚的桌面上还有一碗凉拌三文鱼。

"饭还要等几分钟才好,你先吃菜吧。"周然说。

餐桌上有两瓶果酱,岑蔚拿起一瓶果酱看了看:"这就是你们公司的橙子酱?"

"嗯。"

岑蔚拧开瓶盖,用筷子蘸了一点儿果酱放进嘴里。

味道不错,酸甜清爽,她能尝到果肉粒,而且就这么干吃果酱也不会觉得太腻。

岑蔚打量着瓶身的包装,意外地发现这还是助农产品,问周然:"心橙是一直和这个果园合作吗?"

"对。"周然坐到她的对面,"纪清桓那时候跑了很多地方,最后选了秭归的这一家,门店里用的所有橙子都是那边供应的。"

"哦。"岑蔚若有所思地点点头,把果酱放回桌子上。

到了晚上,外面的雨声又大了起来,看样子雨是要下一整夜。

吃过饭,周然去楼上洗澡。岑蔚把餐桌收拾干净,切了一碗杧果。

他们今晚要看国内的一档明星推理综艺。

"这个给你。"岑蔚用一只手端着水果,把一袋薯片抛到周然的怀里,"低卡的,我在超市里尝了,味道还行。"

"鳕鱼肉口味的薯片?怎么听起来这么像黑暗料理?"

"反正比你的全麦面包和杂粮粥好吃。"岑蔚盘腿在沙发上坐下。

看国内的探案节目就轻松多了,遇到烧脑的剧情她不用紧盯着字幕,而且也能很快就反应过来某些笑点。

岑蔚叉起一块杧果,递给身边的人。

周然垂眸看了一眼,低头咬住杧果。

"我要吃薯片。"岑蔚向他摊开手,眼睛还盯着电视。

周然把薯片袋放在她的手上。

过了一会儿,岑蔚觉得有些冷,伸手把被子摊开。

她盖住自己的双腿,把被子的另一角放到周然的身上。

节目里有一首旋律瘆人的童谣,时不时地播放一遍,歌词让人细思极恐。

随着搜证环节的深入进行,越来越多的线索被找到,真相却更加扑朔迷离。

窗外有淅淅沥沥的雨声,岑蔚蜷缩身体抱住自己,全神贯注地盯着电视屏幕。

周然和她不同,只害怕悬疑片里那些血腥场面,并不害怕这种被刻意营造出来的恐怖氛围。

他察觉到岑蔚在不知不觉地向他靠近。原本他们坐在长沙发的两侧,但现在她就快挨着他了。

她战战兢兢的,像一只随时会受惊的兔子。

看她这样,周然生出一个坏心思,抱着手臂靠在沙发上,冷不丁地转过头,朝岑蔚的耳边轻轻地吹了一口气。

"啊!"她立刻尖叫一声,从他的身边躲开,捂住自己的耳朵。酥麻的痒意从耳朵上蹿过脖子,一直延伸至后背上。

"你……"岑蔚忍不住想说脏话,生气又无奈,用拳头捶着他的胳膊,"你几岁呀?"

恶作剧得逞,周然低声笑起来,肩膀一抖一抖的。

"你给我等着。"岑蔚揉揉耳朵,咬牙撂下狠话。

周然还是笑。她很少见他笑得这么开心。

岑蔚深吸一口气,目光重新回到屏幕上。想到刚刚激烈的反应,她自己都觉得好笑。

碗里还有最后一块杧果,周然把叉子递到她的嘴边。

岑蔚咬住杧果,叉子被周然放回瓷碗里。

她想起他们下午讨论的那个问题。

岑蔚并不羡慕桑妍一家人,不是每一个女人都渴望拥有温柔体贴的丈夫和乖巧可爱的孩子。

她觉得现在就很好。

她从来没有和另一个人相处得这么轻松愉快过。

她甚至想:如果人类一定要选择一个伴侣共度余生,抛却爱情基础和物质条件,她会毫不犹豫地选择现在身边的这个人。

天哪,岑蔚自己都感到震惊。

周然什么时候成了她的第一选择?

这两天岑蔚的睡眠质量出奇地好。她十二点前就能睡着,一觉睡到天亮。

清早她洗漱完,一边扎着头发一边下楼。

厨房里亮着灯,周然正在准备早饭。

她想起昨晚的事,带着一抹笑容脱下拖鞋,放轻脚步,屏住呼吸,小心翼翼地走进厨房里。

周然正背对着她在灶台边熬粥,油烟机"轰轰"地响,响声掩盖了其他声音。

岑蔚提起一口气，踮起脚，悄悄地凑到周然的耳边，尖着嗓子轻飘飘地唱："叮咚，我有一个秘密……"

"啪"，某人心跳骤停，一个激灵把手里的半瓶糖都倒进了锅里。

"悄悄告诉你……"岑蔚看看锅里的南瓜粥，又看看周然，声音越来越小。

周然维持着原本的姿势，闭上眼深吸一口气。

岑蔚预感到大事不妙，拔腿就跑，飞快地逃离厨房。

"我熬了一个小时。"周然在厨房里吼。

岑蔚停下脚步，转身朝他鞠了一个躬，继续往楼上跑。

直到楼下响起关门声，岑蔚才敢下楼。

餐桌上摆着一碗南瓜……南瓜糊，后来周然应该又加了水稀释，反正它已经不能算是粥了。

岑蔚吃着早饭，在工作群里问今天谁在办公室。

李悦恬：不知道其他人在不在，但老大肯定在。

李悦恬：咋了？

岑蔚：为了完成心橙的稿子，我需要抓一个会画水彩画的小朋友。

李悦恬：那你找小茗，她会。@袁思茗。

岑蔚又找袁思茗私聊，和她约了一个时间在工作室里见面。

之前他们进行头脑风暴的时候，就有人提出过"春夏秋冬"四联画的创意。只是当时他们觉得那样的方案跟心橙的品牌缺少契合度，就没采用那个方案。

昨天岑蔚看到周然带回来的橙子酱，又听他说起心橙和秭归脐橙的合作，脑海里冒出一个灵感来。

春日的新芽、盛夏的繁花、丰收之时的累累硕果、最后酿成的橙子果酱，包装上一共有四款图案，整体以绿色、白色、橙色为主色调,用水彩画演绎出四季的变迁。这样的图案不仅能宣传心橙的助农合作,寓意也好。

会议室里,袁思茗听完她的思路,点点头说:"姐,我知道你要什么感觉了。"

岑蔚双手合十,问:"能在下周一前画完给我吗?我让景总给你加钱。"

袁思茗爽快地答应:"没问题。"

"说我什么呢?"景慎言端着咖啡杯,出现在会议室的门口。

岑蔚回过头,对他说:"小茗周末要给我加班,你记得给她打钱。"

"行,知道了。"

景慎言走进来,问岑蔚:"最近过得怎么样?"

岑蔚笑着回答:"挺好的。"

袁思茗很有眼力见儿,默默地收拾东西出去,给他们俩留下说话的空间。

"吃午饭了吗?"景慎言问。

"还没。"岑蔚拿起自己的肩包,大方地说道,"走吧,我请你吃饭。"

景慎言笑了:"你怎么把我的台词抢了?"

"因为我知道你要说这句话。"

外面在下雨,天空阴云密布。

景慎言和岑蔚分别撑着一把伞,步行去附近的小餐馆。

这家店由于饭菜好吃又实惠,在这一带很有名气。尽管老板扩张了两次店面,他们每次来吃饭时还是要排队。

他们到那里的时候刚好有一桌人起身。景慎言掀开垂帘,让岑蔚先进去。

老板娘手脚麻利地清理好桌子,问他们俩要吃什么菜。

岑蔚不用看菜单，熟门熟路地报了两三个菜名，又要了两碗饭。

"这好像还是我们俩第一次单独吃饭。"她对景慎言说。

对方"嗯"了一声。

"我就是在这里吃饭时第一次知道你有男朋友的。"

岑蔚抬眸，一时间不知道该接什么话。

以前白朗睿经常会来接她下班，不忙的时候中午也会抽空见她一面。

景慎言大概是那时候看见了他们。

景慎言说："他看起来挺稳重的，对你也很好。"

岑蔚抽了一张纸巾擦拭桌上的水渍，用轻松的语气开玩笑："那天你是不是哭得很伤心啊？"

"怎么可能？"景慎言说，"我又不是小孩子，想要的就一定要得到。"

岑蔚轻轻地点头。

"我可以问你一个问题吗？"

景慎言提出条件："那等你问完，我也有一个问题。"

岑蔚答应："行。"

"我想知道，你为什么会喜欢我呀？"岑蔚问，既觉得好奇，又想求证某些事情。

景慎言把手臂交叉抱在胸前，想了想说："因为你对谁都很好，很积极乐观，大家都想和你做朋友。"

岑蔚点点头，这些理由和她猜测的理由差不多。

可是有人偏偏就讨厌她这一点。

"到你了。"

景慎言问："你为什么和他分手了？"

这是一个出乎意料的问题，岑蔚愣了一下，抬起头用笑容掩饰尴尬:"那些事都过去了,你怎么突然问这个?"

景慎言猜测:"他做什么对不起你的事了吗?"

岑蔚摇头:"没有。"

"你做什么对不起他的事了吗?"

岑蔚还是摇头。

景慎言说:"你们之前感情很稳定,所以我很好奇,以前还以为会收到你们的结婚请柬。"

老板娘把水煮肉片端上桌,这给了岑蔚喘息的机会。

发现她的情绪变得低落,景慎言觉得她应该是有什么难言之隐,说:"当我没问过那个问题,吃饭吧。"

岑蔚拆着一次性餐具,轻声开口:"我也这么觉得。"

"嗯?"

岑蔚抬起头:"我以前也觉得会和他结婚。"

她把木筷掰开,刮了刮上面的小刺。

把有些话憋在心里久了,她能找个机会把它们说出来也是好的。

"那天是中秋节,他的单位发了月饼,晚饭是我做的。他平时基本不喝酒,那天没喝两杯就醉了。他说了很多话,说想结婚了,说未来的规划,说他很爱我,会一直爱我。我听着他的话,却一点儿都不开心。他说他要努力升职,说会好好地照顾我,甚至连小孩的名字都开始想了。"说到这里的时候,岑蔚笑了笑,"可我想象不出他说的那些温馨的画面,心里有个声音一直在说——不,他在骗你。等你们结了婚、有了孩子,他就会嫌弃你,可能还会出轨。他才没有他所说的那么爱你。"

"奇怪吧?我也不知道自己怎么了。有些人害怕向别人承诺什么事,我呢,就害怕听到别人的承诺。后来,感情慢慢地就变淡了,他提了分手。"故事急转直下,岑蔚匆匆地画上句号。

景慎言问:"你把这些话告诉过他吗?"

岑蔚摇头:"我想过告诉他。但我怕说了这些话,他又会说'没关系,我会用行动证明给你看的,你要相信我'。"

"我不想相信他。"她夹起一块水煮肉片,自嘲地说道,"我觉得我是没办法和男人结婚了。"

景慎言没说话。

岑蔚被辣得吸了吸鼻子:"所以呀,你看错了,其实我一点儿都不积极乐观。"

景慎言似乎是想说什么话,动了动嘴唇。

"要喝冰可乐吗?"他最后只是问了这一句。

小雨一直没有停,和景慎言一起吃完饭,岑蔚就坐地铁回到了公寓里。

她中午吃的是麻辣的东西,回到家里还觉得嘴唇是麻的。

岑蔚把一块薄荷黑巧克力丢进嘴里,给自己降降温。

她换上T恤和运动裤,好几天没拖过地了。

擦茶几的时候岑蔚发现上面有一个信封。以为那是快递盒里附赠的卡片,她把它拆开看了看,里面居然有一张船票——而且还是江城两江豪华游轮行的船票。

岑蔚赶紧把船票塞回去,把信封放到一个显眼的地方。

傍晚,周然准时下班回到家里。

岑蔚正在厨房里煎三文鱼,电饭煲里焖着香菇鸡腿饭。

"回来啦?"岑蔚朝他扬起一个大大的笑容。

周然脱下西装外套,把它随手搭在椅背上:"南瓜粥甜吗?"

岑蔚夸张地说道:"甜,比初恋都甜。"

"对了,那个信封是你的吧?我今天差点儿就把它扔了。"

"嗯。"

岑蔚问他:"你要去江城玩吗?"

周然回答:"不是去玩,心橙下周举办周年庆,公司要开年会。"

岑蔚难以置信地张大嘴巴:"年会在游轮上办?你的公司还真是财大气粗哇。"

周然问:"你羡慕吗?"

岑蔚扒拉着自己的下眼皮,做了一个鬼脸:"我都嫉妒得眼红了。"

周然被她的举动逗笑:"你想去吗?"

"那当然想啊。"

"我明天去找夏千北再要一张票。"

岑蔚眨眨眼睛:"什么意思?你要带我去?"

周然点头:"你不是想去吗?"

"不是。"岑蔚一下子不知道说什么话了,问,"这是你们公司的年会,我去不太好吧?"

"我的助理有事不去,而且……"周然顿了顿,说,"活动本来就可以带家属的。"

岑蔚想了想,还是拒绝:"算了吧,下周我应该就能把设计稿给你。要是稿子没问题,周末我就回山城了。"

周然问她:"你找到新工作了?"

"没有啊,还没开始找呢。"

周然又问:"你很着急回去?"

岑蔚摸着脖子摇摇头:"倒也不是很着急。"

"那为什么不去?机会难得,就当是去旅游了。"

岑蔚本来就觉得心动,听他这么一说就更心动了,问:"那我去?"

"去。"

这下岑蔚快乐了,搓搓手,兴奋起来:"是不是还要穿那种晚礼服？"

"嗯，听说纪清桓还找了一个乐队。"

看她一副浮想联翩的样子，周然打了一个响指，提醒她："饭好了吗？"

"哦，好了好了。"岑蔚一秒被拉回现实中，去厨房里盛饭。

餐厅里的灯光有些暗，不知道是不是因为灯泡老旧。

岑蔚用刀把三文鱼切成小块，对周然说："你尝尝，可能有点儿咸。"

周然用筷子夹了一块三文鱼。

"不咸，正好。"

"要不要喝酒？"

周然抬起头。岑蔚的眼睛亮晶晶的，她就等着他点头。

"好。"

岑蔚立刻站起身，从柜子里拿出她上次买回家的一对高脚杯。

周然无奈地叹口气："你到底买了多少杯子？"

"反正都用得上。"

家里只有一瓶红酒。红酒还是上次骆晓蕾送给周然的。

"有醒酒器吗？"

"好像没有。"

"那算了，将就一下。"

岑蔚把杯子洗净，倒酒的时候问周然："后来你还找过她吗？"

"谁？"

岑蔚举了举手里的红酒。

"哦，我还了她两张音乐会的门票。"

岑蔚把酒杯推到他的面前："你是和她相亲相得不顺利吗？"

"还好吧。"

"那我怎么感觉你对她没什么兴趣？人家又漂亮又有钱，还专程来给你送酒。"

周然吃着米饭，回答："我和她不是一个世界里的人。她现在和纪清桓的另一个朋友在一起了。"

岑蔚低下头，用勺子往嘴里塞了一口饭。

过了一会儿，她问："那你觉得我们是一个世界里的人吗？"

周然抬起眼皮，换了一只手拿筷子，然后抬手屈指，做了一个敲门的动作。

"请问这里是有一堵次元壁吗？"

岑蔚愣了一下，明白他的意思后舒展眉目笑了起来。

"我觉得你越来越有趣了。"岑蔚最近胃口很好，大口地吃着饭，说，"周然，我们一直做好朋友吧。"

"不要。"周然说得很干脆。

没想到这也能被拒绝，岑蔚的自尊心受到了打击。她说："不要就算了。"

她端起酒杯抿了一口酒，被酸得皱起眉头："果然还是要醒一下酒，好涩。"

周然说："我明天下班后去买醒酒器。"

"雨什么时候停啊？"岑蔚叹了口气，恹恹地说道，"出门也太不方便了，我看这种天气只适合——"

"行凶作案。"周然接话。

岑蔚睁大眼睛，惊讶地说道："你怎么知道我要说什么？"

"因为我也是这么想的。"

岑蔚说："其实，不出门的话，我还是挺喜欢下雨天的。不对，我最喜欢的是阴天。"

周然点头："我也是，阴天最舒服。"

"我讨厌很明亮的光线。"

"我也是。"

岑蔚放慢咀嚼的动作，目光落在他的脸上，心潮难以克制地起伏和波动。

他们确实是一个世界里的人。

岑蔚收回目光，低头吃饭时翘了翘嘴角。

周然好像不太会喝酒，没喝两口酒脸就开始泛红。

岑蔚问他："你不会是'一杯倒'吧？"

"喝一杯就倒还不至于，我还是能喝两杯的。"周然把手背贴在发热的脸颊上。

岑蔚伸长手臂拿过他的杯子，把酒全部倒进自己的杯子里："你别喝了，明天还要上班。"

"我不喜欢喝酒。"

终于找到他们的不同点了，岑蔚说："我很喜欢喝酒。"

"那你多喝点儿。"说完周然又摇摇头，"不，还是少喝点儿。"

"不是吧，周然？"岑蔚乐了，问，"真醉了呀？就喝了这么点儿酒？"

周然否认："没有。"

"你去坐在沙发上缓缓吧。"

他们吃饭吃得差不多了。岑蔚站起身清理桌面。

周然没听她的话，帮她一起收拾桌子。

岑蔚把碗筷拿进厨房里清洗，没过一会儿就听到外面响起玻璃碎裂的声音。

她一愣，赶紧放下手里的碗，出来查看情况。

"怎么了？"

周然站在餐桌边，挠挠脑袋："我没放稳。"

高脚杯被摔得四分五裂，红酒流淌在瓷砖上。

"对不起。"他低声道歉。

"没事。"岑蔚抽了几张纸巾,蹲下来把大块的碎片捡走。

周然也在她的身边蹲了下来,一只膝盖磕在地板上。

岑蔚没来得及阻止他,就怕他会磕到玻璃的碎渣。

"你是不是生气了?"周然歪着脑袋看她。

"没有哇,就一个杯子而已。"

"你生气了。"周然自顾自地点了一下头。

岑蔚加重语气说:"我真的没有生气。"

周然低声喃喃地说:"你又这样。"

岑蔚觉得好笑,问:"我哪样?"

"高中的时候。"周然叹了口气,慢悠悠地说,"我把你的水杯打碎了。"

岑蔚眨眨眼,记不清有这回事了。

"当时你也是说没事。"周然抬眸看她,"那时候我就很想知道。"

周然现在的语速太慢了。岑蔚迫不及待地追问:"想知道什么?"

"你是不是在心里偷偷地骂我?"

岑蔚摇摇头:"没有。"

她又补上一句:"起码刚刚没有。"

周然问:"那你在想什么?"

岑蔚不假思索地回答:"想你有没有受伤。"

头顶淡黄色的灯光十分柔和,岑蔚的长发从脸颊边滑落。

周然盯着她的侧脸发呆,情不自禁地伸出手,替她把那缕恼人的头发捋到耳后。

手掌无意中蹭到了她的脸,周然哑着嗓子说:"你的脸好烫。"

岑蔚用餐巾纸包起玻璃的碎片,面无表情地反驳他:"是你的手烫。"

"去洗澡睡觉吧，周然小朋友，别再给姐姐闯祸了。"

岑蔚越过他，去拿立在墙边的扫帚。

被他碰到的那一小块皮肤有点儿发麻，泛起痒意，岑蔚强忍着不去碰它。

呼吸不知怎么就乱了，她不自觉地收紧手指。直到掌心被尖锐的物体刺到，她才赶紧放松手指。

雨季快结束吧。

潮湿闷热的空气让人的心里也黏糊糊的。

周末，袁思茗把画好的底图发了过来。

小姑娘的悟性很高。岑蔚看了以后觉得很满意，立马投入排版制作的工作之中。

周二周然下班回来后，岑蔚把新的设计方案拿给他看。

他粗略地扫了它一眼，说："果然。"

岑蔚不解地问："嗯？"

"那天你问我橙子酱的时候，我就猜到你要把它作为元素。"

岑蔚咬了一下嘴唇，轻声问："那你这次还满意吗？"

"嗯。"周然翻了一页，看局部细节的展示。

"嗯？没别的了？"岑蔚不高兴了，说，"你挑我刺的时候一句接一句地说，夸我的时候就说一'嗯'吗？"

周然合上文件夹，无奈地叹了口气，说："我既满意又喜欢，你真棒。你就是缪斯转世。"

他说得毫无感情。但岑蔚听得很开心，说："这还差不多。洗手吃饭。"

如此一来，她把最后一桩心事也放下了。

岑蔚呼出一口气，心情却没能完全放松下来。

墙角处的快递箱已经堆了十多天了。原本她早就该把它们寄出去，但这几周来家里属于她的东西只多不少。

现在她要打包行李，还真不知道要从哪里下手。

吃饭的时候，周然对岑蔚说："我明天会晚点儿回来。"

"哦，我也是，明天下午要出门。"

周然问她："你去哪里？"

岑蔚回答："东风路那边。"

周然点点头："那到时候我去接你吧。"

"好哇。"

天气终于放晴了。也许是被漫长的雨季压抑了太久，今天街道上年轻的姑娘们都穿上了漂亮的夏装。

岑蔚也忍不住翻找出一件碎花连衣裙穿上。白天阳光灿烂，温度适宜，但到了傍晚太阳落山，晚风还是凉飕飕的。

她站在路口，抱着胳膊，时不时地搓搓手。

没过多久，黑色 SUV（运动型多用途汽车）停在路边，鸣了一声喇叭。

岑蔚拎起脚边的纸袋，走过去拉开副驾驶的车门。

周然问她："吃饭了吗？"

"还没。"岑蔚系好安全带。

"我也没吃饭，要不吃了再回去？"

"好呀。"

"哦！你想不想吃牛肉面？"岑蔚说，"我知道有一家味道还不错的餐馆。"

"行。"周然把自己的手机递给她，"导航。"

岑蔚接过手机，解锁屏幕——周然竟然没有设置锁屏的密码。

她输入目的地，调高音量，机械的女声在车内响起。

面馆在公寓的附近，就是之前岑蔚点过外卖的那家店。

下车的时候，周然把自己放在后座上的外套也拿了下来，递给岑蔚。

岑蔚之前没有说过自己冷,愣了一下,说:"谢谢。"

岑蔚一走进店里就闻到了空气里的肉香味,摸了摸肚子,说:"饿死我了。"

周然问她:"下午你干什么去了?"

"就是逛街。"

"哦。"

岑蔚点了一碗双椒麻辣牛肉面。周然要了清汤牛肉面。

店门又被推开,走进来三四个年轻的男孩。他们都穿着运动装,其中一个人抱着篮球。

他们说笑打闹,青春的气息扑面而来。

岑蔚下意识地挺直了背,直勾勾地盯着他们。

周然顺着她的视线看过去,皱了一下眉头。

岑蔚清清嗓子,连坐姿都变得拘谨起来。她还从包里摸出一支口红。

"都快吃饭了。"周然说。

岑蔚举着手机涂口红,抬眼瞪他,用口型说:"你别管我。"

她捋了捋头发,随手把口红塞进外套的口袋里。

周然抱着手臂,看着她这一系列的操作,出声问:"需要我现在站起来大喊一声,我们俩只是拼桌的吗?"

岑蔚知道他不会这么干,放心地撺掇他:"需要,你喊吧。"

周然把脑袋转向一边,不搭理她了。

岑蔚平时吃饭吃得很快,所以也容易积食。

周然好几次想说她了,但又怕她生气,怕她又说他喜欢对她的生活习惯指指点点。

今天他算是知道了,其实岑蔚也是可以细嚼慢咽的——她吃饭的时候,往她面前放四个体育生就行。

"饱了？"

"饱了。"岑蔚抽了一张纸巾擦嘴，"等等，我再补一下口红。"

"别补了，人家早走了。"

"啊？"岑蔚抬起头往旁边看了一眼，那张桌真的空了。

她失望地拿起自己的包："那咱们走吧。"

周然叹着气摇摇头。

车子在公寓楼前停下，走进电梯时他们分别提着一个纸袋。

岑蔚扭头瞄了一眼，问："你买参加年会时穿的西装了吗？"

周然回答："没有，反正西装都一样，衣柜里还有很多能穿的衣服。"

"哦。"岑蔚暗自松了一口气。

"你去买裙子了？"这次轮到周然发问。

岑蔚摇头："没有，我那里有一件小黑裙能穿。"

"嗯。"

岑蔚一回家就直接上了楼。几分钟后，她站在二楼的扶梯边朝下喊："周然，你上来一下。"

周然抬头看了一眼，放下手里的东西，走上楼梯。

岑蔚就站在楼梯口处等他，分别用两只手拿着两件衣服，伸直胳膊向他展示："当当当当！"

那是一套灰绿色的单排扣西装，有着威尔士亲王的暗格，稳重内敛又不显得太过沉闷。

"来不及定制，这是成衣，但我是照着你的尺码买的，应该合身。"岑蔚从西装后探出脑袋，"怎么样？喜欢吗？"

"嗯。"周然摸了摸额头，点点头，又说，"喜欢。"

"喜欢就好。"岑蔚笑着说，"我就怕你已经买好了。"

"下来。"

"嗯？"

周然重复一遍:"跟我下来。"

岑蔚把西装挂回挂烫机上,跟在他的身后走下楼梯。

周然拆开纸袋上的蝴蝶结,里面是一只鞋盒,黑色的 Logo 上印着三个叠加在一起的字母。

岑蔚的心脏有一刹那停止跳动。

"我不太懂这些,所以是麻烦我老板找他的女朋友帮忙挑的。"周然打开盖子,把鞋盒递到她的面前。

里面躺着一双漂亮的高跟鞋,高跟鞋有着尖头和漆皮,侧面缀着一片金色的叶子。

"试试?"周然说,声音很轻。

岑蔚睁大眼睛眨了眨,点点头。

他单膝跪在瓷砖上,拿出高跟鞋放到她的脚边。

岑蔚抬腿踩上高跟鞋,周然替她系好搭扣。

鞋跟又细又高,岑蔚差点儿站不稳。周然站直身子,伸手扶住她。

"谢谢。"岑蔚低着头,轻声说。

周然回应:"也谢谢你。"

"不过,周然……"岑蔚吸了一下鼻子,抬起头,故作严肃地说道,"你以后千万别买鞋送给你的女朋友,知道吗?"

"为什么?"

"寓意不好,她会从你的身边逃走的。"

周然不认同这种说法,说:"那为什么不可以理解成这是为了让她更好地走向我呢?"

"好吧。"岑蔚被他说服,说,"你说的话很有道理。"

她眼巴巴地望着周然:"你真的不和我做好朋友吗?"

周然扶着她到沙发上坐下,反问她:"你是小学生吗?天天找人做你的好朋友。"

岑蔚低下头，抿嘴偷笑。

其实她很怕收到礼物。惊喜只是一瞬间的事，她会对怎么回礼、回什么礼苦恼很久。

这是岑蔚第一次收到别人的礼物，礼物既完美地迎合了她的喜好，又没给她造成任何负担感。

她送周然西装是想感谢他带她参加年会。他们这几天也相处得很愉快。他是一个好室友。周然送她高跟鞋大概是为了上次她在酒店里帮他的老板脱身的事，抑或是为了答谢她设计了心橙的新包装，总之有那么一个原因。

他们默契地选择了在这个时间点送出礼物，一来一往，互相扯平。

"这是我人生中第一次收到高跟鞋。"

周然说："以前也没人给我送过西装。"

岑蔚舍不得脱下高跟鞋，跷着脚反复地欣赏它。

她对周然说："我之前给那家西装店设计过方案，老板人不错，下次你可以去定制一套西装。"

周然给自己倒了一杯水："我没事定制西装干什么？"

岑蔚说："可以结婚的时候穿啊，你也老大不小了，快该结婚了。"

周然拧开瓶盖，见她的眼睛都快粘在鞋子上了，忍不住说："你是打算穿着它睡觉吗？"

直男就是喜欢破坏气氛。岑蔚瞪他一眼："嗯，我还打算穿着它进棺材。"

周然走过来，抓起她的手腕敲了三下茶几的木腿："别乱说这种话，不吉利。"

"哦。"岑蔚问，"那你拿恐怖片的海报做头像就吉利吗？"

周然反应过来。她说的是他的微信头像——那张《林中小屋》

的海报。

"我只是想要一个那样的地方。"

岑蔚皱眉:"藏着杀人魔的深山老林?"

"不是。"周然解释,"就是一个没有人的地方,最好空气湿冷,周围有很多植物,可以躺在里面睡一整天的觉,不用和别人说话,什么事都不用干。"

岑蔚评价道:"你这也太自闭了。"

"我也就那么想想。"周然起身,"我先去洗澡了。"

"哦。"岑蔚又去看高跟鞋的鞋面。

周然笑着摇摇头,一边上楼一边想:那小子究竟是怎么对她的?

她都二十八岁了,收到一双高跟鞋还能开心成这样?

第八章
玻璃糖纸

去江城的机票是周然的公司统一买的。坐上飞机的时候岑蔚才想起来问:"你怎么和公司说的呀?"

"说什么?"

岑蔚拿手指了指:"我们俩的关系。"

"哦,我说你是来代班小张的。"

岑蔚眨眨眼睛,难以置信地说道:"你说我是你的助理?"

周然点头:"对呀,怎么了?"

岑蔚摇摇头,不作声了。

坐这趟班机的人大多数是周然的同事,已经有好几个人来和他打招呼了。

今天是周五,周然还有一些工作没处理完,正低头专注地看平板电脑。

空姐拿来两杯饮料。岑蔚接过饮料,把它递给周然时故意低眉顺眼地说道:"周总,您的咖啡,小心烫。"

周然抬眸看看她,觉得她有些莫名其妙。

审查完一份报告,周然端起纸杯抿了一口咖啡。

速溶拿铁温热,味道微苦,电光石火间他明白了。

岑蔚坐在他的旁边,咬着塑料吸管玩单机游戏。

周然清清嗓子,歪过脑袋,在她的耳边低声解释:"说别的话他们会八卦,我总不能说你是我的妹妹吧。"

岑蔚嘀咕:"还不如妹妹呢。"

周然放下平板电脑,问她:"需要我现在站起来大喊一声,你是我的'老婆'吗?"

这次岑蔚慌了,伸手压住他的胳膊:"你疯啦?"

情急之下她说话时没控制好音量,旁边的乘客看过来。

岑蔚赶紧压低声音,对周然说:"直接说我是你的朋友不行吗?"

"朋友?"周然眨了一下眼睛,明白过来,"对呀,我可以说你是我的朋友。"

岑蔚翻着白眼:"你这个笨蛋。"

周然板起脸:"辱骂上司,你被开除了。"

岑蔚立马换上一个谄媚的笑脸,说:"拜托等下了游轮再开除我。"

他们下了飞机,有专车接他们去轮渡的码头。

江城今日的天气十分晴朗,车窗外掠过一片蔷薇花墙,岑蔚赶紧拿出手机取景拍照。

"你以前来过这里吗?"她重新坐直,低头查看刚刚拍好的照片。

周然答:"没有,这是我第一次来。"

"我也没有来过。"岑蔚说。她的眼睛黑白分明,眼瞳因为心情愉悦而亮晶晶的。

汽车停靠在码头旁，眼前的景色变得开阔起来，江畔的风是湿润的，江面上映着落日的余晖。

他们跟随大部队前进，一路走到检票口。

周然察觉到岑蔚脸上的笑容藏都藏不住。她走路都恨不得蹦跳着走。他忍不住好奇地问："你为什么这么兴奋？"

"那是游轮。"岑蔚语气轻快地笑着说，"你没看过《尼罗河上的惨案》《恐怖游轮》，还有《幽灵船》吗？这种地方最适合发生凶杀案了。"

"……"周然感觉背后有一股凉风吹过。

"我现在下去还来得及吗？"他问完作势要转身。

岑蔚一把拽住他："走啦。"

进船舱前，周然听到头顶上传来熟悉的声音。有人在喊他的名字。

他扬起脑袋，看见纪清桓一行人站在二楼的甲板上。

岑蔚也停下脚步，顺着周然的目光向上看。

四五个男人并肩站在一起，或倚着栏杆，或搭着旁边人的肩膀，个个都丰神俊朗，画面很是养眼。

岑蔚看着他们，嘴角不自觉地就往上扬。

"快上来，就差你了！"夏千北朝周然挥手。

"知道了。"周然应了一声，低头收回目光，迈步走进船舱里。

"他们不是和我们一起来的吗？"岑蔚问周然。

"嗯，他们昨天就过来了。"

"那你怎么不提前过来？"

"我……"周然顿了顿，说，"有工作要处理。"

"哦。"岑蔚点点头。

游轮上的工作人员递给他们房间的钥匙。他们俩的房间挨着。

放好东西，周然喊她去楼上的餐厅里吃饭。

"你不去找你老板他们吗？"岑蔚绑着麻花辫问。

"他们自己有的玩，走吧，你中午都没吃饭。"

这里不愧是豪华游轮，西餐厅里居然还供应惠灵顿牛排。

岑蔚用叉子卷起意面。她是真饿了，这会儿吃什么东西都觉得香。

周然坐在她的对面，没怎么动桌上的菜，只是一个劲地喝水。

"你不饿吗？"岑蔚切了一小块牛排，把叉子递给周然。

"你吃吧，我不饿。"

"好吧。"她收回手，把牛排塞进自己的嘴里。

第一天没有什么正式的活动，晚上七点半会有乐队在三楼的大厅里唱歌。

岑蔚想去听乐队唱歌，但周然对此表现得兴致缺缺。

"你晕船吗？我带了药。"

"不是。"周然说，"我只是不喜欢人多的地方。"

岑蔚叹了口气。他果然是个重度社恐。

"那我去了？"

"嗯，去吧。"

岑蔚走出去几步又走回来，从自己的房间里拿出一包鳕鱼肉口味的薯片丢给周然："幸好我把它带来了。"

游轮上信号不好，周然看不了在线视频，幸好平板电脑里有他提前下载好的动漫。

外面传来来来往往的脚步声，他一个人窝在房间里看《名侦探柯南》的剧场版，拆开薯片的包装，吃了两片薯片就觉得腻了。

这东西果然还是分享着吃才香。

不到一个小时，岑蔚就回来了，手里提着打包袋。

她一进门，看到周然躺在床上看动漫，忍不住翻了一个白眼，说："你不去楼上看你们公司的漂亮妹妹，在这儿看小学生破案？"

周然问："你怎么这么早就回来了？"

岑蔚把打包袋放到桌上："这个海鲜粥很好喝，我发微信问你要不要买，你也没回我消息。"

周然拿起手机看了一眼，说："我刚刚没看到消息。"

"来吃吧，你的老板看见我还问我你去哪儿了。"岑蔚把勺子擦干净递给他，"你也多出去走走，难得来游轮上玩。"

周然走过去坐下，接过勺子："我不想去，到哪里都得应酬。"

岑蔚看他一眼，发出质疑："你到底是怎么坐上主管这个位置的？怪不得她们喊你叶……"

"叶什么？"周然喝了一口粥，味道是鲜，但对他来说有点儿太咸了。

岑蔚屏住呼吸摇摇头："没什么。"

好在周然没继续问下去。

岑蔚在床尾处坐下，不动声色地把话题扯开："对了，舒欣要结婚了，你打算送她什么呀？还是直接包个红包？"

手里的动作一顿，周然抬起头疑惑地问："舒欣要结婚了？"

他眨眨眼睛，又问："你是怎么认识她的？"

岑蔚指着天花板："我刚在楼上认识她的呀，你不知道她要结婚了吗？她的第一条朋友圈就是婚纱照。"

周然蹙眉："她有朋友圈吗？"

岑蔚猛地反应过来，用手捂着嘴，小心翼翼地看了周然一眼。

他大概也懂这是怎么回事了。

岑蔚安慰他："也没什么，领导被下属屏蔽朋友圈很正常的。"

周然问："你屏蔽景慎言了吗？"

"那倒没有。"岑蔚实话实说。

周然冷笑了一声。

岑蔚咬了咬下唇,开口说:"所以我让你多出去走动嘛,你老沉浸在自己的世界里,平时又喜欢板着脸,他们不喜欢你是难免的。"

周然一下子抓住了话里的重点,问:"他们不喜欢我?"

岑蔚闭上眼睛,拍了一下自己的嘴巴,匆忙地解释:"不是,他们是眼红你——你来心橙不到三年就当上了主管,纪清桓又那么器重你。"

"你是怎么知道的?"周然放下勺子,把胳膊搭在椅背上,面朝着她问,"你才上去一个小时,就打进我们公司的内部了?"

岑蔚勾起嘴角朝他笑了笑。

这件事她还要感谢张雨樱。

岑蔚上楼之后随便找了一张空桌坐下,听到旁边的人在说什么"践妃""世兰""皇上"。

一开始她也没多心,但听着听着总觉得他们不是在单纯地聊电视剧。

想起张雨樱曾经告诉她周然在公司里的代号叫"叶澜依",岑蔚就隐隐约约地懂了。

她往那边坐了坐,打断他们:"你们是在说周主管吗?"

众人纷纷把目光投向她,见她是个生面孔都没什么反应。

岑蔚赶紧介绍自己:"我是新来的助理,来给雨樱代班的。"

"哦。"见她是自己人,他们热情地招呼岑蔚加入讨论。

她就这么被拖入群聊,听见了新鲜的八卦。

"其实,你的员工人都很好,你以后多和他们交流交流,他们就会喜欢你啦。"岑蔚对周然说。

周然没喝两口粥就盖上盖子,重新坐回床上,冷冰冰地丢下一句:"用不着。"

岑蔚耸了一下肩，凑过去问："你在看哪一集呀？"

周然点击播放键，回答："新出的剧场版。"

"我也要看。"

周然往里面挪了挪，给她让出空位。

岑蔚把枕头竖起并垫在背后，随手拿起旁边的薯片袋。

两个人挨得近，岑蔚的发丝扫过周然的手臂。

他换了一个姿势，把胳膊抱在胸前。

平板电脑放在他们的中间，岑蔚时不时地递给他一片薯片。

半晌，周然轻声开口："我问你。"

"什么？"

"你是在楼上玩得开心还是在这里玩得开心？"

岑蔚抬眸看向他："这没有可比性。"

"单选题，你选一个选项回答就行。"

岑蔚把薯片丢进嘴里，回答："这里。"

她不是为了讨好或安慰周然才这么回答的，而是心里就是这么想的。

楼上人多热闹，但她在这里待着自在，在这里更舒服。

岑蔚说："好吧，逃离社交确实很爽，但你躲不了一辈子。"

周然断然回答："我不需要社交。"

岑蔚蹙眉："你说的话也太绝对了。"

"反正我不在乎别人怎么看我。"

如果放在以前，岑蔚听到这样的话会觉得周然这个人的确孤僻冷漠、以自我为中心，认为他缺少对周边世界和往来人群的感知力。

但现在不一样了，岑蔚开始了解他。

"真的吗？"她淡淡地问。

"嗯。"周然说，"世界上的大部分人不认识你，也有人爱你、关心你,所以被一部分人讨厌怎么了?没什么大不了,好好做你自己就行了。"

岑蔚抬头去找他的目光,望进他颜色偏浅的眼睛里,问:"那你为什么要减肥?你就做高中时那个快乐的小胖子不好吗?"

周然垂眸,没有说话,脸上也没有表情。

气氛冷了下来,只有屏幕里的人物在说台词,夸张的语气和音效在此刻显得有些突兀。

岑蔚收回目光,犹豫着要不要找个借口起身离开。

"我不是为了得到大家的喜欢才减肥的。"周然倏地开口。

岑蔚点点头,小声说:"我知道。"

周然在心里驳斥她:不,你不知道。

没过一会儿岑蔚就说她困了,回了自己的房间。

在江上的第一夜,他们都没有睡好。

第二天中午,周然敲响岑蔚的房门,喊她一起去吃饭。

他看上去一切如常,昨晚的事已经翻篇儿了。

周然又是只喝了两口汤就不动筷子了。岑蔚担心他的身体,问:"你怎么了,胃口这么差?"

也许是心理暗示的原因,她现在觉得周然的脸色也不好。他的脸上没有血色,嘴唇发白。

"没事。"

岑蔚问:"你胃疼吗?"

周然摇头:"真的没事。"

只是他之前习惯饮食清淡了,最近一直陪着岑蔚吃这吃那,胃有些消化不了,这几天他没什么食欲。

岑蔚放不下心。看他吃不下东西,她也没有胃口了,说:"那你不舒服要和我说。"

周然点头,嘴角边带上了笑意。

年会在三楼的宴会厅里举行。晚上六点，宾客们陆陆续续地入席。

受邀的除了公司的员工，还有许多投资人和业界的大拿。

周然听说纪清桓的父亲和兄长也都会到场。

按理说岑蔚的身份是周然的助理，她默默地跟在他的身后就行。但她实在是太不会穿高跟鞋了，上了三级台阶就崴了两次脚。周然实在看不下去，伸出胳膊让她扶住。

"不好吧，我是你的助理。"岑蔚犹疑着说，却没动弹。

"你是和我有地下情的助理，这个身份行了吧？"

岑蔚一时无言以对。

"好吧。"她伸手挽住他的胳膊。

他们一走进大厅里，周然就被夏千北叫走了。贵宾太多，纪清桓一个人应付不过来，需要他们在旁边帮衬着。

高脚杯被递到周然的手里，他还没来得及喝酒，胳膊就被人拽了一下。

岑蔚从他的手里拿走酒杯，对他说："我来喝吧，你的胃不舒服。"

她抬高杯子把酒一饮而尽，黑裙把她的肤色衬得格外白皙，下颌到脖颈的线条十分流畅。

杯口沾上了口红印，岑蔚舔了舔唇角，举起空杯朝众人大方地一笑。

其他人只当她是周然带来的女伴，调侃他说"真有福气"。

但夏千北知道岑蔚是景明的那个设计师，之前为了处理抄袭的事他们俩在公司里打过照面。

夏千北抿了一口酒，看了看周然和岑蔚，明白了一些事。

"我说呢。"他笑容暧昧，拍拍周然的肩，然后去别的地方寒暄。

一晚上,周然该喝的酒全进了岑蔚的肚子里。

她自称酒量好,倒也没说大话。一轮酒喝下来,她面色不改,举止和仪态依旧落落大方。

"我怎么觉得你喝多了之后,穿着高跟鞋反而走得更稳?"周然说。

岑蔚朝他笑,有着黑发和红唇。他鲜少见她打扮得这么明艳动人。她说:"我也这么觉得。"

九点的时候,底下的灯光暗了下来,纪清桓走到中央的舞台上致辞。

周然被叫到前面去了,和其他心橙的高层坐在一起。

岑蔚挨着舒欣她们坐着,听了一会儿纪清桓的讲话,忍不住打起哈欠来。

"那个那个,那个是他哥吧?"旁边的女孩们在交头接耳。

岑蔚凑过去,问:"你们在说什么?"

舒欣给她指了一个方向,悄声说:"看那边,穿黑西装和黑衬衫的是我们老板的大哥纪清河——未来珀可的接班人。"

岑蔚并没有找到她说的那个人,往那个方向看过去时,一眼就看到了坐在那儿的周然,也只看到了周然。

他坐得很靠前,灯光映亮了他立体的五官。

她的眼光果然不错。他穿着那身西装果然好看。岑蔚情不自禁地咧嘴笑起来。

"他帅吧?这才真是九亿少女的梦。"舒欣在她的耳边说。

岑蔚点点头,心不在焉地回应:"帅。"

她正欲收回目光,却不料这时周然转过头,直直地迎上她的目光。

岑蔚偷窥被人抓了个正着,心中一紧。她眨眨眼,先发制人地用口型问:看什么?

她似乎看见周然勾起嘴角笑了一下，然后他收回目光，低头玩起手机来。

岑蔚也下意识地打开手机。

十秒后，她收到一条新消息。

周然：好无聊。

舞台上的人已经换成了夏千北。他不愧是公关部的人，嘴皮子上的功夫一流，宴会厅瞬间变成了他的脱口秀现场，观众席上笑声连连。

岑蔚翘起嘴角，打字回复周然。

岑蔚：这还无聊？下次得让夏总给你演小品看了。

周然：他已经在我的面前读过三遍这篇稿子了。

岑蔚从手机屏幕上抬起头，再一次和周然对视。

他做了一个挑眉的动作。岑蔚明白了。

他们不约而同地站起身，离开观众席走向旁边的侧门。

从宴会厅里溜出来，一路走到开阔的露天平台上，岑蔚深吸一口气，终于解脱了。

江风吹乱了她的头发，甲板上空无一人，远处有零星的灯火，对岸是喧闹的现代都市。

岑蔚站在栏杆边，小心翼翼地张开双臂——没有人站在这里不想做这个动作。

周然把手插在裤子的口袋里，走上来站到她的身后，说："站稳了。"

岑蔚刚要转身，肩膀被他按住："别动。"

他的声音就在她的耳边，低沉有力。岑蔚下意识地缩了缩脖子。

周然把她的长发拢起并绾到一边。

岑蔚问："你要干吗？"

身后的人没说话,很快她就感觉到脖子上一凉,伸手摸到一个双 C 造型的吊坠。

"好了。"周然说。

岑蔚愣愣地转身:"这是什么?"

周然当她是明知故问,说:"项链哪。"

"不是,我是问你为什么要送我项链?"

周然摸了一下眉毛,解释:"你的戒指是被我弄丢的。我很久之前就定制了这条项链,最近才拿到货。"

岑蔚想了想,问:"你是说我上次落在卫生间里的那个戒指?"

周然点头:"戒指是被我弄丢的,对不起。"

岑蔚捂住嘴,"扑哧"一声笑弯了眼睛:"周然,那你血亏呀。"

"那个戒指就是我在淘宝上花三十块钱买的,丢了就丢了呗,我不是说了'没关系'吗?"

周然动了动嘴唇,欲言又止,最后轻轻地笑了一声,无奈地说道:"你每次都说没事,我哪里知道你的话是真的还是假的。"

"我不管。"岑蔚攥着胸口上的项链,"既然你送给我,它就是我的了,你不许把它收回去。"

周然说:"好。"

他的身后是璀璨绚丽的灯光。岑蔚把头发捋到耳后。

她发现,站在周然的身边不仅会显得娇小,还会有一种前所未有的安全感。

也许因为现在她正在江面上,她觉得心脏晃荡着,好似悬在了空中。

"我带你去一个好地方。"岑蔚抓住周然的手腕,提起裙子拉着他回到船舱里。

他们下到一楼。岑蔚站定后松开手。

周然环顾了一圈,有些哭笑不得,问:"你说的好地方就是藏酒室呀?"

"对呀。"岑蔚伸长胳膊从柜子里拿出一瓶洋酒,打量着瓶身说,"你老板私藏的酒肯定都很不错。"

周然"嗯"了一声,说:"价格肯定也很贵。"

"不会吧?"岑蔚摸出手机,拍照识图,"还行啊,这瓶酒才三千块钱,喝得起。"

周然瞪大眼睛,把手指贴在她的额头上:"你是不是喝醉了?"

"才没有。"岑蔚二话不说,用力地拧开瓶盖,说,"就它了。"

她直接对着瓶口喝酒,纤细的胳膊和豪爽的举动形成的反差实在太鲜明。

周然怕她是真的神志不清了,赶紧上前拦住她,想从她的手里拿回酒瓶。但岑蔚把酒瓶攥得紧紧的。

"别闹。"

"我没闹。"岑蔚拉下脸抱怨他,"好不容易出来玩一次,你这人怎么这么没趣?"

周然松开手,后退了一小步,低声说:"你要喝醉了。"

岑蔚穿久了高跟鞋,觉得腿酸,用手撑着桌面跳了一下,坐到身后的桌子上。

"不会,我的酒量很好。"她说,吐字清晰,眼神清明。她又勾起嘴角说:"你的酒量才不好。"

周然"嗯"了一声,点点头:"我确实不会喝酒。"

岑蔚坐在桌上,抬起酒瓶又喝了一口酒。洋酒的味道辛辣又刺激,她把酒咽下肚,觉得有一团火一路从喉咙口燃烧到小腹处。

这种感觉十分爽快。

周然站在她的面前。岑蔚平视着他,目光先是落在他的领口处。

领带也是她挑的,和西装是同一个色系的,有着暗纹。

她抬眼看见周然嘴唇的颜色很浅。

他的嘴唇就像花瓣——在日光的照射下失去水分、微微地起了褶皱的花瓣。

她又想起了这个形容。

楼上的乐队唱起了歌,声音低沉。她听得不太真切。

她也许只是心猿意马,觉得此刻的气氛十分暧昧。

"你要尝尝酒吗?"岑蔚把酒瓶举到周然的面前,轻声问。

周然看着她的脸,接过酒瓶。

她今晚替他挡了那么多酒。现在他一个人独自保持清醒也不像话。

瓶口还沾着她的口红印,但这次他什么话都没说,把唇覆上去,昂起脑袋。

随着他吞咽的动作,被衬衫的领口半遮半掩的喉结滚动了一下。

"我错了。"岑蔚说。

"嗯?"周然看过来。

岑蔚只是安静地看着他,眨眨眼睛。

周然看懂了她的意思。

玻璃瓶被放到桌面上时,发出一声轻响。

被他吻住的时候,岑蔚错把身后的彩色玻璃窗看成了糖纸。

糖纸是甜蜜的、绚烂的、不真切的。

第一个吻很浅,他的嘴唇很干燥,二人的唇贴在一起的感觉不是很好。

他们一个低着头,一个仰着脖子,这样干干地亲着。没过一会儿他们就觉得脖子发酸,坚持不下去了。

周然先松开了她,但没直起身,两个人的呼吸还纠缠在一起。

岑蔚抬起头,看向他的眼睛。

"就这样吗?"

她把他最喜欢说的四个字还给他。

周然愣了一下,把手撑在她的两侧,额头抵在岑蔚的肩上。

"你是不是没亲过女的?"岑蔚知道他在笑,耸了耸被他抵着的那半边肩膀。

"亲过。"

岑蔚偏要戳穿他:"刚刚亲的?"

两三秒的沉默后,周然张嘴咬在她的脖子上。

"嗞——"她不觉得疼,但觉得痒,酥麻的痒意顺着血管流淌全身,包裹住发颤的心脏。

周然侧着脑袋,沿着她的脖子向上亲。

那口酒恰到好处,他现在有些微醺,胆子大了,但意识还算清醒。

他亲到她的下巴时,岑蔚把嘴凑了上去。

她用双手环住周然的脖子,整个人被他腾空抱起,两个人的唇还贴在一块儿。

花瓣被浸润,颜色变浓。

"我没有别的意思,只是刚刚特别想亲你。"

周然没说话。

"在你那里还是我这里?"他只是让她做选择题。

岑蔚的笑容一点点地凝固。

"我……"

岑蔚的迟疑和慌乱被周然看在眼里。他点点头,把她放回地面上。

"你喝醉了,回去休息吧。"他没有生气,语气甚至算得上是温柔。

周然脱下西装外套,把它披在她的肩上:"我知道,我们只是来喝了一瓶酒。"

回房间时,岑蔚走在前面,周然跟在她的身后。

走廊里有江风灌进来,凉飕飕的,光线昏暗,天地间弥漫着一股水汽。

岑蔚停下脚步回过头,刚发出一个音节,就被人搂着腰摁到墙上。

这次的吻法跟刚才的完全不一样,意乱情迷之中岑蔚开小差想:这男人刚刚是不是在演戏呀?

第三个吻结束时,岑蔚觉得舌根都在疼。

"我们这次是真的做不了朋友了。"进房间之前她提醒他。

周然冷冰冰地反问她:"谁想和你做朋友?"

"游轮真不是好地方。"

"是你把我拉上来的。"

岑蔚做了一个诡异的梦。在梦里,列车驶向远方,穿越隧道,四周漆黑一片。一会儿列车又跨越平原,天空中闪耀着五彩斑斓的光。

最后,她仿佛到了宇宙的尽头,天光大亮,全世界都白茫茫的。

翻涌的海浪归于平静,潮水从沙滩上退去,在一片平静中她却忽然嗅到了危险的气息。

岑蔚猛地睁开眼睛。

房间的隔音效果很差,走廊的木地板上传来稀稀拉拉的脚步声,外面有人在说话。

她瞬间清醒了,逐渐恢复理智,胸膛起伏着。

周然倾身把唇凑过来。岑蔚转过脸躲开,横臂一把推开他。

高跟鞋踩在木板上，节奏急促而混乱。她失魂落魄地撞到了迎面走来的人。

"对不起。"

"哎。"那人拉住她，"是你呀。"

岑蔚抬眸，认出了眼前的女人。

"我是戚映霜，你还记得吗？"

岑蔚愣愣地点头。

"你叫什么名字来着？"

岑蔚报出自己的名字："岑蔚。"

"哦，岑蔚，你怎么啦？"戚映霜看见她慌慌张张的模样忙问。

岑蔚吞咽了一下，抓住她的手，请求道："我能去你的房间里待一会儿吗？"

戚映霜打量了她一眼。岑蔚的头发乱糟糟的，唇上的口红像是被蹭花了，颜色不均匀。

戚映霜点头说："好，你跟我来。"

戚映霜的房间在游轮的另一面，是豪华套房。

一进屋，戚映霜就从冰柜里拿出两瓶啤酒，递给岑蔚一瓶。

岑蔚摇摇头，没接啤酒。

她捋了一下头发，搓搓脸，恢复了一些神志，问戚映霜："你怎么在这里呀？"

戚映霜打开易拉罐，喝了一口啤酒，靠着桌子回答："游轮加纪清桓，我不来看着能放心吗？"

岑蔚扯了一下嘴角，确实，这种地方太危险了。

戚映霜歪着脑袋，察觉到她的不对劲，问："你这是怎么啦？"

岑蔚看她一眼，没说话。

戚映霜把桌上的另一瓶啤酒贴在岑蔚的脸颊上——岑蔚的脸颊绯红一片，好像很热。

"谢谢。"这样舒服多了，岑蔚觉得自己的呼吸都是烫的。

"纪清桓说找不到周然，打他的电话他也不接，让我过去看看。"戚映霜小口地抿着酒，"你是从他的房间里出来的吧？"

岑蔚还是沉默。

"你们俩做了？"戚映霜语调平淡地丢出一枚炸弹。

这次岑蔚终于有了反应，屏住呼吸，抬起眼皮看着戚映霜，把眼睛睁得大大的，仿佛在说"你怎么知道"。

戚映霜笑了笑："我太熟悉你这个状态了。"

岑蔚低下头，忽然松了一口气。

戚映霜问："我猜对了，是吧？"

"没做。"岑蔚嗓音有些沙哑，顿了顿，又换了一种说辞说，"没做完。"

她把易拉罐翻了一个面，问："这是不是最糟糕的情况？"

戚映霜点头："是。"

岑蔚闭上眼睛，懊恼地叹了口气。

事实上那只是单方面的服务，周然出奇地温柔又耐心。

岑蔚用双手揪着自己的头发。在那之后她就醒了，然后感到一阵惶恐。

"我干吗要跑哇？不对，我们就不该开始。"她把脸埋进手掌里，无地自容，十分后悔。

戚映霜只是问："你们俩喝多了？"

岑蔚摇头，知道自己没醉。

至于周然，他的酒量确实不好。但那也只是一口洋酒，他不至于喝醉。

"哦。"戚映霜撇撇嘴，"现在是最糟糕的情况了。"

岑蔚绝望了,说:"要不我去跳江吧?"

"别呀,多大点儿事。"

戚映霜问:"你和周然是朋友?"

岑蔚没承认这点,说:"是高中同学。"

戚映霜又问:"那你喜欢他吗?"

岑蔚放下易拉罐,缓缓地抬起眼帘。

她和周然朝夕相处了近三十天。

他们从觉得彼此陌生,到感到尴尬,再到互相亲近,那些点点滴滴的细节鲜活地存在着。

她有感官,有知觉,有欲望。

她怎么可能不心动呢?

她只是不敢。

她每一次说"和我做好朋友吧",难道是为了拉近她和周然的关系吗?

不是,那是岑蔚在提醒自己。她在找一条安全的边界,把他往外推。

可是,这一切都在今晚失控了,游轮真不是一个好地方。

"我不是一个……一个多开放的人,只是觉得两个人如果真的想好好地在一起,应该先认识、了解对方,然后对对方产生好感,再表白、确定关系。这种在不清不楚的情况下产生的冲动,是喜欢吗?不会有好结果的吧。"她又开始感到悲观。

戚映霜的眸光黯了下去。

岑蔚说的话没错。

人如果承担不起后果,那就不能犯错。

"但你怎么知道他不喜欢你呢?"

岑蔚摇摇头,轻声开口:"周然是个很好的人。"

"他好到我都舍不得让他做我的男朋友。"

游轮平稳地行驶着,晚风潮湿,江面上笼罩着一层水雾。

周然呆坐在床头上,衣衫依旧整齐,只是掌心潮湿,指腹发白起皱。

掉落在地毯上的手机闪烁着光亮,他回过神来,伸手捡起手机。

那是纪清桓打来的电话,周然按下接听键。

"喂。"他说,嗓子哑得像得了感冒。

"喂,那个……"纪清桓干咳了一声,说,"我老婆让我转告你,岑蔚在她那儿,让你别担心。"

"知道了。"

纪清桓没再说话,但也没挂断电话。

过了四五秒,反倒是周然又开口说:"我会被她讨厌吗?"

"啊?"纪清桓一下子没反应过来。

"算了。"周然按下挂断键。

隔壁的房间里始终没有动静,岑蔚没有回来。

直到第二天早上,他才在餐厅里看见她。她坐在戚映霜的旁边,看起来若无其事。

周然站在门口,没走过去。

纪清桓从他的身后走了过来,拽了他一把,问:"你愣在这里干吗?"

他们走到桌边的时候,岑蔚抬起头,目光飞快地从他的身上掠过,没有过多地停留。她连招呼也没跟他打。

"这粥好喝吗?"纪清桓问戚映霜。现在餐厅里没什么人,他们俩用不着避嫌。

"还行。你坐着吧,我去给你盛一碗粥。"起身时,戚映霜朝纪清桓使了一个眼色。

纪清桓心领神会，说："我帮你。周然你坐着，我去拿粥就行，你要吃什么？"

周然说："随便。"

"给他拿小米粥吧。"岑蔚倏地出声说，"我尝了，粥不是很甜。"

她说完话又低下头，安静地喝着碗里的粥。

周然看着她，攥紧拳头，几次欲言又止，心里有些酸涩。

"我胃疼。"

其实胃不疼，他是骗她的。

岑蔚还是不看他，说："家里有药，你回去了记得吃药。"

这样尴尬的气氛一直持续到他们回家后的第三天。

他们无法对视，无法同时待在一间屋里，彼此都觉得不自在，说话时语气也有些生硬。

岑蔚也整整失眠了三天，做了三天相似的噩梦。

如果能穿越回游轮上，她一定会扼杀掉自己那些不该有的心思。

和周然在一起的生活是她二十八年来前所未有的轻松愉快的生活，但现在也被她毁了。

他们的演技都很拙劣。他们又不够圆滑，没办法自欺欺人地装作什么事都没发生过。

他们也胆小懦弱，谁都迈不出去那一步，开不了口。

他们只能这么窘迫着，互相折磨。

从江城回来后，岑悦彤给岑蔚打了一通电话。

岑蔚在游轮上时，岑悦彤也给她打过一次电话，但信号不好，岑蔚没接到电话。

"你去哪儿了？"岑悦彤问。

岑蔚说："我跟朋友出去玩了。"

"哦,之前奶奶找我要你的号码来着,她给你打电话了吗?"

岑蔚蹙眉:"我不知道,可能当时看着是陌生号码就没接电话,怎么了?"

"没什么,就是……"岑悦彤叹了口气,"小叔又住院了,不过应该没什么大事,他这种病就是这样。"

"嗯。"

岑悦彤把话题岔开,问:"你办完工作上的事了吗?什么时候回来呀?"

岑蔚如实地回答:"过两天有一个发布会,我参加完发布会就差不多该回去了。"

"哦,行。"

"哎,姐。"岑蔚拿起旁边的枕头,把它抱在自己的怀里,蜷缩身体,放轻声音问,"你有片子吗?"

她说话的声音很小,岑悦彤没听清她的话,提高声音问:"你说什么?"

"就是……那种片子。"岑蔚把下半张脸埋在枕头上,问完就后悔了。

"哦……"岑悦彤的声音里含着笑意,她问,"你怎么啦?"

"不知道,可能是春天到了吧。"岑蔚推卸责任,把自己的躁动怪在温暖潮湿的季节头上。

"懂了,我送你一个好东西。"

"什么呀?"

"你收到它就知道了。"

岑蔚隐隐有一种不好的预感。

新的设计方案通过了审核,事情的进展十分顺利。心橙决定在本周四召开发布会,官宣品牌的新 Logo,并公布未来五年的发展规划。

景明也在受邀之列。岑蔚本想推辞，但景慎言说他们不参加发布会不太好——之前他们引起过风波，不出席发布会显得他们还介怀之前的事情。

周四的上午，岑蔚换好衣服下楼。周然正坐在餐桌边吃早饭。

两个人的目光对上。岑蔚微微地点了一下头，没说什么，越过他走向玄关。

鞋柜里只有一双高跟鞋，岑蔚取出它穿上。

周然忍不住看过去。

"你要不要……"他刚开口，话就被一阵铃声打断。

岑蔚把手机放到耳边："喂。"

"好，我马上下去。"

她放下手机，看向周然问："你刚刚要说什么？"

周然摇头："没什么。"

反正他们都是去心橙，他是想问她要不要坐他的车走，但显然已经有人来接她了。

"那我出门了。"

"嗯。"周然端起马克杯，眸光黯淡。

发布会的规模不小，很多家媒体都在场。

岑蔚第一次出席这种场合，还有些紧张。

他们的座位被安排在第二排，在靠近过道的一侧。

周然大概是负责人，一直台上台下地忙碌，手里握着对讲机。

上午十点，发布会正式开始，主持人走上舞台说开场白。

周然走了下来。

身后的椅子发出一声轻响，岑蔚咽了咽口水。

过了一会儿，景慎言侧过身，对她说："有一家媒体要采访主设计师，你准备一下。"

"啊？"

景慎言安慰她:"没事,他们就问问设计灵感什么的。"

"哦,好。"岑蔚深吸一口气。

她打开包,想给自己补妆。

出门时忘了拿口红,但她记得包里应该放了一支口红。

它不在这里吗?岑蔚仔细地在包里翻找着。包里应该有口红的呀,她前两天还背过这个包。

"你在找什么?"景慎言问。

"口红。"岑蔚蹙眉,十分苦恼。

在主持人的邀请下,纪清桓作为心橙的创始人兼 CEO 走上舞台。

他穿着西装,面若冠玉,风度翩翩,举止从容又潇洒。

不知是谁带头叫了一声,底下爆发出一阵起哄声。随即大家都站了起来,掌声雷动,现场的气氛十分热闹。

岑蔚放弃了寻找口红的念头,也跟着起身鼓掌。

后背突然被人贴住,她心里一惊,屏住呼吸,不敢动弹。

垂在身侧的手被人掰开,手里多了一个东西。

那是口红。

"在我的口袋里。"那个声音就在她的耳边。周然轻声说,"糊涂鬼。"

观众席上的灯光暗了下来,场馆内十分喧嚣,不会有人注意到角落里的他们。

但岑蔚还是心跳如雷、四肢僵硬,一动也不敢动。

对讲机里有人在喊周然的名字。他应了一声,擦过她的肩走了。

借着舞台上的光,岑蔚瞥了一眼他的背影。

啊……她想起来了。那天周然把外套借给她穿,补完妆没留意,随手把口红塞进了他的西装口袋里。

岑蔚抬手揉了揉右耳，又抚过麻意未散的脖子和肩膀。

最后那三个字在脑海里挥之不去，她涨红脸，忍不住"啧"了一声。

景慎言看见她的手里攥着口红，问："你找到口红了？"

"啊？嗯。"

岑蔚放松呼吸，决定回家后再找周然算账。

采访的现场布置好了，记者和摄影机也陆续就位。周然抬腕看了一眼表，交代身边的助理："去催一下设计师。"

张雨樱踮脚向门口张望，回话说："他们好像来了。"

周然抬眸看过去。岑蔚走在景慎言的身边，唇色是偏粉的红色——她刚刚补过妆。

没留意脚下有台阶，她穿着高跟鞋一脚踩空。周然看见她趔趄的样子，呼吸也跟着一滞。

"你没事吧？"景慎言伸手扶住岑蔚。

岑蔚重新站稳："没事。"

周然仓促地收回目光，不再往那个方向看。

"这两个人果然有鬼，对吧？"张雨樱在他的耳边说悄悄话。

周然扭过脑袋看着她，做出一个疑惑的表情。

"我上次在外面看到他们俩了。岑设计师心情不好，景总还抱了她一下。"张雨樱翘起嘴角，眼里冒着粉红色的泡泡，"不管是不是真的，他们俩站在一起还挺养眼的。"

周然将信将疑地看向那边。

岑蔚坐在了镜头前。景慎言帮她拿着包。

"岑蔚，刘海儿。"景慎言轻声提醒她。

岑蔚伸手拨了拨刘海儿，问他："这样呢？"

"好了。"

二人相视一笑，景慎言说："别紧张。"

"……"周然板着脸，带着怒气说，"工作时间里禁止八卦。"

张雨樱眨了眨眼睛，把两片唇瓣闭得紧紧的，大气也不敢出。

她心想：不是你突然抽风，让大家平时放松一点儿，除了工作也可以多聊聊天的吗？

我说两句别人的八卦，你生什么气呀？

周一午休的时候，大家聚在茶水间里聊天。

舒欣问张雨樱："哎，跩妃的那个新助理怎么没来上班哪？"

张雨樱蒙了，问："谁？"

"你不知道吗？她说是来代你的班呀。"

张雨樱摇摇头，心中涌上一股危机感。

舒欣说："那她可能是跩妃的朋友吧。"

他们又换了一个话题，有人好像在游轮上看见了大老板的秘密女友。

茶水间的门被推开，他们仍旧你一言我一语聊得热火朝天。

直到周然端着咖啡杯坐了下来，大家顿时鸦雀无声。

其中最惊恐的人就是张雨樱——周然从不会亲自来茶水间，平时都是她把他的咖啡送到办公室里的。

自己可能真要丢饭碗了，张雨樱面如土色。

周然环顾一圈，发话说："你们继续聊。"

大家互相看看，没人吱声。

周然进来时听到了几句话，随口问："你们还在看那个《甄嬛传》啊？"

他记得他刚进公司的时候，他们就老在聊什么皇上和妃子。

"对呀，那是经典嘛！"有人回话说。

"嗯。""好看！"大家都附和起来。

周然抿了一口咖啡："那继续聊，我也听听。"

员工们"呵呵"地笑了两声,硬着头皮开始瞎扯。

他们聊的是哪门子的《甄嬛传》?他们不过是为了聊八卦方便,才给每一个领导都取了代号。

比如周然平时不苟言笑,又不爱参加团建活动,来了两年直接升到主管,受宠程度可想而知,所以他被称为"跩妃叶澜依"。

夏千北和纪清桓是发小儿。据说夏千北的父亲就是珀可集团的股东之一,所以夏千北是"华妃世兰"。

程易昀从大老板第一次创业就是他的合伙人。大老板创业三战三败,程易昀不离不弃,直到今天心橙逐步走上正轨,所以程易昀是妥妥的"糟糠之妻皇后娘娘"。

坐了一会儿,周然端起杯子,站起身说:"大家的年龄也差不了多少,所以你们不用把我当成什么领导,以后都放松点儿,也可以多和我聊聊工作之外的事。"

他一走,舒欣就问:"他这是怎么了?"

张雨樱摇摇头。一个人突然变得慈眉善目了,要么是发财了,要么是恋爱了。

访谈正式开始,面对记者的提问,岑蔚从容地应答。

周然没多在这里待,看进展顺利就转身朝门外走。张雨樱赶紧跟上他。

"你觉得……"男人突然停下脚步。张雨樱也跟着急刹车。

周然问:"'多喝咖啡,少谈是非'这句标语怎么样?"

张雨樱抿了抿唇,回答:"挺好的。"

"嗯。"周然点点头,"下次把它用到文案里。"

走在路上,张雨樱心想:现在看来,他要么是丢了彩票,要么是丢了老婆。

岑蔚是留在心橙吃的午饭,听说食堂里的麻婆豆腐非常下饭。

她端着餐盘找空位,抬头时在人群里看见了周然。他和部门的同事们坐在一桌上。

张雨樱似乎是打不开瓶盖。周然一言不发从她的手里接过饮料,帮她拧开瓶盖。

"怎么了?"

景慎言突然出声,吓了岑蔚一跳。

"没事呀。"

"看你的表情这么严肃,我还以为怎么了。"

岑蔚朝他笑了笑。

傍晚周然下班回到家,岑蔚已经卸完妆、洗过澡,换上了家居服。

她熬了一锅鸡汤,电饭煲里蒸着米饭。

周然把怀里的快递箱放到玄关的柜子上,换鞋进屋。

岑蔚拿着碗筷从厨房里出来,没看他,但对他说:"你帮我把砂锅端出来吧,砂锅有点儿重。"

"哦。"

盛饭的时候,岑蔚冷不丁地开口问他:"你今天是不是故意的?"

周然抬眸:"故意什么?"

她顿了顿,又说:"算了。"

周然收回目光,拿起筷子吃饭,没机会说在心里准备好的答案。

他们又回到相顾无言的状态,好像桌子的中间真的有一堵次元壁。

吃过饭,周然去拆快递。有一个快递是岑蔚的,他把它和其他快递一起拿回来了。

"我帮你把快递一起拆了?"周然问。

岑蔚在厨房里洗碗，应道："行。"

她刷着筷子，不记得自己最近买了什么东西。

哦，对，岑悦彤前两天说……

岑蔚反应过来，丢下筷子飞奔出去。周然已经拆开了外包装，正巧要拿出盒子里的东西。

那个东西是粉色的星形，有掌心那么大。

两眼一黑，岑蔚伸长胳膊从他的手里一把夺过来。

她呼吸急促，紧紧地攥着那个东西，拇指无意中碰到了开关。

岑蔚猛地倒吸一口气，匆忙地去找开关，连想死的心都有了。

短短的十秒钟无比漫长，周然还把手举在半空，目光呆滞。

空气凝固，变成了密不透风的墙。

"这是洗脸仪。"岑蔚面无表情地说道。

"嗯。"周然点点头，"我信。"

岑蔚一秒钟都无法在这里多待，转身时再也管不住表情，五官扭曲。她又窘迫，又后悔。

回到二楼的卧室里，她把手里的东西扔到床上，拿出手机给岑悦彤打电话。

她连"喂"都来不及说，张口就问："你是不是疯了？"

岑悦彤"嘿嘿"地笑了两声："你收到东西了？"

"你……我……你知不知道……哎呀！"岑蔚涨红了脸，说不出完整的句子。

岑悦彤神气地说道："我跟你说，和你的姐夫谈了那么多年的异地恋，在这方面我可是专家。真的，你今晚就试试。"

岑蔚简直没法听她的话，咬着牙回答："试什么试？"

"怎么啦？你不会当着别人的面拆快递了吧？"

岑蔚扶额，说："差不多吧。"

听筒里，岑悦彤倒吸一口气："我的老天爷，你怎么回

230

事呀？！"

岑蔚快哭了，问："怎么办？我现在好想死。"

岑悦彤安慰她："哎哟，也没什么啦，这不是很正常的事吗？你都是成年人了，这有什么好羞耻的？"

岑蔚揪着头发，闭了闭眼说："你不懂。"

岑悦彤没心没肺地笑起来："这真的没关系啦。"

背景音里，有人问岑悦彤："彤彤，你在和谁打电话呀？是不是妹妹？"

那是奶奶的声音。

岑悦彤提高嗓音回答："啊，对。"

"你等等再挂，奶奶要和你说话。"

岑蔚握着手机，脸上的表情僵住。

"喂，是岑蔚吗？"

岑蔚坐到床上，回话说："是我，奶奶。"

奶奶问她："我前两天给你打电话，你怎么没接呀？"

"哦。"岑蔚揪着床单解释，"可能因为来电是陌生的号码，手机帮我拦截了。"

"你不是故意不接电话就好。"

这句话里是带着刺的，岑蔚的声音低了下去。她说："怎么会呢？"

"你把我的号码存一下，以后看到电话要接，知道吗？"

"知道了。"

听筒里静了几秒，奶奶又开口问她："可芳不是说你辞职了吗？你怎么还没回来？"

岑蔚回答："我这里还有一点儿事没处理完。"

"小蔚呀，要不这样。"她说，语气变得温和了些，"你明天先回来一趟。"

虽然奶奶用的是商量的口吻,但岑蔚觉得自己好像只能说"好"。

所以,她干脆选择沉默。

耳边响起叹气声,奶奶又开口说:"孩子,你也知道他是你的谁。"

岑蔚突然有些想笑,奶奶这是连最后一块遮羞布都要扯下来了吗?

"所以呢?"

"所以咱们要抓紧时间呀。"老人家说,声音发着抖,"只能靠你了,孩子,不能拖。医生说了,虽然配型成功,但也要提前做准备。你太瘦,最好要再长胖两斤……"

"奶奶。"岑蔚开口打断她,深吸一口气,问,"如果我不愿意捐骨髓呢?"

"你瞎说什么呢?"

"骨髓配型是你们把我骗去医院做的,如果我不愿意捐骨髓,你们会不会把我捆上手术台呀?"

岑蔚的声音很平静,语气里不带什么感情,听起来她只是在发出疑问。

岑悦彤大概是听出情况不对,从奶奶的手里抢走了手机。

岑蔚听到老人家吼了一句什么话,耳边响起"嘟嘟"的声音。岑悦彤赶紧挂断了电话。

今天早上,周然不是被闹钟吵醒的。

厨房里传来"叮当"的响声,他迷迷糊糊地醒来,翻了一个身。

几秒后他猛地睁开眼睛,掀开被子从沙发上站起身。

刚过七点,周然走到厨房的门口,出声喊:"岑蔚。"

她正站在灶台边,不知道在发什么呆。肩膀一颤,她抬头看向他:"啊?"

周然看着她,觉得她很反常,问:"你怎么起得这么早?"

"哦,我昨天晚上睡得早。"岑蔚打开锅盖,"我煮了粥,你要起床了吗?我给你盛一点儿粥。"

周然皱起眉。她有黑眼圈,面色也苍白,怎么看都不像是睡足了觉的样子。

"好。"他转身走进卫生间里洗漱。

周然换好衣服出来时,岑蔚正坐在餐桌边,但只是盯着桌面发呆。

周然拉开椅子坐下,发现桌上根本没有碗筷,又起身去厨房里拿碗筷。

他盛了两碗粥,把其中一碗放到岑蔚的面前。

"怎么了?"

岑蔚收回思绪,摇摇头,拿起手边的勺子。

周然说:"不管你把我当成什么人,我就在这里,你需要帮助的话可以随时开口。"

岑蔚低着头,没说话。

他们安静地喝完粥,周然拿起外套,准备去上班。

"周然。"把手搭在门把手上的时候,他听到岑蔚喊他。

周然回过身,等着她开口。

"家里人一直催我回去。"岑蔚说,"但我突然不想回去了。"

她把双手放在大腿上,手指绞在一起。

"所以你帮帮我吧,想一个办法把我留下来,好不好?"

岑蔚看着他,嘴角是上扬的。

她说这是请求帮忙,但周然觉得她的话更像是一种求救。

第九章
潮湿夏季

  从某一天开始，岑悦彤和顾可芳总是在电话里时不时地提到岑蔚的年假，问她什么时候回家。岑蔚从那时就已经察觉到了某件事。

  全家人都做了骨髓移植的配型，她没道理不做。所以，哪怕一开始他们没告诉她去医院是为了这件事，她也不生气。

  很久以前，岑蔚就预感到她的到来是这个家庭的祸，这个家对她而言同样不是什么好地方。

  她填志愿时一意孤行要去南方的城市上大学，毕业之后也不听爸妈的劝说，执意要跟在白朗睿的身边。

  她觉得只要她躲得够远，就会万事太平，大家都不会变得更不幸。

  可世上有一种东西叫"血缘"，虽然看不见摸不着，她却无论如何都摆脱不了它。

这种东西就像藤蔓一样把她捆住，现在又要把她拽回沼泽里。

听烦了话里话外的试探，岑蔚干脆直接辞职。

她知道能救岑烁的人是她，也只有她能救他。

但她下不了决心。

天平的两端一上一下，不停地摇摆。

行走的时间像小火慢炖，她一天比一天更煎熬。

在搬进这栋公寓之前，岑蔚真的快没办法呼吸了。

周然见她的情绪不对，走回屋里，半蹲在岑蔚的身边，问："他们为什么一定要让你回去？"

"他们就是……"岑蔚眼眶泛红，清清嗓子说，"就是催我结婚什么的，不放心我一个人在外面。"

"哦。"周然点头，"那我能怎么帮你？"

他低声问："娶你吗？"

岑蔚惊讶地睁大眼睛："啊？"

周然眼神躲闪着问："不然我能怎么办？"

"不是。"岑蔚轻笑了一声，"结婚是这么随便就能说出来的吗？我和谈了五年的男朋友都没能结成婚，和你才认识一个月，搞什么呀？"

周然收回目光，站起身纠正她说："我们认识不是一个月，是十年。"

"你再和家里人好好地说说，现在都是21世纪了，子女的人生是自由的。"他重新拿起车钥匙，"我上班去了。"

"嗯，你慢点儿开车。"

中午的时候，岑蔚又接到了一通电话，电话是顾可芳打来的。

在接起电话之前，她深吸了一口气。

"喂。"

"幺儿。"顾可芳喊她，"我们不逼你，你就先回来看看好不好？你总得回来看看吧。"

"他是要死了吗？"

在把话说出口之前，岑蔚都没有想到自己还有这样冷漠的一面。

别说顾可芳吓得不轻，连她自己都吓了一跳。

"那就再说吧，我很忙。妈，你多注意身体，还有，让奶奶别太伤心了。"

岑蔚挂断电话。

没过一会儿，屏幕上又显示有来电，她把手机关机，丢在餐桌上。

岑蔚用整个下午的时间打扫屋子，出门倒垃圾时顺便去了一趟药店。

到了六点半，周然还没有回来。

以往的这个时候，她应该已经听到他的开门声了。

岑蔚没等他一起吃饭。

将近八点的时候周然才回来。餐桌上有上次他们没喝完的红酒和一个粉色的高脚杯。

他拎起酒瓶，发现酒还剩下一丁点儿。

楼梯上响起脚步声，周然抬头看过去。

岑蔚刚洗过澡，头发湿漉漉地搭在肩膀上。

"你回来了？"

"嗯。"

周然收回目光，皱了皱眉。

岑蔚之前的睡衣都是长袖衣和长裤，可她现在就穿了一件T恤，T恤刚刚盖过大腿根。

她打开冰箱的门，随口问："你出去约会了？"

"嗯？"

岑蔚拿出一瓶冰水："我闻到香水味了。"

周然否认："没有。"

"哦。"岑蔚关上冰箱，朝他笑了笑。

看着她心情不错，但周然还是放不下心来，总觉得哪里不对劲。

岑蔚拿完水就上楼去了。

不想浪费酒，周然把剩下的红酒倒进杯子里喝完，一低头看见岑蔚的手机落在了餐桌上。

他走上二楼，敲响卧室的门。

"怎么了？"

"手机。"

"哦。"岑蔚接过手机，说，"谢谢。"

周然无意间往屋里瞥了一眼，那颗粉色的星星在深色的床单上太显眼了。

他一时心情复杂。

不知是谁的呼吸声变得沉重了起来。

"啪嗒"一声，岑蔚抬手关了卧室里的灯。

在黑暗里，周然捧住她的脸，找到她的唇吻了下来。

唇齿间弥漫着红酒的味道。

床上的小东西滚到了地板上，发出"咚"的一声轻响。

窗帘没拉严，屋外的月光或路灯的灯光洒进来，他们勉强能看清彼此。

"晚上你到底去哪里了？"离他越近，岑蔚闻得越清楚——他的身上有一股香甜的气味，气味像商场里化妆品柜台旁的香水味。

周然的唇擦过她的脸颊。他低声问："这需要和你报备吗？"

岑蔚被问住了，翻着白眼说："好吧，你就当是我多嘴。"

她顿了顿，又说："如果这是别人的香水味，你还是先去洗澡。"

"我说过了,这不是别人的香水味。"他加重了语气,从她的身上起来,像是忍着愠意。

岑蔚用胳膊肘撑着床,支起上半身。

周然拍亮床头柜上的小夜灯,打开衣柜,从里面拿了一身衣服。

岑蔚以为自己扫了兴,心脏往下坠了坠。她紧张地说道:"你去哪儿?"

"洗澡。"他合上抽屉,金属片晃动着发出轻响。

岑蔚咬了咬下唇,挽留道:"我不说话了还不行吗?"

周然回头看她一眼,在一瞬的愣怔后勾起唇角。

"我五分钟洗完澡,回来再……"他解着衬衫的扣子,弯腰亲在她的额头上。

最后两个字与吻一同落下,发音模糊。心脏剧烈地收缩,岑蔚无意识地攥紧床单,回想着他刚才说的到底是不是"找你"。

很快有水流声响起,她呆呆地坐在床上,维持着原本的姿势一动不动。

圈套是她布下的,火是她挑的,一切都是她谋划好的。

喉咙发干,岑蔚咽了咽口水。

可她现在为什么觉得自己才是那个等待被享用的猎物?

走廊上传来脚步声,卧室的门被重新打开。

岑蔚缓缓地抬眸。

他问:"我再问一遍,你知道你现在在干什么吗?"

"我不知道,要不你和我说说?"

周然眯眼,借着夜灯昏暗的亮光观察她的表情。

"我不陪你玩这种游戏。"他说,"所以你现在想清楚。"

岑蔚捧住他的脸,弯着嘴角回答他:"我已经浪费过一次机会，你也要浪费一次机会吗？"

她又说："我看到了你买回来的东西。"

周然屏住呼吸，说："我下楼去拿东西。"

"不用，我过敏。"

周然停下动作，望向她乌黑的眼瞳："真的？"

"嗯。"岑蔚摸了摸自己的耳垂，"以前我打耳洞用橡胶耳堵，耳朵后面长了一片小疙瘩。"

"那算了。"他说着要起身。

岑蔚搂住他的脖子，没让他走。

"我吃药就行。"

周然眨了一下眼睛："你以前也这样吗？"

岑蔚摇头，告诉他："他也不肯，我们没做完过。"

大概是生她的女人把遇到渣男的霉运都吸走了，没留一点儿霉运给她，所以岑蔚遇到的男人都还算有人性。

周然看着她，没动弹。

岑蔚去亲他的脸，怂恿他："做吧。"

"岑蔚，有句话我先说好。"他横臂揽着她的腰，把她抱到自己的身下，"我现在敢做是因为我明天敢带你去民政局。"

岑蔚"扑哧"一声笑了，用哄小孩的语气说："好，我知道了。"

她并没有把这句话当真。

窗户没关好，屋外月光明亮，夜风吹过寂静的城市。

周然觉得他不该喝那一口剩下的红酒。

又或者那是某人故意设置的陷阱。她就等着他掉进圈套里。

"周然。"岑蔚伏在他的肩头上，头发未干，眼眶潮湿。

她说："那么多人里，只有和你待在一起我才能松一口气。"

周然把她抱得更紧。

凌晨三点的时候,岑蔚无缘无故地从睡梦中惊醒。

她的心脏"扑通扑通"地狂跳着,但明明她刚才也没有做噩梦。

岑蔚感到一阵没来由的心慌,用手掌拍了拍胸口。

周然在她的身边睡得安稳。

岑蔚小心翼翼地靠过去,搂住他的腰,把脑袋靠在他的胸膛上。

耳边传来平稳有力的心跳声,她叹了口气,重新闭上眼睛。

第二天早上她醒来时,周然已经去上班了,餐桌上有他煮好的粥。

岑蔚拉开椅子坐下,终于打开手机。

开机的几秒钟就像倒计时。

岑蔚知道有一颗炸弹在等着她。

"喂。"

"你终于接电话了!"岑悦彤是吼着说话的,"你赶紧回家,小叔没了。"

勺子从手中滑落,"叮当"一声掉在了瓷砖上。

岑蔚的第一反应是不相信。她问:"你们也用不着拿这个骗我回去吧?"

"岑蔚!"岑悦彤吼道。她从来没用这种语气和岑蔚说过话。

"昨天你不还说他好好的吗?"岑蔚睁着眼睛,一滴泪就这么从眼眶里滑落。

岑悦彤说:"他昨天晚上吃了半瓶安眠药。"

"昨天家里人吵了一架,他听到了。遗书里说,他亏待你的够多了,不能再欠你。"岑悦彤几乎在哀求岑蔚,"你快回来吧,家里已经乱套了。"

坐高铁从蓉城到山城需要一个半小时。

岑蔚用最快的速度收拾了行李出发，中午才到家。

她刚把一只脚迈过门槛，脸颊上就挨了一巴掌。

老太太是冲出来的，虽然一把年纪了，身体倒是硬朗。屋里的人都没反应过来。

岑蔚一下子失去重心，跌坐在地上，右耳瞬间听不见声音了。

"你满意了？！"老太太指着她，眼里布满血丝，"又不是拿你的命换他的命！让你回来看看他你都不肯！逼死他你就满意了？"

岑烨拉着老太太。顾可芳喊："彤彤，把妹妹带到房间里去。"

岑悦彤扶着岑蔚站起来，用胳膊护住她，在她的耳边轻声安慰："没事，这件事不怪你。"

好像是杜芳琴和老太太又吵了起来，盘盂相击，不得安宁。

岑蔚摸了摸胀痛的脸颊，惊讶自己这会儿居然还有心思惦记吃药的事。

她抬起头对岑悦彤说："有水吗？还有把我的包拿进来。"

岑悦彤应道："行，我出去帮你拿包。"

少顷，屋外诡异地陷入寂静。岑蔚眨了一下眼睛，扭头看向房门，隐约猜到了外面的场景。

场景大概是包里的东西滚到地上，岑悦彤替她收拾东西的时候，那个东西都被他们看见了。

房门"砰"的一声被推开，岑蔚的脸上挨了今天的第二个巴掌。她难受地闭上眼，酸涩的眼眶里开始涌出泪水。

掉在地上的纸盒上写着"左炔诺孕酮片"。这也许不好认，但下面有更直白的一行小字——"紧急避孕用"。

奶奶指着她的鼻子，手在颤抖。岑蔚的脖子上也有痕迹。

她失联了一整天，昨晚去干了什么事显而易见。

"你呀。"老太太咬着牙，满腔怒气和怨恨无处发泄。

岑蔚知道她要说什么。

她一个字都没辩解。

因为她的确是故意这么做的。

岑蔚在发呆的时候会幻想很多场景。

她坐在地铁上,会想象下一秒列车脱轨,灯光全部熄灭,乘客们摔得四仰八叉。

她走在人潮拥挤的街道上,会想象自己突然冲了出去,撞上飞驰而来的车辆。

她看着柜子上的玻璃杯,会想象它们摇摇晃晃地从柜子上跌落,玻璃杯全都摔成碎片。

乌云密布时,她会想象大雨把城市淹没。

坐在安静的公共场合,她会想象自己突然站起来尖叫一声,把周围群众的目光都吸引来。

每一次思绪回到现实中,她又会感到一阵后怕。

她担心有一天自己真的会那么做。

她的脑海里一直有那种毁灭一切的念头。

手机铃声响起,不是马林巴琴音乐,是一首英文歌。岑蔚终于有了反应,"噌"的一下站起身要出去。

"If I call you on the phone(能不能给你打电话)

Need you on the other side(需要听到电话那边你的声音)

So when your tears roll down your pillow like a river(当你在枕头上泪流成河)

I'll be there for you(我会第一时间赶到你身边)"

"你要去哪里呀?"岑悦彤问。

岑蔚没说话。

奶奶被岑烨和顾可芳拉着坐到沙发上,却还在说话:"这么多年来我们家是对你不好吗?他对你不好吗?你去学画画,一年几万块的学费是谁出的？你不能没有心哪。"

岑蔚跪在地上去捡自己的手机，咬着下唇一声不吭。

眼泪"啪嗒啪嗒"地砸在屏幕上。她用衣袖擦了擦屏幕，颤抖着手指按下拒绝接听键。

好在周然没有继续打来电话。

岑蔚觉得她和岑烁还真的是八字不合。

她的出生毁了他的婚姻和声誉。他的死也把岑蔚的人生搅得一团糟。

"我真觉得很奇怪。"岑蔚独自站在门口，像孤军奋战的勇士，"我在这个家里待了二十多年，你们没有一个人告诉过我他是我爸，等他生了病要我的骨髓，你们又一个个冒出来提醒我他是我爸。"

"不是我逼死他的。"她喉咙发疼，摇摇头，从嗓子里艰难地挤出一句话，"但你们快逼死我了。"

没有人说话，屋里静得可怕，这个家现在的样子太丑陋了。

老太太哀戚地哭起来，嘴里念着小儿子的名字，说他命苦。

家里人又都去安慰她，只有站在一边的杜芳琴冷笑了一声。

岑蔚抬眸和她对视。也许现在只有她们两个人能互相理解。

岑悦彤走过来，给岑蔚塞了一把钥匙，让她先开车回家。

杜芳琴拎起自己的包，说："那没什么事我也先走了。"

杜芳琴无儿无女，人到中年风韵犹存。

屋里躺着的那具尸体是和她结婚三十年的丈夫，可她的脸上没有半分悲伤。

岑蔚是和杜芳琴一起下楼的。

"岑蔚。"杜芳琴喊住她。

岑蔚停下脚步，回过头。

杜芳琴说："安眠药是我的，最大的坏人是我。"

岑蔚看着她,不明白她为什么要告诉自己这个。

山城多雨,外面的天雾蒙蒙的。

杜芳琴扬起下巴,看了看天空,说:"真想放烟花庆祝一下。"

岑蔚看着她,扯了一下嘴角。

她其实挺佩服杜芳琴的。

二十八年前发现丈夫出轨,杜芳琴第一时间去了医院。为了这件事,奶奶怨了她一辈子,说她害死了岑家唯一的孙子。

杜芳琴没有选择和岑烁离婚,说不会让出岑太太的位置看着他把小三和野种领进门。

她就这么死磕着,让岑烁一辈子对她有愧。让他养着她、供着她。

她做出的最大让步就是让岑烨夫妻俩养大了孩子。

岑蔚问杜芳琴:"值得吗?"

"不值得。"杜芳琴舒展眉目,似乎释然了,说,"但我得这么做,不然没有办法活下去。"

开完会,周然拿起手机看了一眼时间,给岑蔚打了一通电话,想问问她是否起床吃饭了,还想问她现在在做什么。

他等了半分钟,等到的是"嘟"的一声响。他刚要再把电话打过去,助理在门口喊他。周然放下手机起身。

回家前他买了一束花、一瓶红酒和两个新的高脚杯。

戒指在他的外套口袋里。周然昨天就把它买好了,怕岑蔚发现,所以一直随身带着。

他输入密码打开门,屋里漆黑一片。

他已经能分辨出这种情况表明岑蔚出门了。

周然站在门口,从口袋里摸出手机。

一分一秒都变得格外漫长,他的心脏不断收缩。

"喂。"

周然松了一口气，问："你去哪儿了？"

"我……我回山城了，家里有点儿事。"

"那你什么时候回来，要我去接你吗？"

"不用，周然，我不回去了。"

沉默许久，周然只是问："怎么了？"

听筒的那头没有声音，岑蔚匆匆忙忙地挂断了电话。

她在微信上发消息给他。

岑蔚：对不起，我现在不想谈恋爱也不想结婚，这段时间谢谢你了。

过了几秒，岑蔚又发来一句话。

岑蔚：真的很谢谢你。周然，别再给我打电话了。

等周然再打过电话去，机械的女声告诉他："对不起，您拨打的用户已关机。"

他顾不上换鞋，丢下手里的花和袋子，匆匆地跑上楼梯。

也许，这只是岑蔚和他开的玩笑。

衣柜里空了一半，洗手台上没有她的化妆品，跑步机上也没有她随手乱扔的衣服。

但柜子里的杯子一个也没少，玄关上的两瓶蓝色香水挨在一起，墙角的快递箱也还在那里。

周然站在客厅里，胸膛剧烈地起伏。他不知道现在该怎么办，胸口像是缺了一块，冷风灌进来，堵得他没办法呼吸。

他平稳地活了二十多年，在重新遇到岑蔚的一个月里却过得这么跌宕起伏。他这次是真的招架不住了。

家里人给岑烁请了僧人超度。他生前是风光无限的建筑公司老板，丧事却一切从简，来追悼他的人也很少。

第三天，一大早他们就去了殡仪馆。

尸体被送进火化炉里，家属在接待室里等候。

岑蔚穿着一身黑衣服，坐在那里看着窗外的绿树发呆。

这几天里，除了大脑一片空白的时候，她总会想起周然。

想到他的时候岑蔚就能喘一口气。

奶奶突然走过来，拉着岑蔚的胳膊，强硬地把她拽起来。

岑蔚被奶奶用力地推了一把，踉跄了几步才站定。

火化炉里最高能有九百度，可有些骨头还是烧不毁。

那些骨头会被工作人员挑出来另外处理。

"你就一点儿也不伤心吗？"

岑蔚垂下头，不说话。她这两天就没怎么开过口。

她一点儿都不伤心吗？

先不说有一种叫"血缘"的东西在身体内折磨着她。

岑蔚在知道自己是岑烁和小三生的孩子之前，最喜欢的大人就是小叔。

他总是西装革履，温文尔雅，每次来家里都会给她和姐姐带来很多玩具和零食。

他会陪着她画画，会带她去游乐园，会给她买漂亮的裙子。

她很小的时候，他偷偷地让她喊过一次"爸爸"。

岑蔚没喊他"爸爸"，说她不是有爸爸吗？小叔就是小叔。

大人们总是觉得小孩子什么都不懂，连说话也不会刻意避开他们。

小时候岑悦彤比较调皮，总是吃饭吃到一半就跑出去玩了，只有岑蔚会乖乖地坐在桌前。

姑婆们翻来覆去地说闲话、聊家常，聊的事情总共也就是那么几件。

听得多了，岑蔚就渐渐地知道了那些事。

她现在的爸爸妈妈其实是大伯和大伯母。

她是小叔和外面的女人生的。

所以婶婶一直不喜欢她,奶奶也是这样。

老人家快把眼睛哭瞎了,白发人送黑发人最伤心。

她一拳一拳地砸在岑蔚的身上。岑蔚没觉得疼——奶奶哪里还有什么力气?

岑蔚能理解奶奶。岑蔚没做过母亲,不过觉得要是哪天她最爱的人性命垂危,只有一个人能救她最爱的人,让她下跪磕头她也愿意。

现在奶奶只能怪岑蔚。不怪岑蔚的话,奶奶也会活不下去。

岑蔚也不是真的不愿意捐骨髓。如果把岑烁换成岑烨或顾可芳中的任何一个人,她都会毫不犹豫地同意捐骨髓。

她只是想,她和岑烁不能再因为彼此变得更加不幸了。

不知道这算不算父女连心,他大概也是这么想的,所以选择了用这种方式帮她做出选择。

岑悦彤去给大家买水,没想到才一会儿工夫没看着奶奶,家里又不安宁了。

她拔腿跑过去,把岑蔚拉到自己的身后,也顾不上在殡仪馆里要保持肃静,喊道:"你要打就打我!你打她你儿子就能活过来吗?"

岑蔚拍拍她的胳膊,摇摇头,想说"我没事"。

岑悦彤抱着岑蔚,吸吸鼻子,心疼地噘起嘴哭起来。

从小到大姐妹俩总是这样,只要其中一个人挨了骂,就抱着头一起哭。

雨雾蒙蒙,山上的空气十分潮湿,脚下的泥土软软的。

在送骨灰盒下葬的路上,顾可芳拉了拉岑蔚,让她哭两声送送那个人。

岑蔚没有反应，不哭也不说话。

上学的时候岑悦彤和岑蔚睡在一个房间里。后来家里换了大一点儿的房子，岑蔚才有了自己的房间。

她很少回来住，但顾可芳一直给她留着那间屋子。

下山后，岑蔚就一直待在卧室里。

到了晚上，岑悦彤喊岑蔚出来吃饭。

岑蔚没有收拾行李箱，行李箱还靠在墙边。

她走出来，手里捏着两张银行卡，把它们轻轻地放到桌上。

另外三个人的脸色立马变了。

"你这是干什么呀？"顾可芳惊慌失措地问。

其中一张银行卡里是岑蔚存的钱，另一张银行卡是岑烁留给她的。岑蔚不要。

岑悦彤把那两张卡塞回她的手上，为了缓和气氛，说："吃饭了吃饭了，快去洗手。"

岑蔚站着没动，还要把卡放回去。

"你干吗呀？"顾可芳声音颤抖着说，"你要跟我们分家是不是？我把你养到这么大，还养不熟你了？"

岑蔚抽泣着，摇摇头。

岑悦彤拽着岑蔚坐下，把银行卡拿走，把筷子塞到她的手里："先吃饭，好不好？"

桌上有玉米骨头汤，大骨头是顾可芳让岑烨特地去菜市场买的。顾可芳说要给两个女儿补补身子。

岑蔚抬眸看到汤，胃里涌上一阵恶心的感觉。她忍不住干哕了一声。

反胃感越来越强烈，岑蔚推开椅子跑进卫生间里。

胃里没有可吐的东西，她越哕胃里越难受。

岑悦彤跟着走进卫生间。顾可芳给岑蔚倒了一杯温水。

岑烨站在门口看着面色苍白的小女儿，又担心又着急，问："她这两天是不是都没开口说过话呀？"

岑悦彤拍着岑蔚的背："估计这是应激反应。"

"那她怎么还吐了？"

岑悦彤顿了一下，说："奶奶今天拉着她去看骨灰了，我忘了，应该提醒你别做骨头汤的。"

顾可芳咬牙低骂："这老太婆。"

岑烨叹了口气，三天来鸡飞狗跳的，全家人都筋疲力尽了。

岑蔚吃不下东西，吐完就回了卧室，躺在床上盖好被子。

睡觉前，岑悦彤走进岑蔚的房间，坐到她的身边，问："你睡着了吗？"

岑蔚背对着她，摇摇头。

"奶奶真的很讨厌，对吧。"岑悦彤躺了下来，"我也不喜欢她。她太偏心了，小叔是有出息，但不是好人哪。咱爸虽然这一辈子庸庸碌碌，但把该尽的孝都尽了，可她就是看不见。"

眼泪浸湿了枕头，岑蔚吸了吸鼻子——岑悦彤说的是"咱爸"。

"妈刚刚跟我说她后悔了，说应该把你送走的，不能让你姓岑。"岑悦彤说，"我说'不行'，你只能是我的妹妹。"

她隔着被子抱了岑蔚一下："我很爱你，爸妈也很爱你。"

"所以，你快点儿好起来吧。"

她走的时候帮岑蔚关了卧室里的灯。

一片漆黑里，岑蔚把脸埋在枕头上，泣不成声。

岑蔚在房间里度过潮湿的初夏。她除了睡觉就是在纸上画画，不愿意出去见人，不愿意开口说话，没办法吃荤腥，看到肉就会反胃。

第十天的时候，岑蔚终于打开了手机。

屏幕上跳出无数条消息推送,和外界断联了这么久,她都不知道要先点开什么消息。

周然还是给她打了很多电话,每天打一次,基本在傍晚六点的时候打来电话。

岑蔚瞄了一眼左上角的时间,现在刚好是傍晚的六点零三分。

"If I call you on the phone

Need you on the other side"

岑蔚按下接听键,把手机放到耳边。

"喂,岑蔚?"他说,声音听起来很惊喜。他可能没料到她今天会接电话。

岑蔚想说:不是让你别再打电话了吗?

"我知道你们女人说的话不能信。但我怕打多了电话你会烦,所以每天只给你打一通电话。"

岑蔚想说:千万不要来找我。

"不管是作为朋友还是什么人,我没办法不担心你。我去问了何智颖,她也说联系不上你。你不用有压力,我给你打电话,只是想确定你没事。"

岑蔚想说:我好想你。

"程易昀今天又说薄荷黑巧克力饮料销量不好,要把它从菜单上删掉。"周然在那边低声说,"我说我喜欢喝这个,让他把它留着。"

岑蔚想说:山城又没有心橙,你把它留着,我也喝不到啊。

"这两天我一直在开会,公司要敲定首轮门店扩张的城市,山城在名单里,大概明年就能落地。"

岑蔚用力地咬着手指,强忍着泪水,也不敢呼吸。

那头沉默了很久,周然轻轻地问:"我是不是打扰到你了?"

岑蔚摇摇头,可他看不见她的动作。

"那你好好休息,我挂了。"

岑蔚把手机从耳边拿下来,蜷缩身体抱住自己。

客厅里,顾可芳拍拍岑悦彤,问:"妹妹是不是又在哭?"

岑悦彤叹了口气。她白天在宠物医院里照顾生病的猫猫狗狗,晚上回到家里还有一只可怜的小狗等着她照顾。

"让她哭吧,她得自己走出来,我们拽不动的。"

岑蔚很少会看手机,也不怎么回消息。

没有人知道她经历了什么事,也没人发现她的异常。

也许是大家都太忙了,工作就把生活占满了。留给自己的时间都很少,他们无暇再关心别人的事。

起初周然会给她发很多消息。岑蔚看到消息后会挑着回复。

他问她怎么处理家里的杯子和快递箱,是她自己回来拿这些东西,还是他把它们寄给她。

岑蔚:没关系,你扔了吧。

后来周然也不发消息了。

但他突然开始在朋友圈里活跃起来。

岑蔚看过他的每一条朋友圈,也给每一条朋友圈都点了赞。

他发的朋友圈里一般没什么文字,都是图片。

内容有写字楼,有蓝天白云,有心橙的咖啡,有超市货架上的薯片,有街道的夜景,有播着悬疑片的电视,有他办公桌上的马克杯。

五月底的时候白朗睿来看过岑蔚一次。他是听祝樾说的岑蔚的情况。他和祝樾两个人是大学同学。祝樾又是岑悦彤的男朋友,当年也是因为这层关系岑蔚才认识了白朗睿。

白朗睿带了一些调理身体的药来,药主要是用来改善胃口的。岑蔚最近瘦得太厉害。

他走进房间的时候,岑蔚正坐在椅子上听歌。

听到声音她抬起头,眼里闪过惊讶的神色。

一瞬间,白朗睿的眼睛有些发涩。

这一点儿也不像岑蔚,她在他的记忆中总是笑盈盈的,不会生气也不会抱怨,是永远追随太阳的向日葵。

她现在太死气沉沉了。

白朗睿清清嗓子,扬起笑脸问她:"今天阳光很好,要不要我带你出去走走?"

岑蔚摘下一只耳机递给他,重新看向窗外。

对面居民楼的墙壁上布满了爬山虎,绿油油的一片。岑蔚总喜欢盯着那儿发呆。

白朗睿是请假过来的,当晚就要回去。

走之前他问岑蔚:"如果我早一点儿知道这件事的话,结果会不会不一样?"

岑蔚看着他,摇摇头,也许在说"不会",也许在说"不知道"。

六月,山城的天气已经很闷热。

岑蔚不会再一个人哭了,会回应家里人的话,但还是不愿意出门,吃饭时只吃菜。

平静不代表她已经痊愈。她更像是在粉饰太平。

今天下班后,岑悦彤带了一只小狗回来。

她敲敲岑蔚卧室的门,把小狗放到地上,让它摇着尾巴跑过去。

听到"吱吱"的叫声,岑蔚放下手中的画笔。

小狗绕着她的腿打转,像是金毛和土狗的串串。小家伙挺乖,岑蔚把它抱起来,问岑悦彤:"它是从哪里来的?"

岑悦彤说:"它是被别人送过来检查身体的,没主人。我觉得它挺可爱就带回来了,把它送给你养。"

岑蔚瞪大眼睛。她什么时候说要养狗了？

她一低头，看着它乌黑的圆眼睛，心里不愿意的情绪又瞬间消散。

它确实挺可爱的，憨厚朴实。

"你给它取一个名字吧，它是公的。"

岑蔚用手指蹭它毛茸茸的脑袋，小声说了两个字："粥粥。"

岑悦彤疑惑地问："为什么？"

"我就是突然想到了这个名字。"

"姐。"岑蔚喊岑悦彤。

岑蔚难得主动开口说话。岑悦彤愣了一下，问："怎么了？"

"你说，一个男的突然开始频繁地发朋友圈是什么情况啊？"

岑悦彤想了想，回答："谈恋爱了吧。"

"哦。"

"怎么了？谁呀？"

岑蔚摇摇头，把粥粥放回地上。

它没乱跑，安静地趴在岑蔚的脚边。

过了一会儿，岑悦彤在客厅里喊："今天爸妈出去喝喜酒，我们要不要点外卖吃？"

"行。"

岑悦彤点了两大盒烧烤，揭开盖子的时候一脸期待地问岑蔚："香不香？"

岑蔚"嗯"了一声，还是不碰荤腥。岑悦彤也不勉强她，只能慢慢地等她恢复过来。

姐妹俩坐在客厅里，一人喝着一瓶啤酒。电视里播着综艺节目，上这期综艺节目的嘉宾有楚星宇所在的那个男团。

岑悦彤指着屏幕问："这个人是不是你喜欢的那个？"

"这是他的队友。"岑蔚无奈地说道，"右边第二个人才是我喜欢的。你怎么还记不住？"

岑悦彤撇撇嘴："我看他们都长一个样。"

"把餐巾纸递给我。"

岑蔚没反应。

岑悦彤回头，用胳膊肘推了她一下，重复道："餐巾纸。"

"哦。"岑蔚回过神，把纸巾盒递给她。

岑悦彤看她一眼，问："你在想什么呢？"

岑蔚抬高易拉罐，喝了一口啤酒。

"我后来在蓉城遇到了一个人，和他住在一起。"

岑悦彤停下咀嚼的动作，扭头看向她，说："我就猜到你那时候在谈恋爱。"

岑蔚摇头："没谈。"

她又说："没谈上。"

也不知道是今天的哪一个节点触动了她——粥粥的到来，手里的啤酒，还是电视里的男孩？反正岑蔚突然有了久违的倾诉欲。

她握着易拉罐，盘腿坐在沙发上，轻轻地开口说："初中的时候，我也有一段时间没办法开口说话。"

岑悦彤从来不知道还有这回事，问："什么时候？为什么？"

岑蔚回答："有一次你和爸吵架了，他发了好大的火，我也忘记了具体是什么原因，反正从来没见他那么凶过。"

岑蔚顿了顿，忍住不让声音发抖，说："他说不要你这个女儿了，要把你赶出去。我知道他不会那么做，因为你是他亲生的孩子，他不会不要你。那天我躲在房间里，很害怕，控制不住地全身发抖，好像被骂的人是我，如果他对我说了那句话，我真的会无家可归。"

岑悦彤放下手里的烧烤，坐到她的身边："怎么可能？那些话是他在气头上瞎说的，而且你被他骂过吗？他才不会生你的气。"

眼睛潮湿，岑蔚朝她扯扯嘴角，哽咽道："可我就是怕。"

从某一天开始，她习惯笑，习惯说"好"，怕别人对她不满意，怕她的哪句话让别人听了不开心，怕大家不再喜欢她。

岑蔚也不喜欢这样的自己，可没有办法。

"高中的时候，他害得我被教导主任批评，所以我一直都很讨厌他。可能就是因为这样，我不用想着怎么讨好他。我会不小心说错话，也能感觉到他因为我不开心了，但是第二天起来，一切好像就没事了。他还是像往常一样，那些话说过了就是过了，也没什么大不了。所以在他的面前，我开始越来越放松，可以随便说我想说的话。即使两个人什么都不做，就这么待在一起也会让我觉得舒服。"

岑悦彤问："你喜欢他吗？"

岑蔚没回答，只是说："我喜欢和他一起玩。"

这句话从一个二十八岁的成年人嘴里说出来，显得有些奇怪。

可这就是岑蔚最直白的感受。

像幼儿园里的小朋友那样，她喜欢和他一起玩，愿意把巧克力分给他一半，或者把它们全都给他。

"我就是突然好想他。"

岑蔚仰起下巴，眨着眼睛，泪珠从眼睛里滚下来。

岑悦彤过去抱她，摸摸她的背："你要去找他吗？"

岑蔚摇头，抬手把脸颊上的眼泪擦去，翘起嘴角说："我要先谈一次恋爱。"

她拍了拍胸口："和我自己。"

上大学的时候岑蔚听到过这么一句话——"他人即地狱"。这句话出自存在主义哲学家让·保罗·萨特。

当时的授课老师以爱情为例，解读这句话背后的深意。

"在他人的凝视下，'我们'变成了客体。比如有人走在马路上，会对迎面走过来的人群感到不适，甚至会感到恐惧。在人与人的交往过程中，双方总是在不断争夺主体性，最典型的例子就是两性关系，热恋的时候双方你侬我侬、不分彼此。等时间一长，主体性的争夺战就会逐渐展开，冲突和矛盾随之而来。结局往往就是一方施虐，一方受虐，'他人即地狱'。"

为了不让这句话在她的人生中应验，岑蔚首先不能让自己成为那个"地狱"。

"我不相信有人会真的爱我，不都说只有父母的爱才是没有条件的吗？可是生我的那两个人一个都不要我，我不信有人会永远爱我。"岑蔚说，"所以我要先爱我自己。"

夏季山城总是一场接一场地下雨，天气也尤为潮湿闷热。

等气温终于降下来一点儿，岑蔚就去家附近的画室帮忙。

她上班的第一天，岑烨和顾可芳亲自把她送到画室的门口。

又不是去上学，岑蔚想推托，但爸妈执意要跟过去看看。

晚上她下班时，他们俩又站在画室的门口，还嘴硬说刚好散步走到这里。

岑蔚笑着跑过去。岑烨接过她肩上的包，顾可芳问她想吃什么水果。

"菠萝吧。妈，居然有人对菠萝过敏，你知道吗？"

岑蔚不熟悉现在的艺考模式，起初只是帮忙看着学生们练习画画。

他们都是十六七岁的高中生，性格活泼的学生刚和岑蔚见面，就问她有没有男朋友。

那时，岑蔚有四五个月没有和外人接触过。但好在学生们都很可爱，她很快就和他们打成一片。

岑蔚很喜欢待在画室里，有时候会跟着他们一起画速写。

他们都是用转瓶子的方式决定谁当模特的，有一次瓶口正对着岑蔚。

她说:"这不算。"

学生们不答应,把她拉到教室的中间坐下。

那天岑蔚穿了一条蓝色的碎花裙,头发长长了不少,被她扎成麻花辫绾在一边。

来自四面八方的目光集中在她的身上。岑蔚深吸一口气,垂下眼帘。

"老师,抬头。"学生提醒她。

"我们肯定把你的盛世美颜百分百地还原出来。"

一个调皮的男生说:"岑老师当模特,我一下子就有动力了。"

旁边的人揶揄他:"意思是你今天要多画五张画?"

在同学们的说笑声里,岑蔚渐渐地放松下来,勾起唇角,抬高下巴目视前方。

她故意吓唬他们说:"谁画得最丑,今天就多画十张速写。"

晚上,岑蔚把同学们的画发到了朋友圈里。

大概是她太久没有出现在社交平台上了,这一下"炸"出了好多亲朋好友。大家纷纷关心起她的近况来。

岑蔚挨个儿回复他们,在众多评论中忽然看见了周然的名字。他的评论非常简短。

"好看,喜欢。"

岑蔚读完那四个字后,心脏用力地缩紧,然后开始"扑通扑通"地狂跳。

"你说的是画还是人?"岑蔚打下这些字,又把它们删除了。

她的微信里还有两个人的共同好友。好像她怎么回复他都会被看出端倪来。

周然是不是喝多了才这样评论的?岑蔚逐渐冷静下来,这太不像他会干的事了。

她刷新了一下手机后,那条评论就没了。

情绪在迅速高涨后剧烈地下跌,岑蔚想,他不会是弄错评论的对象了吧?

他真谈恋爱了?

岑蔚摇摇头,这不可能。

她把那几张图片重新发了一遍朋友圈,这次设置了仅他可见。

发完朋友圈她就退出微信,把手机扔在床上,拿起睡衣去洗澡。

二十分钟后岑蔚回来,提起一口气点开微信,在那条朋友圈下看见了两条新评论。

周然:好看,喜欢。

周然:我说人。

岑蔚咧着嘴,止不住地笑。

这次她无所顾忌,大方地回复他。

岑蔚:眼光不错!

第十章

新娘捧花

周然盯着手机屏幕的时间太长了。程易昀忍不住拿了一瓶冰啤酒贴在他的手背上。

他终于从屏幕上抬起头:"干吗?"

程易昀把酒瓶塞到他的手里。他光盯着手机不动弹,又不像在聊天。

"出来玩,你能不能有点儿参与感?"程易昀说。

周然把手机收进口袋里,喝了一口酒,朝包间里张望一圈,问:"纪清桓呢?"

"女朋友查岗,他在外面打电话。"

周然"哦"了一声。

夏千北已经连唱四首歌了。沈沁去抢话筒,两个人在立麦架那儿推推搡搡。

明初月喊:"你们俩就不能来一个情歌对唱吗?"

沈沁从背后勾住夏千北的脖子："我才不要,老娘要 solo（独唱）！"

她几乎挂在他的身上。夏千北猛地站起来,坏笑着把她背起来。

沈沁尖叫一声,喊道："放我下来！"

周然看着那一对欢喜冤家闹腾,不自觉地勾了勾嘴角。

大家都成双成对的。一年过去,这么多人里还是孤家寡人的也就剩他和程易昀了。

就连纪清桓都和家里人挑明了和女友的关系。虽然他把他爹气了个半死,父子关系彻底破裂,但他终于不用再和戚映霜躲躲藏藏地谈恋爱,也不用再麻烦他们这些朋友打掩护了。

程易昀举起酒瓶,周然和他碰杯。两个单身的男人同病相怜。

程易昀问他："国庆节你有什么打算？"

周然回答："工作。"

程易昀拍拍他的肩,心满意足地笑了："漂亮,我等的就是你这个答案。"

周然笑了一声,问："你能比我好到哪里去吗？"

"我至少还有彩云之南五日游。"

周然嘲笑他："你别把出差说得这么好听。"

唱完歌他们又一起吃了夜宵。周然回到家时已经过了十二点。

周然喝了酒,他的酒量比以前长进了不少,但还是不能喝太多的酒。

很奇怪,今天他喝多了酒,却一点儿都不困。

洗完澡躺在床上,周然打开手机。

他刚刚发了一条朋友圈晒今晚的夜宵,照片里有小龙虾和冰啤酒。岑蔚照例点了赞。

她离开后的第一周里,周然一度无法适应新生活,总是觉得少了点儿什么。

明明之前他独自生活了那么多年,岑蔚只用了一个月就把他的习惯打乱了。

有时候,周然会反复地想,岑蔚那会儿到底打的是什么主意。

她报复他也报复过了,用不着再用这种方式耍他吧?

那一个月里发生了太多事,以至于周然觉得好像和她一起过完了很多年。

他也怨过她——跟她睡完的第二天就收到一句"我现在不想谈恋爱也不想结婚"。周然又生气又想笑。

可他好像又能理解岑蔚的心情。

她一直都不像表面上看到的那么快乐。

某天,周然下班回来,在家门口迎面撞上了景慎言。

对方看见他,一脸惊讶地说:"周主管?"

周然摸摸鼻子,扯出一个笑容,应道:"景总。"

景慎言问:"你住在这儿?"

这里是一梯一户,他连"和岑蔚是邻居"这个借口都不能用。

"我……"周然欲言又止,不知道怎么开口解释。

景慎言是人精,一眨眼睛就察觉到了什么事。他道明来意,说:"我是来找岑蔚的。"

周然说:"她回家了。"

"哦。"景慎言点点头,仔细地品味这四个字。

"你能联系上她吗?有客户来工作室点名要她的设计,我给她发了消息,但她一直没回复我。"

周然摇头:"我最近也联系不上她。她家里有点儿事。"

"这样啊。"景慎言看看他,笑了一下,问,"你们之前就认识吗?"

"我们是高中同学。"

"她之前都没提过这件事。"

"可能她是怕工作上不方便。"

"我能再问一个问题吗?"景慎言顿了顿,问,"你们是在一起了吗?"

周然否认:"没有。"

景慎言越来越摸不着头脑了。

周然说:"我们是因为误会才不小心搬到一起住的。"

"哦。"

周然冷不丁地开口问:"你是喜欢她的吧?"

景慎言讶异地抬眸。

两个男人对视一眼,都从对方的眼神里读懂了什么信息。

景慎言坦坦荡荡地承认:"我喜欢过她,但放弃了。"

周然微蹙起眉,感到疑惑。

景慎言抬腕看了一眼表,问他:"要不要一起吃饭?"

他们找了一家私房菜的餐馆吃饭。景慎言问周然喝不喝酒。

周然点头。

菜一道道被端上桌,景慎言拧开瓶盖,给两个人都倒了小半杯白酒。

他先开口说:"以前我们俩是一个公司的,你知道我是怎么注意到她的吗?"

周然夹了一筷子凉拌海带,摇头。

景慎言抿了一口酒,说:"我打算出去单干,想带几个设计师走,她那时候也刚工作,本来不在我的考虑范围内。我找同事打听了一圈,想问问哪些人工作能力强又好沟通,每个人都被说过'好'和'不好'。只有她,受到一片好评,跟买了水军似的。"

周然笑了笑。

景慎言放下杯子,回忆道:"我当时就想啊,能在职场上被所有人喜欢，那这人的段位得有多高哇。"

周然说："她在学校里也是这样，大家都喜欢她。"

"后来和她接触过了我才知道，她就是那么好。说实话，被大家喜欢不算难，但被大家喜欢又不被嫉妒的人，我只见过她一个。"景慎言说，"她太好了，可能家里特别幸福吧，这样乐观积极的人挺难得见到的。"

周然却扯了一下嘴角，摇摇头。

岑蔚才不是那样的人。

周然很早以前就知道，岑蔚本质上是和他一样的人。

她得到的喜欢不是被她身上的光吸引来的，而是因为她总在源源不断地送出好意和温暖。

那些喜欢她的人大多也是在利用这一点。

所以，周然可怜她——她的每一个笑，每一声"好"，每一次对自我的掩埋。

景慎言问："你知道她有一个谈了很久的男朋友吗？"

周然抬杯喝了一口酒，轻轻地"嗯"了一声。

他们聊了一个晚上，话题全都围绕着一个女人。

他们一个认识岑蔚十年有余，一个认识她整整五年，说起来两个人都算是输家。

最后，景慎言对周然说："我没有信心，所以放弃了，希望你有信心。"

好不容易等到国庆长假，周然又要盯着广告的拍摄。

周然一早赶到了摄影棚，先让助理买一杯咖啡送过来。

负责对接的员工报告说拍广告的小演员没赶上飞机，现在他在坐高铁往这里赶，拍摄可能要推迟两个小时。

周然屈指揉揉眉心，应道："知道了。"

他在休息室里看了一会儿文件。将近中午时张雨樱才过来喊他过去。

拍广告的小演员在化妆间里换衣服。周然在人群中看到了林舞,她正在和摄影师沟通。

周然走过去,张口就控诉:"你害得我白加了一早上的班。"

听到声音,林舞抬起头。看见面前的人是周然,她"喊"了一声,说:"我还全年无休呢。"

她指着化妆间里的男孩,说:"小孩都一晚上没睡觉了,请问资本家你有什么好抱怨的?"

周然抬眉:"这么辛苦呀?你睡了吗?"

林舞笑道:"我早就修炼成精,不需要睡眠了。"

大概是听到外面的人在谈论自己,眉目清秀的男孩伸长脖子看过来,朝林舞咧嘴一笑。

周然说:"这个小孩看起来挺乖的。"

"哪里乖了,那都是人设,他就没少给我惹事。"林舞也就是嘴上这么说,说完又提高声音交代化妆师,"帮他把那颗痘遮一下。"

拍摄正式开始,周然和林舞退到一旁,手里各拿着一杯咖啡。

林舞说:"周以前两天还问我你的事。"

"你和她一直有联系?"

"嗯,我们经常聊。"

周然问:"她最近怎么样?"

林舞叹了口气:"你们俩到底是不是亲兄妹呀?有话不能跟彼此说?一个个都来问我。"

"我和她的关系没那么好。"

"兄弟姐妹有什么关系好不好的?"

"你不懂。"

林舞撇撇嘴,确实不理解。他们家就是一个人比一个人拧巴。

两个人许久没见面了，聊了聊彼此的近况。

林舞喝了一口咖啡，想起一件事来，问周然："哎，你之前的那个谁呢？怎么样了？"

周然回答："跑了。"

林舞不解地问："什么叫'跑了'？"

"跑了就是跑了。"

"她跑了，那你不追？"

"不追。"说完，周然又改口说，"暂时不追。"

林舞叹着气，摇摇头。

"周然，你知道你在感情里像什么吗？"

"什么？"

"小狗。"

周然眨了一下眼睛："你在骂我吗？"

"她招招手你就会跑过来，但是她不叫你的话，你就永远站在原地。"林舞指了指自己的脖子，"就好像这里拴了一根链子。"

"把项圈摘掉吧，如果想被摸摸头就去摇尾巴。"

周然承认她的比喻虽然让人听着不大愉快，但话里的意思一针见血。

"那样会被嫌烦的吧。"周然端起咖啡杯，杯身上的图案是夏季盛开的橙花。

林舞反问他："你怎么知道？你连尾巴都没摇呢。"

山城的冬天不会下雪，树木终年都是绿色，每天早晨岑蔚推开窗，外面的世界总是雾蒙蒙的。

收到何智颖发来的结婚请帖，岑蔚有些意外，问她怎么决定在冬天结婚。

何智颖说那天是她和石嘉旭在一起的第七年，他们俩准备

"以毒攻毒"一下,看看"爱情的坟墓"能不能抵消"七年之痒"的魔咒。

岑蔚笑着送上祝福,包了一个红包送给她。但那天恰好有学生参加艺考,岑蔚可能没法到场。

何智颖让她一定抽空来参加婚礼。

他们是在山城办的婚礼。石家本身就是做酒店生意的,婚礼当天的排场很大,到处摆满了蓝白色的鲜花和气球,梦幻得像是童话世界。

门后是热闹的宴会厅,周然站在电梯前的过道里打电话。

每到年末人们就开始忙乱。圣诞节、元旦、春节、情人节接踵而至,别人家已经开始预订圣诞节的限定饮品,这儿却连一个像样的活动策划都没有。

"又是纸杯蛋糕,去年刚被吐槽过难吃,他们忘了?"周然靠在墙边,用食指夹着烟,眉目间浓云密布,语气里透着不耐烦。

"叮",电梯门打开,一阵急匆匆的脚步声响起。

周然叼着烟,转头抬眸。

一眼看过去,他定格在原地,忘记了呼吸,呛了一口烟。

周然咳嗽一声,迅速在垃圾桶上摁灭了烟头,站直身子出声喊:"岑蔚。"

被叫到的人停下脚步,回过头。

目光交汇在一起,有那么一会儿,他们都没说话。

隔着三四步的距离,他们就这么看着对方,看对方身上的变化与没变的地方。

岑蔚裹着厚重的大衣,脖子上的围巾挡住了下半张脸,齐刘海儿长长了,被她拨在两边。

"好久不见。"她笑了笑,开口说。

周然迈步走过去:"何智颖说你不来了。"

岑蔚说:"我想了想,还是得过来一趟。"

"进去吧。"周然推开宴会厅的大门。

婚礼已经进行到一半了,屋里坐满了聊天喝酒的宾客,场面十分热闹。

岑蔚站在门口,捏紧包带,默默地提起一口气。

这半年,她不是在家就是在画室待着,不常去外面走动。

面对眼前的人群,她突然觉得有些不太习惯,喘不过来气。

"要扔捧花了。"周然说着,抓起她的手,带她快步走进去。

舞台前挤了许多人,也有人是来帮女朋友抢花的,每个人都伸长了胳膊,跃跃欲试。

岑蔚对接捧花没兴趣,不想凑这个热闹。可进来容易出去难,她被人群推搡着无法动弹,只能回头求助似的看向周然。

他收到信号,朝她走近。

舞台上,主持人高声倒数着:"三,二,一!"

新娘绽开灿烂的笑容,将象征幸福的捧花向台下高高地抛起。

四周喧嚷,周然贴在岑蔚的身后,举高胳膊,手臂上的西装布料蹭过她的耳朵。

两个人之间几乎没有距离。除了熟悉的香水味,岑蔚还隐隐闻到了他外套上的烟草味和薄荷的香味。

凭借一米九二的身高,周然只是一伸手就稳稳地接到了捧花。

他把捧花递到岑蔚的面前。

周围有人拍手,有人起哄。岑蔚有些发蒙,低头看了看花。花是半球形,被白玫瑰、蓝绣球和几种她不认识的花和叶簇拥着。

看她一直没动弹,周然把花抬高了些,问:"你不是想要花吗?"

岑蔚接过花,只能将错就错,说:"谢谢。"

岑蔚被安排跟一桌她不认识的人坐在一起。她揪揪周然的衣袖,问:"我能去你那一桌坐吗?"

周然应了一声,本来就打算开这个口。

他算是男方的宾客,和高中时班里的那群男生坐在一起。

有人问周然:"这是谁呀?"

他只回答了她的名字:"岑蔚。"

人家根本不是好奇这件事,但看他的态度也没继续问下去。

屋里开了空调,岑蔚摘下围巾,脱下外套,把它们搭在椅背上,突然被旁边的男人握住手腕。

周然的手是热的,他握住了她冰凉的手腕。岑蔚一惊,下意识地想缩回手。

"我刚才就觉得不对。"周然盯着她的脸,微蹙起眉,"你怎么瘦了这么多?"

"没有哇。"岑蔚抽回自己的手,搪塞说,"冬天我穿的衣服多,显瘦吧。"

她拿起筷子,问他:"你这次回来几天啊?"

"我明天就回去了。"

岑蔚又问:"石嘉旭怎么没找你当伴郎啊?"

"他怕我抢他的风头吧。"

两个人沉默了一会儿。周然问她:"你最近还好吗?"

岑蔚点头:"挺好的。"

他们一问一答,每个话题都刚开始就结束。许久不见他们还是有些生疏。

大人们摘走桌上的气球,把它们拿给自家的小孩玩。有小朋友一不小心松了手,气球飘到了天花板上。

身边的人从椅子上站起身。岑蔚喝着汤,跟着看过去。

气球末端的细绳在空中飘荡,周然伸长手臂,用手指勾住细绳,一把拉回气球。

他半蹲下身子,把那个气球的细绳绑在小女孩的手腕上,系了一个蝴蝶结。

周然和她说了什么话,中途朝岑蔚的方向看了一眼。

回来时,他手里攥着一个蓝色的气球。

手机铃声响起,岑蔚如梦初醒般收回目光。

"我知道了,马上过来。"她站起身,匆忙地穿上外套。

周然站在那儿,刚要开口。岑蔚打断他的话:"我还有事,就先走了。这是我给智颖的新婚礼物,麻烦你帮我带给她。"

她把一个纸袋塞给他。他什么话都没来得及说。

有小孩走过来,抱着他的腿问:"叔叔,可以把这个气球给我吗?"

周然弯腰把气球递给他,直起身时抬眸看了一眼大门。岑蔚的背影已经消失了。

就该在她的身上绑一个气球,周然无奈地叹了口气。不然他总是找不到她。

除了在婚礼上匆匆地见过一面,他们没再见过面。

来年初春的时候,画室里来了一批新学员。

岑蔚也因此意外地和董依纯重逢。高一时董依纯是岑蔚的同桌,当时两个女孩的关系很好。只是高二分班后,她们渐渐地少了联系。

董依纯的弟弟就在岑蔚的画室里学画画。那天董依纯来接弟弟放学,两个人在门口相遇,一眼就认出了对方。

董依纯经常约岑蔚出来逛街,二人偶尔也会聊起高中的时候。

有一次在咖啡馆里,岑蔚装作不经意地问:"哎,你还记得周然吗?"

"周然?我们班里最高的那个人?"

岑蔚点头:"对,就是他。"

董依纯感到奇怪，问："你怎么突然想起他了？"

岑蔚端起咖啡杯，说："就是……听说他后来瘦下来了，变得跟以前很不一样了。他以前在班里不是不怎么招人喜欢吗？"

"啊？还好吧。"董依纯反驳她，"周然挺好的呀，长得白白胖胖的，多可爱。我记得班里的水都是他搬的，还有我做值日的时候擦不到黑板的上面，他也都来帮我擦了黑板。他还帮你搬过语文试卷呢。"

岑蔚迷惑地问："他帮我搬语文试卷？什么时候？"

"语文试卷一直都是他搬的呀，我还羡慕你呢。我每次让吴嘉述帮我搬数学试卷，他都不情不愿的。"董依纯耷拉着嘴角，"我想起来就生气，上学的时候喊班里的男生干活儿喊不动，现在喊老公洗碗也喊不动。"

岑蔚挠挠额头，问："不是老师喊他搬试卷的吗？"

"是吗？我以为是你让他帮忙的。"

岑蔚摇头："他以前那么讨厌我，怎么可能帮我？"

董依纯笑起来，问："他怎么讨厌你了？"

"他从来不和我对视，一不小心看到我就会立马扭开头。"岑蔚细数回忆，说，"还有，他不肯把书借给我看。他还觉得我虚伪、有心计。"

董依纯笑得更厉害，不以为意地说道："你是不是想多了呀？亲爱的，人家当时就是一个高中生，哪里有那么多心思呀？"

岑蔚捋了一下头发，脑子里有些乱。董依纯描述的周然和自己记忆中的周然仿佛不是一个人。

岑蔚从咖啡馆回来后，心里还惦记着这件事。

祝樾回来后，岑悦彤从家里搬了出去。两个人在一片老居民区里买了房子，地理位置倒是很好，房子离他们俩上班的地方都近。而且岑悦彤觉得老居民区最安全。

有时候祝樾要值班,岑蔚就会去和岑悦彤住一晚上。

"真是我的记忆出问题了吗?"岑蔚打开冰箱门,看到里面有一瓶牛奶,"我一直以为他高一的时候很孤僻,但是依纯和我说人家就是内向了一点儿。他和班里同学的关系都很好。"

岑悦彤在客厅里回答她:"那可能你就是对人家有偏见呗,戴着有色眼镜看人家。"

"不会吧?"岑蔚说完突然觉得有些不认识周然了。

她打开瓶盖喝了一口牛奶,尝到一股浓郁的核桃味。牛奶被装在玻璃瓶里,没有外包装,看起来像是自制的。

味道不错,岑蔚多喝了两口牛奶,问岑悦彤:"这是哪儿来的?"

岑悦彤抬头看了一眼,回答说:"楼下阿姨给我的,说这是她自己做的杏仁核桃露。"

杏仁核桃露?

空气安静了两秒,两个人不约而同地倒吸一口气。

"你喝了多少?"岑悦彤一下子站起身。

岑蔚伸手去抓自己的脖子,皱着眉头说:"我好像开始痒了,怎么办?"

"别挠别挠,走走走,去医院。"

路上,岑悦彤打着方向盘,开口问:"我怎么觉得这一幕似曾相识呀?"

岑蔚两手攥拳,强忍着痒意,咬牙回答她:"高中的时候,有人每天早上给你送吃的东西,我也是喝了你的杏仁核桃露才过敏的。"

"哦,我想起来了。"岑悦彤说,"不过那些东西不是别人送给我的,本来就是你的。"

"啊?"

"妈看见的,那个人穿着你们学校的校服。她说小伙子长得挺高的。"

岑蔚一下子有了精神,都不觉得痒了,问:"那你们怎么不告诉我?"

"我们怕你被小男生骗,就没和你说这件事,反正没过多久他就不来了。"

岑蔚问:"妈看见送东西的人是谁了吗?"

"就算看见了他,她也不认识呀。你知道是谁吗?"

岑蔚摇头。

她晃晃脑袋,不去想这件事了。

这么多年过去了,说不定人家现在都已经结婚生子了。

祝樾和岑悦彤决定在 2020 年的春天举办婚礼。

岑蔚才知道原来举办婚礼前要准备的事有这么多——大到婚礼的场地,小到宾客的名单,甚至连当天跟拍的摄影师都得精挑细选。

又一年的岁末,彼时的人们还不知道,这一年将成为永远回不去的好光景。

夜幕低垂,华灯初上,岑蔚站在街口,把下半张脸都埋进围巾里。不下雪的湿冷天气太让人难受了,冷风像刀刃刮过皮肤。

口袋里的手机响起铃声,铃声是一首英文歌。

岑蔚的耳朵敏感地一颤。她把手里的纸袋扔到地上,把手伸进口袋里。

手指被冻得僵硬,不太灵活。她点了好几下屏幕才终于接起电话,把手机放到耳边。

"喂。"

"喂。"周然说,气息不太稳,语气却是不容置喙的,"你站在那儿,别动。"

岑蔚屏住呼吸,站在原地朝四周张望。

街道上车水马龙,高楼大厦耸立,霓虹灯和广告牌五光十色,让人目眩神迷。

她的对面是地铁站,绿灯的倒计时即将结束,十字路口处人头攒动。

耳边的呼吸声变得越发急促,岑蔚终于看到了他。

马路的对面,周然穿着黑色的大衣,拿着手机,侧身让过路人,大步向她走来。

在短短的三十秒里,周身的高楼和车辆都消失了,她一看到他,眼里就只有他。

和变快的心跳一起乱了套的是思绪。

周然什么时候梳起了背头?

都快三十岁了,这个男人怎么越变越帅了?

怎么办?她好想也这么朝他跑过去。

红灯亮起,周然在她的身前站定。

岑蔚放下耳边的手机,不得不仰起头看他。

对视的第一眼,两个人都勾起唇角笑了。

"你急什么,怕我跑了吗?"

周然喘了口气,点点头:"嗯。"

他垂眸,看到岑蔚脚边的纸袋,纸袋里装着请帖和喜糖。

心脏骤然缩紧,周然的话全堵在了喉咙口。

"你……"

"哦。"岑蔚弯腰捡起纸袋,说,"我姐要结婚了,我今天出来陪她送请帖。"

周然摸着额头,呼出一口气,在心里嘲笑自己真是瞎紧张。

冷风吹得人发颤,他们也不能一直在这里站着说话。岑蔚问:

"要找个地方坐坐吗?"

"好。"周然伸手接过她手里的袋子。

路上,岑蔚给岑悦彤打了一个电话,说自己遇到一个朋友,让岑悦彤先回家。

岑悦彤在电话里问:"哪个朋友啊?要不我找一个地方等等你?"

岑蔚咳嗽了一声。

岑悦彤立刻反应过来,说:"哦,好,那我先回家啦。"

附近就有一家心橙的咖啡店,他们没有说要去哪儿,但走的方向是一致的。

"今年,光我们家附近就新开了两家心橙的店。"岑蔚开口说,"牛呀,'商业奇迹'。"

如今心橙的门店已经遍布全国,上个季度心橙新增门店的数量就已经是全行业的第一名,口碑也持续增长,发展势头不容小觑。

周然只是笑了笑。

画室的旁边也有一家心橙的门店。同事们知道岑蔚有亲属卡后,想喝咖啡的时候都会找她点单。她的账号现在已经是最高级别的会员了。

今年夏天的时候,心橙推出了限定薄荷系列,系列里有薄荷冰咖、薄荷拿铁、薄荷柠檬茶、薄荷牛奶冰。这个系列居然奇迹般的在一众以应季水果为主打元素的饮品中杀出重围。

岑蔚对周然说:"你不知道那两个月我喝了多少杯青提薄荷气泡水?你们就不能让这款饮料常年销售吗?"

周然笑着回答:"你等到明年夏天再喝它吧。"

他推开大门,侧身先让岑蔚走进去。

屋里暖气充足,门口摆着一株装饰精美的冷杉,空气里弥漫着咖啡豆的香味。

岑蔚解开脖子上的围巾,走到前台那里看菜单。

"你喝什么?"她问身边的人。

周然说:"这里有肉桂苹果红茶,你要尝尝吗?它是圣诞节的新品。"

岑蔚点头:"好呀。"

他们找到空位坐下。红茶被装在马克杯里,岑蔚捧着杯子暖手。

苹果酸甜,红茶醇香。她抿了一小口红茶,温热的红茶很好喝。

他们太久没见面,一时间不知道要从哪儿开启话题,都不想寒暄得太客套,却又很难像以前那样自然地相处。

"哦,对了。"岑蔚拿起手机,解锁屏幕,打开相册,"给你看看我的儿子。"

周然刚端起咖啡杯,闻言倏地僵住了,愣愣地抬眸:"啊?"

他下意识地问了一个很蠢的问题:"几岁?"

岑蔚正专心地划拉着屏幕找照片,随口回答:"它一岁多了吧。"

周然在脑海中开始计算时间,然而无论怎么算都觉得有点儿不对劲。

"看。"岑蔚把手机举到他的眼前。

周然定睛一看,画面上是一只毛色黄白相间的小土狗。它被岑蔚抱在怀里,用两条前腿抱着她的胳膊,眼睛黑而圆,耳朵耷拉着。

岑蔚说:"这是它刚来的时候,那时候它差不多有两个月大,可爱吧?"

二十分钟内他的心脏已经骤停两次了。周然哭笑不得地点头:

"可爱。"

"它叫什么名字？"

岑蔚张开嘴唇，在开口前又猛地打住话头。

她咳嗽一声，现编了一个名字："叫嘟嘟。"

"嘟嘟？"周然挑眉，"我的小名也叫嘟嘟。"

岑蔚睁大眼睛："真的吗？"

周然点头："小时候我妈会这么喊我，长大了就没人这么叫我了。"

"嘟嘟？"岑蔚轻声念了一遍。

周然看着她问："你笑什么？"

岑蔚摇头，不告诉他。

周然却好像看穿了她的心思，澄清说："我小时候不胖。"

岑蔚点点头，压着嘴角，但眼里的笑意快要溢出来了。她说："我信。"

身上的寒意逐渐消退，周然问她："你刚从泰国回来？"

岑蔚"嗯"了一声，说："我看到你去鹿城了，鹿城好玩吗？"

今年他们都爱上了旅游。周然大多数时候是和夏千北他们一起出去旅游，每次出去玩都会发朋友圈。

岑蔚也是这样。十月底她和岑悦彤一起去了泰国，本来打算冬天的时候再去北海道看雪。但岑悦彤要筹备婚礼，她们只能取消这个计划。

他们顺理成章地聊起鹿城的沙滩和普吉岛的海，分享彼此旅行中的趣闻轶事。

岑蔚说，在曼谷逛街的时候她们俩说着英语，又用手势比画了半天，结果导购开口说的汉语比她们说的都好。

还有一次，她们在小酒馆里吃饭，隔壁桌的男人硬要过来和她们拼桌。岑蔚谎称自己今年三十八岁,儿子正在准备高考。岑悦彤编的话更离谱。她说她正在和年过半百的前夫打官司。

"我们聪明吧?"

周然笑着点头:"你们太有智慧了。"

他告诉岑蔚,他们终于知道自己在公司里的代号了。

其他人都没什么感觉,只有夏千北不服气,说凭什么程易昀的位份比他高?

今年公司团建的地点就在首都,路过故宫的时候全车的人都笑疯了。

有时候他们也会拿代号开玩笑。纪清桓经常一口一个"爱妃"地喊他们。

岑蔚听着周然的话,也笑得停不下来。

杯子里的热红茶快要见底,此刻她却像是飘浮在云端,感到轻松、愉悦、惬意。

有什么东西伴随着体温一起回春。

岑蔚能感受到周然身上的变化——他的健谈,他的从容,他的坚定。

也许,每个人都像一棵树,等枝干足够有力,就开始努力地让自己变得枝繁叶茂,然后才是开花结果。

岑蔚很高兴,这一年他们都在好好地生活,都充盈丰足。

而且这样的满足感都是他们自己给自己的。

在某个话题结束后,周然放下手中的杯子,出声说:"我本来打算过两天去找你。"

岑蔚抬眸看向他:"找我?"

她收紧了些捧着马克杯的手指。

"嗯,心橙明年的发展战略里有一部分内容是关于丰富品牌题材的。我们打算在山城落地一个副生产线,主打由咖啡衍生出来的周边产品,比如杯子、餐具、书。"他说起工作上的事,神色变得认真起来。

岑蔚听着听着就不自觉地走了神。

"你有兴趣吗?"周然问。

"嗯?"岑蔚眨眨眼睛,回过神,"什么?"

"当设计总监。"

"什么设计总监?"

周然蹙眉:"你刚刚听我说话了吗?"

"听了呀。"岑蔚心虚地摸了摸脖子,说,"你们要开始卖杯子了。"

周然重新提出邀请:"所以,你有兴趣来吗?"

岑蔚愣了两秒,猛地提起一口气,捂住嘴惊讶地说道:"你要找我当设计总监?"

她果然没认真听他说话。周然笑了一声,把双手交叉放到桌上,向前倾了倾身子,问:"来吗?你有绝对的自由,可以画你想画的东西。"

岑蔚吞咽了一下,头脑里早就一片空白。她全凭本能点头答应:"去。"

周然舒展眉目,说:"我回去以后把详细的资料发给你。"

"好。"

时间已经不早了,店铺快打烊了,周然说:"我送你回去吧。"

岑蔚拿起围巾和肩包,没拒绝他。

他把车停在了对面的街道上。看到路边的店铺里都有圣诞节的元素,岑蔚问:"你的生日是不是要到了?我记得你的生日在月底。"

"嗯,三十号。"

岑蔚笑起来:"你怎么不多在你妈的肚子里待两天哪?不然你

也是九零后了。"

周然说："我妈说我已经比预产期晚一周出生了。我一直没动静,差点儿把她吓死。"

说不清刚刚她喝的到底是热红茶还是热红酒,岑蔚现在脸颊发热。寒风吹过来,她只觉得舒服,语气轻快地打趣周然:"原来我们嘟嘟小朋友天生就是社恐啊。"

周然放慢脚步,纠正她:"嘟嘟是你的狗。"

岑蔚带着狡黠的笑意说:"对呀,'嘟嘟'是我的狗。"

周然反应过来,不理她了,加快步伐。

"等等我。"岑蔚跑着跟上他,伸手抓住他的衣袖。

"哎,周然。"岑蔚晃了晃他的胳膊。

"嗯?"

她说:"我们重新认识一下吧。"

他们停下脚步,面对面站着。他们的头顶有一盏路灯,暖光打在身上,让两个人的轮廓变得柔和起来。

"我叫周然。"他突然开始自我介绍。

岑蔚愣了一下,配合他说:"我叫岑蔚。"

"我快三十岁了。"

"我也快了。"

"很高兴认识你。"周然伸出手。

岑蔚回握住他的手,说:"那你高兴得太早了。"

冬天的雾很浓。高楼依山势而建,路旁有很多黄葛树,洪崖洞一到晚上就变得金碧辉煌。

岑蔚脖子上的围巾松了。周然抬手,替她重新系好围巾。

她真的瘦了很多,脸小了一圈,显得眼睛更大,睫毛纤长,眼睛乌黑。

他十六岁的时候连和她对视都不敢,现在却温柔地注视着她。

新年要到了,他们兜兜转转回到原点,但未来崭新并可期。

岑蔚脚步轻快地走在回家的路上,仿佛脚下踩的是钢琴的黑白键。

好心情藏也藏不住,她一开门,正坐在沙发上吃水果的岑悦彤朝她笑得意味深长。

岑蔚刻意不去看岑悦彤,放下包和纸袋,朝屋里喊:"粥粥。"

小狗摇着尾巴跑过来,在她的腿边转圈。

岑蔚蹲下把它抱起来,回了自己的卧室。

岑悦彤起身跟进去,八卦道:"你有情况了?"

"没有。"岑蔚摘下围巾,把它搭在椅背上,坐在梳妆台前准备卸妆,"我们就聊了一点儿工作上的事情。他们公司要找设计师,他问我想不想去。"

"不是吧?"岑悦彤失望地说,"你们好不容易见一面,聊什么工作呀?"

岑蔚把化妆棉打湿并敷在脸颊上:"我都不急,你急什么?"

"我和你说。"岑悦彤在床边坐下,"楼下阿姨的儿子这两天要回来了。我上次和她聊过,你和她儿子的年纪好像差不多,要不你们俩见见面?咱别在一棵树上吊死。"

岑蔚一口回绝:"我不去。"

"去嘛。"

顾可芳拿着几件衣服进来,问姐妹俩:"什么'去不去'的?"

岑悦彤指着岑蔚告状:"我说要给她介绍男朋友,她不愿意。"

"谁呀?"

"楼下阿姨的儿子,和她差不多大,听说还是公司的高层,条件很不错。"

顾可芳看向岑蔚:"那你为什么不愿意呀?去呀去呀。"

岑蔚出声说:"我有……"

岑悦彤问:"你有男朋友了?"

岑蔚抿了抿唇:"没有。"

顾可芳瞪她一眼:"没有男朋友你还不去?"

岑悦彤附和道:"就是。"

顾可芳把衣服放进衣柜里,叮嘱岑悦彤:"帮你妹妹安排一下。"

岑悦彤连连点头:"知道知道。"

顾可芳走后,岑蔚转身面向岑悦彤,不解地说道:"你又不是不知道我现在是什么情况。"

岑悦彤说:"我让你去见别的男人,又没让你和别的男人跑。"

岑蔚眯眼打量她:"你要出什么馊主意?"

岑悦彤勾起嘴角,拍着胸口说:"听姐的,你去见见楼下阿姨的儿子,然后再发一条朋友圈,暗示你在和别的男人相亲,你看他急不急。"

岑蔚隐隐约约想起来了。以前祝樾一直不表白,岑悦彤用的就是这个办法。岑悦彤今天和这个学长吃饭,明天谎称要和那个学弟出去看电影,吓得祝樾大半夜跑到宿舍楼下找她。

岑蔚摇摇头,不屑地说道:"你几岁呀,幼不幼稚?"

"行行行。"岑悦彤指着她说,"你最好是真的不急。"

"我真的……不急。"

当天晚上,周然给岑蔚发了一份资料,还给了她一个微信联系人的名片。

对方叫陈遐,是心橙的人事经理。

岑蔚本想回复周然一个"收到",但又觉得语气太严肃了。

她正琢磨着该怎么回复他,屏幕上弹出一条新消息。

周然：嘟嘟在干什么？

这明明只是简简单单的六个字，岑蔚却觉得聊天框上好像点缀着粉色的小花，心生愉悦。

她转头看了一眼嘟嘟，打字回复他。

岑蔚：它趴在我的身上睡觉呢。

周然：那你呢？

这三个字更简短，却更加让人心花怒放。

岑蔚：我在想今天可能要失眠了。

几秒后，周然发来消息。

周然：我也是。

周然：没想到今天会在路上看到你，我本来打算过两天再去找你。

岑蔚：那你可以假装没看到我呀。

她都觉得自己有些得了便宜还卖乖的意思。

周然：没办法。

周然：反应过来时，我已经把电话打出去了。

岑蔚把手背贴在微微发烫的脸颊上。周然朝她跑来的那一幕又在脑海中浮现。

岑蔚：不能聊了。

周然发来一个问号。

岑蔚猜测着他到底是真不明白还是装不明白她的意思。她现在的心率真的不该是深夜里应有的样子。

岑蔚：好吧，那你在干什么？

周然：看一部很无聊的电影。

岑蔚：电影无聊你还看？用来助眠吗？

周然：主要是想转移注意力。

岑蔚：效果好吗？

周然：好的话，我现在在干什么？

岑蔚刚放平的嘴角又勾了起来。

明天她还要去画室上班，最后的理智让她狠心中断了聊天。

岑蔚：睡了！晚安。